학문의 이해
1

영미 문학, 어떻게 읽는가: 감성과 실천

영미 문학, 어떻게 읽는가: 감성과 실천

초판 1쇄 인쇄 2019년 2월 13일
초판 1쇄 발행 2019년 2월 20일
지은이 조규형
펴낸이 이방원
편 집 홍순용 · 김명희 · 안효희 · 강윤경 · 윤원진 · 정조연
디자인 박혜옥 · 손경화 **영 업** 최성수 **마케팅** 이미선
펴낸곳 세창출판사
출판신고 1990년 10월 8일 제300-1990-63호
주소 03735 서울시 서대문구 경기대로 88 냉천빌딩 4층
전화 723-8660
팩스 720-4579
이메일 edit@sechangpub.co.kr
홈페이지 http://www.sechangpub.co.kr

ISBN 978-89-8411-802-7 03840

이 도서의 국립중앙도서관 출판시도서목록(CIP)은 서지정보유통지원시스템 홈페이지(http://seoji.nl.go.kr)와
국가자료공동목록시스템(http://www.nl.go.kr/kolisnet)에서 이용하실 수 있습니다. (CIP제어번호: CIP019003578)

2017학년도 고려대학교 문과대학 특별연구비에 의해 수행되었음.

학문의 이해
1

영미 문학, 어떻게 읽는가: 감성과 실천

조규형 지음

세창출판사

차례

Ⅰ. 서론

　　"영문도 모르고 영문학을 하게 되었다." 영문학 전공자 사이에
서 오래된 농담 가운데 하나이다. 고등학교를 졸업하고 영어영문학
과에 진학하고자 했을 때, 주변 사람들에게는 그냥 영어로 된 글이 좋
아서였다고 둘러댔었다. 이런 경우 돌아온 조언은 "그렇다면 무역학
과 정도가 어떻겠느냐"였다. 당시에는 본격적인 무역 진흥의 시대여
서 무역학과가 별도로 설치되어 무역 신용장을 쓰는 것 등을 배웠던
꽤나 인기 있는 전공이었다. 하지만 굳이 영어영문학과를 택한 것은
이 정도면 영어로 된 글도 실컷 접하고 먹고 사는 데도 지장이 없는
선에서 타협할 수 있는 좋은 대안으로 생각되었기 때문이었으리라.

　　그 유명한 셰익스피어와 괴테의 작품이 읽기에 생경한 희곡이
라는 것에 아연해 마지 않았었던 것은 중학교 무렵이었다. 대학 1학
년을 마치고 2학년에 들어가니 『노턴 영문학 선집(*The Norton Anthology of*

English Literature)』이라는 무지막지한 교재를 들고 다녀야 했다. 영문학의 주요 작품을 시대별로 싣고 있는 이 책은 두꺼운 사전에나 사용하던 매우 얇은 용지에다 사전 정도의 글자 크기를 사용한 두 권의 책으로, 모두 합하면 3천 페이지가 넘는 분량이었다. 결국 2학년 초입에 학교를 휴학하고 만 주요 원인 제공자였다. 누구는 타임지를 들고 다닐 때 이 두툼한 노턴은 영문학과생의 트레이드 마크이자 무기였다. 이 책은 1960년대 초반부터 발행되기 시작하여 당시엔 이미 3판에 이르고 있었다. 그리고 그 내용의 방대함으로 인해 학부는 물론 대학원에서도 사용되었기 때문에 가격 대비 사용가치는 분명히 있었다. 그럼에도 가장 큰 단점은 한동안 읽고 홀가분히 소위 책거리를 하는 기쁨을 허락하지 않는다는 점이었다. 특히 시집이나 소설을 읽는다는 가벼운 마음을 허용치 않아, 영문학에 정나미가 떨어지게 하는 면이 있었다고 고백하지 않을 수 없다. 그래도 그때는 어떻든 영어 때문인지 오해 때문인지, 영문학이 어느 정도 대우를 받는 시절이었다. 회사의 채용 공고에도 경상, 법정 그리고 자주 영어영문학이 마지막 자리를 차지하곤 했었다.

그러나 이렇게 몇십 년이 지나면서 이제 영어영문학의 인기나 효용은 예전 같지 않다고 분명히 말할 수 있을 상황이 되었다. 모두가 영어는 이제 '기본'이라는 시대에 왔고, 수능에서도 어느 정도 점수만 되면 괜찮다는 절대평가 과목으로 맨 먼저 이름을 올렸다. 여기에는 우하향하는 인문학 선호도 또한 한몫했음에 분명하다. 물론 이 책은 인문학의 위기를 문제 삼거나 영미 문학의 미래를 제시하려고 하지는 않았다. 이에 대해서는 이미 꽤나 많은 시도가 펼쳐졌기 때문이다. 여기에서 시도한 것은 단지 영미 문학의 의의를 설명하고자 하는 마음의 소산이다. 이렇게 하여 영미 문학은 무엇이고 학문으로서는 과연 어떠한 의미를 갖는가를 이해하고, 영미 문학에 대해 분명 갖고 있는 막막함과 오해를 해소하는 것에 조금이나마 도움이 되었으면 할 뿐이다.

이 책은 단지 영미 문학에 관심을 둔 독자만을 염두에 두고 있는 것은 아니다. 세계 문학에서 상당한 위치를 차지하고 있는 영미 문학은 어떤 의미에서 그러한 것인지는 주로 대작가를 거론함으로써 대신해 왔다. 이것이 반드시 맞지 않은 것은 아니다. 톨스토이나 도스토옙스키, 괴테나 헤세, 플로베르나 카뮈, 그리고 영미의 경우 셰익스피어나 포크너 등의 문학은 각기 특유의 문제의식을 통해 지울 수 없는 업적을 남겼다. 하지만 여기에서는 대작가의 개별 사안 너머로 러시아, 독일, 프랑스, 그리고 영미 문학을 한층 포괄적으로 조망하면서, 그 특성과 위치를 설정하고 영미 문학을 이해하는 것도 한 방법이 될 수 있을 것으로 생각되었다. 이를 위해 편의상 유럽을 대륙과 영국으로 범박하게 구별하였다. 물론 이 구별은 편리한 만큼 오류 가능성 또한 매우 높아진다. 이러한 시도는 현 단계에서의 역할을 수행한 이후, 단지 하나의 예시로서 비트겐슈타인의 사다리마냥 언제든 독자와 관련자에 의해 용도폐기되어도 무방하다.

일반 독자와 영미 문학 입문자를 염두에 둔 까닭에 내용에 있어 신중을 기한 또 다른 부분은 읽는 작품의 선택이다. 아무리 역사적 의의가 크고, 문학적 의미 또한 깊다고 해도 이들을 오늘날 이곳의 독자에게 무조건 강요할 수는 없다. 읽기에 있어 최소한 어느 정도 시간과 노력을 투여하면 이해가 가능하고 또 그만큼 보람을 느낄 수 있는 작품을 권해야 한다는 생각이 컸다. 자세히 읽고자 한 작품의 숫자에 있어서도 영국과 미국 문학에서 각각 열 편으로 한정하였다. 문학사적으로 영국 문학이 미국 문학보다 훨씬 긴 역사를 갖고 있어 이러한 숫자 배분에 문제가 있을 수 있지만, 문학이 단지 문학만이 아니라 사회문화적 영향력과 상관관계를 갖는다는 점을 감안하여 이렇게 동일한 숫자로 결정하였다. 개인적으로는 사실 20세기에 와서는 문학적 역량과 작품 산출에 있어 미국 문학이 영국 문학보다 상대적으로 우위에 있다고 생각하고 있다. 오늘날 영국 문학의 외연과 깊이는 오히려 이전 식민주의 시대에 영어와 친숙해진 지역에서 산출된 작가들에 의존하고 있는 듯 보인다. 한강의 『채식주의자』 등으로 우리에게 익숙한 영국의 문학상인 맨부커상 수상작들이 이를 증명한다.

선택한 작품의 읽기의 기준은 번역본에 두었고, 아무리 좋은 작품일지라도 일반인이 쉽게 구할 수 있는 번역본이 없는 경우 아쉽지만 제외하였다. 역사적 의의와 현재적 의미 사이에서 균형을 갖고자 하는 기준은 꽤나 이런저런 작품을 넣다 뺐다 하는 과정을 반복하게 하였다. 이러한 방식에도 불구하고 문학사 방식이 갖는 장점 또한 공유하고자 작품의 읽기는 연대순으로 진행하였다.

번역의 문제 또한 언급할 필요가 있겠다. 외국 문학의 번역에 대해서는 그 중요성으로 인해 많은 논의가 진행되어 오고 있다. 영미 문학의 경우에도 그 정확성과 적절성 등에 대한 평가가 계속되어 오고 있다. 그러나 여기에서 읽는 작품들은 시중에서 쉽게 구할 수 있는 것을 우선으로 하였다. 다만, 실제로 손에 닿는 번역본을 읽는 가운데 가독성의 문제로 다른 번역본으로 바꾼 경우가 몇 번 있었다. 가장 좋은 번역이 이미 절판이 된 경우가 있어서이기도 하지만, 전문적 평가나 비평이 아니라면 작품의 일반적 감상과 이해를 위해서 원문 대신 손에 닿은 번역본을 읽는 것이 큰 문제는 되지 않으리라고 생각한다. 여기에서는 가끔 원문을 찾아보고 부분적으로 수정한 경우도 있어, 역자에게 누가 되지 않길 바랄 뿐이다. 덧붙이자면 영미 문학 작품을 원문으로 읽는 경우 그 주된 이유는 영어 능력의 향상에 두어져 온 것이 사실이다. 영어를 접할 수 있는 매체의 다양화와 영어의 용도가 변화하는 가운데 지금은 문학 작품의 이러한 효용이 예전처럼 높이 평가받지 못하는 시대이기도 하다. 그럼에도 영미 문학에 대한 전반적 이해가 영문본 읽기에 일정한 촉매제가 되었으면 하는 마음은 버릴 수가 없다.

　　이렇게 작품을 확정해 놓고 보니 아무래도 일반인에게 그간 친숙한 작품이 주로 선택되었고, 그 가운데 주로 장편 소설이 남게 되었다. 이는 소설과 함께 문학의 주요 부문을 구성하는 시와 희곡 그리고 산문이 갖는 문학적 비중에 차이가 있어서는 아니다. 일반적 독서 성향과 번역본의 존재 여부가 이러한 결과를 낳은 것 같다. 영미 문학만이 아니라 문학을 읽고 얘기하기가 쉽지 않은 시대인 점을 감안한다면, 세 권을 제외하고는 주로 긴 소설 작품들을 통해 어떻게 쉽게 영미 문학의 세계로 독자를 초대할 수 있을 것인지가 하나의 관건이 되었다. 이를 위해 각 작품에 대해 택한 방식은 ① **전체를 2-3일에 걸쳐 읽고,** ② **그 내용을 한 페이지 정도로 요약해 본 다음,** ③ **내용 가운데 전체를 최대한 잘 대변할 수 있는 단 한 부분을 선정하여,** ④ **이를**

중심으로 전체 내용을 조망하고 설명한 후, ⑤ 최종적으로 이 작품이 영미 문학의 특성을 드러내는 방식을 논하는 것이었다.

이러한 방식의 진행은 집필 과정에서도 많은 좋은 경험을 하게 하였다. 영문본을 읽을 때 가졌을 의식적인 해독이라는 부담감이 없어진 까닭에서인지 한층 쉽게 독서에 몰입할 수 있었다. 그럼에도 전체를 짧게 요약한다는 것이 의외로 쉽지 않았다. 짧은 요약은 내용의 논리를 한층 분명히 하면서, 거듭 본문으로 되돌아가 확인하는 작업을 요구하였고, 작품에 대한 이해를 더욱 명확히 하도록 해 주었다. 작품 전체를 대변할 수 있는 특정 부분을 선정하는 것 또한 녹록지 않을뿐더러 당연히 문제점도 있었다. 하지만 이것이 작품 전체를 읽는 사람 나름으로 정리하고, 이를 자기 것으로 소화해서 기억하는 효과적 방식임을 절감할 수 있었다.

선정된 작품들은 필자에게 주로 익숙한 것들이지만 다수는 오래간만에 또다시 정독한 경우였다. 다른 학문 분야에서처럼 영어영문학 역시 주 전공이 세분되어 있다. 크게는 어학과 문학으로, 그리고 문학은 영국 문학과 미국 문학으로, 또다시 이 두 부문은 시와 소설 그리고 희곡이라는 장르별로 나뉘고, 시대별로도 세분되어 있다. 필자는 주로 비평이론과 현대 영소설을 연구하고 가르쳐 왔기에 다른 분야에는 한정된 관심을 가져왔을 뿐이다. 여기에서의 읽기는 해당 분야나 작가에 대한 전공자와 달리 인상적 읽기에 지나지 않을 수 있다. 하지만 내 느낌을 먼저 확인하고 정리한 다음, 혹시 터무니없는 논리거나 구태의연한 것인지 걱정되어 해당 작품에 대한 최근의 국내외 논의들 또한 점검을 게을리하지 않았다. 그러나 일반 독자를 위한 책인 까닭에, 여기에서 읽기의 기조로 제시된 사안과 긴밀히 관련된 참고 자료의 경우 이를 본문에서 밝혔을 뿐 학술적 각주는 고려하지 않았다. 어떻든 이 모든 것이 영미 문학을 포괄적으로 손쉽게 소개하기 위해 채택한 방식 정도로 이해되길 바랄 뿐이다.

또한 여기에서 꼭 덧붙이고 싶은 것은 **문학 독서야말로 자신만의 반응이 허용되고 또 강조되는 영역이라는 점**이다. 전문적 연구자는 여기에서 몇 걸음을 더 나아가야 하겠지만, 이들의 경우에도 애초에 갖는 자신만의 반응이나 느낌이 없는 경우 이후 연구의 방향이 사뭇 방향성을 찾지 못하는 경우가 많다. 연구는 이러한 느낌을 강화할 수도 있고 정정할 수도 있어야 그 의미가 깊어질 수 있지만, 어떻든 처음에 자신만의 느낌을 갖는 것이 중요하다고 하겠다. 문학은 기본적으로 상당한 허구의 논리 위에 설정된 자유의 공간이기에, 독자 나름의 상상 또한 허용되고 장려되는 영역임에 분명하다. 요즘 특히 문학 작품을 읽고 무엇을 어떻게 말해야 할지 모르겠다는 하소연을 자주 듣는 상황이다. 여기에서의 시도는 문학 전문가의 읽기 역시 일차적으로는 일반 독자와 크게 차별성을 갖지 않는다는 안도감 또한 줄 수 있기를 희망한다.

각 작품 해석에는 더 읽을거리를 권하였다. 이 역시 번역본을 손쉽게 구할 수 있는 작품에 한정하였고, 문학사적 의의와 함께 그 주제의 상호 연관성을 고려하였다. 또한 영미 문학 이외의 작품도 함께 읽을 수 있길 바랐다. 세계의 모든 문학은 그 국적과 무관하게 독자에게 문학으로 대접받을 필요와 자격이 있다. 여기에서는 영미 문학을 나름의 방식대로 설명하고자 그 지적 전통인 경험주의와 실용주의라는 넓은 틀을 채택하였다. 영미 문학을 왜 읽는 것인가라는 이유와 어떻게 읽을 것인가라는 방법에 대한 답변 또한 이러한 범주에서 설명하고자 하였다.

마지막으로 이 저술의 기회를 준 세창출판사에게 감사 드린다. 더구나 '입문'이나 '이해' 서적의 전형적인 형식에서 벗어난 필자의 뜻을 흔쾌히 인정해 준 것에 특히 감사 드린다. 더불어 번번이 주말 아침 커피를 앞에 둔 귀한 시간에 편집자 수준에서 글의 요지를 들어주며 간섭해 주고, 초안 또한 읽고 수정해 준 아내 정화지에게 특히 고마운 마음을 여기에 적는다

2019년 2월

조규형

II. 영미 문학,
경험과 실용의 지향

영미 문학은 영국과 미국에서 이루어지는 문학을 말한다. 그리고 이에 대한 이해는 편의상 어떤 포괄적이고도 요약된 설명을 통해 이루어질 수밖에 없다. 이렇게 이루어진 이해는 대상에 대해 한층 본격적으로 공부하기 위한 출발점에 불과할 것이며, 그 이후엔 반박되거나 다음 단계를 위한 디딤돌의 기능만으로도 충분히 그 역할을 다한 것이 될 것이다.

여기에 시도하는 일종의 '영미 문학의 이해'는 '영미 문학사'와 약간의 차별성을 갖도록 하였다. 일반적으로 문학사는 한 국가의 언어가 산출한 문학의 특성과 전개를 이해하는 데 있어 가장 자주 채택되어 온 방식이다. 이 문학사적 방식은 주어진 대상이 발생하고 전개되어 온 역사를 통해 그 내용을 파악하고자 한다. 우리가 쉽게 접근 가능한 다수의 영미 문학 소개 자료들은 이러한 방식을 채택하고 있고, 그 방법적 유효성과 유용성은 널리 인정되고 있다. 다만, 이 방식은 양적으로 긴 서술을 택한 경우 한 시대의 다양한 성과를 망라하는 까닭에 일목요연한 이해에 이르기가 쉽지 않고, 이를 피하고자 지나치게 간략한 서술을 택한 경우 작품에 대한 깊은 분석이 불가능해 피상적 설명에 머무는 것이 사실이다.

이 책에서는 **역사적 차원에서 지속되고 있다고 볼 수 있는 영미 문학의 특성 가운데 몇을 선정하고, 이것이 전개되어 오는 계보를 설정하는 방식**을 채택하였다. 영미 문학을 일괄해서 이해하기 위해 거론할 수 있는 특성을 선정하는 것에는 많은 문제점과 반론이 제기될 것이다. 이와 버금가거나 더 출중한 특성을 추출하여 그것의 역사적 계보를 설정할 수도 있을 것이다. 여기에서 특성을 선정하기 위해 채택한 시각 역시 여러 가지 가능한 시각 가운데 하나에 지나지 않거나, 또 다른 시각의 산출을 유도하려는 시도로 간주되길 바랄 뿐이다.

문학에 국적이 있는가, 즉 문학은 한 나라의 언어로 쓰인 것이겠지만 그 내용과 주장이 반드시 그 나라에 국한되어 있는가 여부 또한 쉽지 않은 문제이다. 문학과 어학이 국어국문학, 영어영문학, 불어불문학, 독어독문학 등 국가를 기준으로 한 분과 학문으로 나뉜 것은 대체로 지난 20세기 초부터의 현상으로, 이는 해당 국가의 문화와 언어를 이해하는 효율성을 고려한 제도 설정에 지나지 않는다. 여기에서 거론한 영미 문학의 특성 또한 해당 문학을 이해하는 데 있어 단지 상대적 효율성을 염두에 둔 설명 방식이다.

한 나라 문학의 특성을 선정하는 단순한 방식은 상대적 비교일 것이다. 이러한 비교는 대상의 공통점과 차이점이 함께할 때 오히려 더 손쉽고 그 의의가 확인되는 측면이 있다. 사과와 코끼리를 비교하기보다는 사과와 배를 비교하여 둘의 차이를 드러내는 것이 더 가치 있는 작업일 것이다. 하지만 이러한 비교는 어떻든 큰 공통점을 기반으로 하면서도 이에 주목하기보다는, 그 위에 펼쳐진 차이점을 지적한다. 영미 문학의 특성을 독일 문학과 비교하여 그 차이점을 거론할 경우 역시, 이 둘이 모두 문학이라는 큰 기반을 공유하고 있다는 점은 간과되지 않아야 한다. 영국과 미국의 문학이 서로 차별성을 갖기보다는 우선 공통성을 갖는 것으로 파악하는 것 또한 변명이 필요하다. 우선 이는 문화와 문학의 역사적 전개에 있어 공유점에 더 주목한 결과이고, 이들이 현재 제도적으로 '영어영문학과'에서 함께 배우는 대상이기 때문이기도 하다. 여기에서는 이 둘이 커다란 공유점 속에서도 어떠한 변별적 전개를 보이는지를 제시해 보고자 한다.

이러한 측면의 고려만이 영미 문학의 특성을 선택하는 길잡이의 모든 것은 아니다. 그것은 이렇게 영미 문학을 이해한 경우, 그 어떤 의의가 있는 것일까라는 궁극적 질문이 남아 있기 때문일 것이다. 이는 영미 문학을 전공하는 이들이 의문을 제기하기에는 너무나 고통스러운 사안일 것이다. 최소한 일반 독자들은 '영미 문학의 이해' 자체가 어떠한 의의를 갖는지는 일상적 차원과 학문적 차원 모두에서 대답되기를 바랄 것이다. 우선 이는 문학이라는 학문의 의의를 조금 살핌으로써 그 대답에 대신할 수 있을지 모르겠다.

문학은 주로 허구(fiction)의 차원에서 전개된다. 이에 따라 그것이 과연 어떤 학문적 의의를 가질 수 있는가는 정당한 질문이다. 인문학에서 자주 거론되는 **문·사·철**(文·史·哲)은 그 분류의 정당성이 의

문시되기도 하지만, 어떻든 문학은 인문학의 주요 분과로 인정받고 있다. 매우 거칠게 요약하자면 역사는 이미 발생한 사안들에 대한 통시적 연구이고, 철학은 주로 진리와 윤리에 관한 공시적 연구라고 한다면, 문학은 현실과 상상을 접목한 특수한 사례에 대한 연구라고 할 수 있다. 인류의 발달사에 있어 이들 세 분야는 각각 이미 발생한 사안들의 논리, 개별 사안 너머의 보편적 원리, 현존하는 것 너머로 상상된 가상의 면모에 주목하면서 발달하여 왔다. 하지만 이들 세 분야는 단지 독립적으로 자신들의 칸막이를 유지하면서 전개되지도 않았고, 그럴 수도 없는 구도 속에 있어 왔다. 최근 자주 언급되는 '통섭'(consilience)이 인문학과 자연과학의 회통을 지향하듯, 문·사·철 또한 학문적으로 상호 독립적인 것 못지않게 지속적 소통과 융합에 유념하지 않을 수 없다.

　　문학 자체와 문학에 대한 연구 모두 당면한 역사와 철학과 긴밀한 연계와 긴장 관계를 형성해 온 것이 사실이다. 셰익스피어는 영국의 엘리자베스 1세가 지배한 역사 공간, 르네상스의 인본주의적 사유와 분리하여 이해하기 힘들다. 영미 문학의 특성을 논한다면 우선적으로 그것은 영미의 역사와 사유 방식과 함께 수행될 필요가 있다. 이러한 방식의 장점 가운데 하나는 문학에게 제기되어 온 또 다른 의문에 대한 답변을 구할 수 있기 때문이다. 주로 상상에 의해 구축된 세계 속에서 지성과 감성을 포괄하는 개인의 총체적 움직임을 보여주고자 하는 문학은 진정으로 어떤 지적 탐색의 대상이 되고 그에 보답하는 구도를 설정할 수 있을 것인가, 그리고 그렇게 설정된 구도가 어떠한 의미를 갖게 될 것인가라는 의문이 그것이다. 그것은 바로 문학은 과연 지적 체계 가운데 어떤 위치에 있고 어떤 역할을 하는가에 대한 의구심이다. 이에 대해 어떤 이는 문학은 단순한 인식 체계이기 보다는 이성과 감성, 몸과 마음 등을 포괄하는 까닭에 문학에서 단지 '지적 체계'로서의 의의를 구하고자 하는 것에 반론을 제기할 수 있을 것이다. 그러나 문학에 대한 이해가 세계와 인간에 대한 이해에 기여 한다는 점에서 문학 역시 넓은 의미의 '지적 체계' 가운데 하나로 파 악될 수 있음이 분명하다. 이러한 지적 체계는 단일하기보다는 시대 와 지역에 따라 다양한 방법론을 기조로 진리를 설정하고 이에 따라 그 내용을 구축해 왔다. 그리고 이 방법론과 내용 및 그것의 의의는 상호 순환적 생산관계를 형성해 왔다.

영미 문학을 읽는 이유와 방법의 논제로 돌아오면, 위의 구도 는 **영미 문학을 영미의 사유와 지적 체계 가운데 일부로서 파악하는 작 업**의 필요성과 유효성을 말해 준다. 영미 문학이 주로 전개된 근현대 영미에 있어 그 사유와 지적 체계의 방법과 내용을 파악하자면, 그것 은 도버해협을 사이에 둔 프랑스와 독일 등 대륙의 그것과 상호 대비 될 때 좀 더 분명해진다. 여기에서 철학사가 명명하고 있는 바와 같 이 **영국의 경험주의**(Empiricism) 그리고 **대륙의 합리주의**(Rationalism)**와 관 념주의**(Idealism)라는 큰 구분은 매우 유용하다. 서구 역사에서 합리주 의와 경험주의는 중세의 신학으로부터 벗어나 근대의 새로운 세계관 과 인간관을 구축하는 방법론을 대표하는데, 합리주의는 인간의 이 성을, 경험주의는 경험을 그 근간으로 하고자 한다.

합리주의와 경험주의 그리고 관념주의는 다음과 같이 거칠 게 개괄할 수 있을 것이다. 17세기 전반기 데카르트(René Descartes)(1596-

1650)의 "나는 생각한다, 고로 나는 존재한다"(Cogito, ergo sum)는 확언은 **합리주의**의 시작을 알리는 명제이다. 이 명제는 사태에 대한 정확한 인식을 위해 의심할 수 없이 가장 확실한 기반을 인간의 이성과 사유에서 찾는다. 이후 이를 근거로 한 연역적 추론을 통해 세계에 대한 올바른 인식과 판단이 정립된다. 이와 달리, 영국의 베이컨(Francis Bacon)(1561-1626)을 시작으로 17세기 후반 로크(John Locke)(1632-1704)에서부터 본격화하는 **경험주의**는 인간이 이성에 앞서 오히려 '백지 상태'(tabula rasa, white paper, 또는 blank slate)에서 출발한다고 상정한다. 이에 따르면 인간은 백지 상태에서 주변 대상에 대해 다양한 감각적 경험을 축적하고 이를 통해 귀납적으로 관념과 지식을 구축해 왔다. 특히 18세기 전반 경험주의의 정점을 이루는 흄(David Hume)(1711-1776)에 따르면 한 사회의 진리는 그 사회가 경험해 온 관습에 불과하며, 이런 까닭에 진리는 사회와 시대에 따라 그 내용을 달리하는 상대적인 신념으로 이해된다.

흄의 경험주의는 독일의 칸트(Immanuel Kant)(1724-1804)로 하여금 데카르트의 합리주의를 재검토하도록 하였다. 칸트는 "나는 생각한다, 고로 나는 존재한다"라는 데카르트의 명제에서 '생각'이 가장 확고부동한 근거이기보다는 인간적 한계를 내재한 기제라는 반성에 이른다. 그에 따르면 인간의 이성과 이에 따른 생각의 근저에는 이를 가능하게 하는 한층 근본적인 선험적(a priori) 틀이 존재한다. 선험적 틀의 대표적 예는 인간의 시간과 공간 개념이다. 이 선험적 틀은 한편으로 우리의 생각과 경험을 가능하게 하면서도, 다른 한편으로 우리로 하여금 오직 이러한 틀 내에서만 세계를 생각하고 경험할 수 있도록 한다. 인간의 이성은 능력자이지만 동시에 한정되고 또한 한정하는 능력자이다. 바로 여기에 경험주의와 합리주의가 구축하는 진리 모두 오직 인간의 정신적 틀에 따라 산출된 한정된 수준의 것이라는 칸트적 종합의 면모가 있다.

　　이성의 작동과 경험의 형성을 가능하게 하는 틀을 상정한다는 점에 있어, 칸트의 철학은 진리의 근원을 인간의 내적 조건에서 찾은 **관념주의**를 대표한다. 특히 그의 철학은 인간의 이성을 구성하는 틀이 후천적이기보다는 선천적임에 주목하면서, 이를 통해 사유와 경험이 가능하다는 것을 강조하는 까닭에 선험적 관념주의로 불린다. 칸트 철학은 이후 헤겔(Georg Wilhelm Friedrich Hegel)(1770-1831)에 의해 절대적 관념주의로 완성된다. 헤겔의 주저인『정신현상학(Phänomenologie des Geistes)』(1807)은 세계를 인간 정신이 투영되고 완성되어 온 기나긴 역사의 산물이라고 설명한다. 인류사를 인간의 이성과 정신이 스스로를 세계 속에 실현하며 절대적 지위를 확보해 나가는 과정으로 파악하는 그의 철학은 관념주의의 절정을 보여 준다.

　　미국의 사유 방식으로 주로 거론되는 **실용주의**(Pragmatism)는 영국의 경험주의의 연장선에서 이해될 수 있다. 경험주의는 경험의 축적과 사회적 관습을 중요시하고 이에 따라 인간의 삶의 기준은 가변적이고 잠정적인 것임을 강조한다. 이러한 경험주의의 연장선에 있기 때문에 근본적 또는 급진적 경험주의(Radical Empiricism)로 불리기도 하는 실용주의는 제임스(William James)(1842-1910)와 듀이(John Dewey)(1859-1952)에 의해 구체화되었다. 이들은 진리의 위상을 설명하기 위해 어떠한 논리보다도 단지 현실 세계에서의 '작동 가능성'(workability)이나, 우리 스스로 '믿고자 하는 의지'(will to believe), 심지어 삶에 이득을 주는 '현금 가치'(cash value) 등의 용어를 동원한다. 이들에게 한 사회의 진리는 그 구성원들이 신뢰하고 사용하는 유효한 실용적 기준일 뿐이다. 더 나아가 이렇게 설정된 진리의 효용성을 믿고 실행하는 우리의 '행동'은 기존의 진리 체계를 부단히 변화시키는 과정을 촉발한다. 사유와 이론이 아닌 행동과 실천이 세계를 움직이고, 이렇게 세계를 움직이는 데 있어 증명되는 효용성과 효율성이 진리의 기준이라는 것이다. 실용주의의 '프래그마'(pragma)의 의미 가운데 하나인 '행위'와 '실천'은 이제 사유와 거의 동일하거나 그에 우선하는 역량을 인정받는다.

이와 같은 간략한 계보는 지나친 단순화의 위험성을 안고 있다. 예를 들어 인간 정신의 고양을 위해 노력한 영국의 낭만주의는 경험주의에 대한 반발의 논거를 칸트의 관념주의가 제공하는 인간의 일정한 내적 능력에 관한 주장에서 찾았다. 또한 19세기 중반기 개인의 자존과 독립을 위한 정신적 도약을 추구한 미국의 초월주의는 헤겔의 관념론으로부터 상당한 도움을 받았다. 그럼에도 대륙과 영미의 사유 방식이 구별되는 모습은 대체적으로 유효하다고 할 수 있으며, 이를 보여 주는 또 다른 대표적 경우로는 법체계를 들 수 있겠다.

대륙법계의 성문법(成文法) 주의는 법조문과 규칙을 정하여 이를 통해 사태와 사건을 판단한다. 그것은 인간의 생각과 행동을 규정하는 일정한 보편적 법칙이 존재한다는 논리에 근거한다. 반면 영미법계의 불문법(不文法) 주의는 각각의 구체적 사례를 판단해서 쌓은 관습이나 판례를 중시한다. 이는 인간의 삶을 추상적 법칙에 따라 판단하기보다는, 그것이 실제로 행해진 모습을 파악하는 것에 더 무게를 두고자 하는 체계이다. 대륙법계와 영미법계의 이와 같은 차이점을 환경적 조건에 따른 차이에서 찾는 해석 또한 있다. 대륙 문화의 경우 자신의 환경에 대한 온전한 이해가 가능하고 이에 대한 체계적 이론의 정립 또한 설정 가능한 까닭에, 인간의 이성과 관념에 대한 신뢰가 구축되었다는 것이다. 이와 달리 영미의 해양 문화의 경우는 한층 개방적이고 불완전한 환경으로 인해 부단한 현실적 경험과 추론이 우선시되었다는 것이다.

① 앞의 설명과 사례는 영미의 사유와 삶의 방식을 **경험주의와 실용주의**에서 찾을 수 있고, 이러한 틀을 영미 문학의 이해에 동원할 수 있다는 것을 제안하기 위해 거론되었다. ② 그리고 경험주의와 실용주의의 내용을 요약할 수 있는 개념으로 '**감성**'과 '**실천**'을 선택하였다. ③ 거듭 강조하건대 영미의 사유 방식을 경험과 실용으로, 대륙의 그것을 합리와 관념으로 이분화하여 이해하는 것은 단순 소박한 논리인 것이 분명하다. ④ 그럼에도 이러한 구도는 영미의 사유를 설명하기 위한 수단으로서 일정한 유효성을 갖는다. ⑤ 물론 이 구도는 수많은 또 다른 구도와 방식에 의한 시도를 이끌어 내기 위한 도구적 예시로 여겨지길 바랄 뿐이다. ⑥ 이런 가운데 구체적으로 이에 기초하여 추론한 **영미 문학을 특징짓는 속성들**로는 무엇을 거론할 수 있을까?

이제까지 영미 문학의 특성을 크게 거론하고자 한 여러 굵직한 시도가 있어 왔고, 그 내용에 있어 상당수의 견해들은 위에 제시한 틀에 어느 정도 합류하는 것이었다. 간략하지만 인상적인 견해로는 19세기 중반 미국의 에머슨(Ralph Waldo Emerson)이 영국을 여행하고 자신의 관찰을 기록한 『영국적 특성(*English Traits*)』(1856)을 들 수 있겠다.

대서양을 넘어 찾아온 영국의 다양한 면모를 꽤나 양가적인 감정 속에서 살피는 가운데, 그는 영국인들이 사물과 사태에 대해 매우 사실적이기를 원하고 거의 물리적 차원에 가까운 이해를 선호한다고 적고 있다. 특히 그에게 영국인들은 일반적 법칙을 추론하여 이를 삶의 기준으로 삼기보다는 개별 사안에 대한 개개인의 판단을 더 우선시하려는 특성을 갖는 것으로 보인다. 영국인들이 이상보다는 현실을, 일반적 법칙보다는 개별 사안을 더 중시한다는 관찰은 에머슨 이후의 여러 영국 여행자에게서도 이어진다.

다른 한편으로 에머슨보다 앞서 미국을 방문했던 프랑스의 정치 철학자 토크빌(Alexis de Tocqueville)은 『미국의 민주주의(De la démocratie en Amérique, Democracy in America)』(1835-1840)에서 전체적으로 미국은 유럽의 기존 체제에서 탈피하며 문학 역시 형식보다는 세계의 실체를 더 지향한다고 평한다. 이 지점에서 우리는 에머슨의 영국과 토크빌의 미국이 차이점보다는 유사점을 더 갖는다는 생각에 당도하게 된다. 토크빌에서처럼 미국 문학은 그 역사가 짧은 만큼 일정한 특성을 선정하고 이를 통해 전체를 설명할 수 있을 가능성이 높다고 인정되고 더불어 이러한 시도에 대한 유혹 또한 높았다고 할 수 있다. 이런 인식 속에 미국 문학을 대표하는 특성으로 '미국의 아담,' '미국의 꿈,' 또는 소위 '개척 정신' 등의 주제가 제시된 바 있다.

영국 문학과 미국 문학을 차별성보다는 연계 차원에서 포괄하면서 그 특성을 논한 최근의 시도 가운데 가장 눈에 띄는 것은 프랑스의 철학자 들뢰즈(Gilles Deleuze)의 영미 문학에 대한 평가이다. 들뢰즈는 현대 사회와 그에 대한 이론적 논의 구조의 한계를 지적하면서 그

대안을 모색하는 가운데, 대륙의 합리주의와 관념주의 철학에 대한 반성의 지렛대를 영국의 경험주의에서 찾는다. 더 나아가 그는 경험주의적 방식과 궤를 같이 하는 영미 문학에 주목하면서 그 특성으로 감각적 시도와 실험을 집중적으로 거론한다.

들뢰즈의 이러한 평가는 「**영미 문학의 우월성론**("De la supériorité de la littérature anglaise-américane"; "On the Superiority of Anglo-American Literature")」(1977) 이라는 글에 집약되어 있다. 그의 논의는 주로 자신의 철학적 기조에 따라 전개되고, 매우 도식적인 측면을 갖는다는 것을 부정할 수 없다. 그럼에도 불구하고 여기에서는 영미 문학을 용이하게 검토할 수 있다는 장점에 주목하여 그의 주장을 채택하였다. 물론 또다시 이에 따른 주의 사항은 이러한 방식이나 초점이 다른 수많은 방식과 초점을 배제하거나 상대적 우위를 주장하지는 않는다는 점이다. 세계적 차원에서 영미의 사회문화적 의의를 감안하여 영미 문학의 의의를 검토할 수 있는 주제 측면의 또 다른 초점을 예로 든다면, 산업사회와 자본의 논리, 거대 도시와 전통 사회, 제국주의, 인종과 다문화 문제, 포스트모던 사회 등을 들 수 있겠다.

들뢰즈의 안내를 중심으로 우선 영미 문학의 특성은 유럽 대륙의 문학을 잘 대변하는 프랑스 문학과의 대비를 통해 거론할 수 있다. 프랑스 문학은 대상과 사태를 주로 그 근원과 구조의 관점에서 접근한다. 이는 대상의 모습을 알기 위해서는 그것의 원형으로 거슬러 올라가 그 원리를 따져 묻는 것이 효과적이라는 입장이기도 하다. 나무의 진면목을 위해서는 겉으로 드러난 모습 못지않게 오히려 그 뿌리에 주목해야 한다는 태도라 할 수 있다. 프랑스 문학은 세계와 인간의 근본적 원리와 구조에 대한 고심에 있어 뚜렷한 성취를 이루었다. 덧붙여 이는 대상에 대해 부단히 점검하고 해석하는 가운데 그 정체성과 진정성에 대한 추구에 주로 집중한다. 어떤 설명은 프랑스 문학의 특징으로 사회 속의 개인에 대한 탐구가 주로 사회 대 개인이라는 대립적 구도에서 그려지고, 특히 그러한 개인은 문제적 개인으로 설정되어 그려지는 경우가 많다고 지적한다. 이는 프랑스 문학이 정신주의적 혹은 이념적 차원에서의 탐문에 더욱 천착한다는 평가로도 이어지기도 한다. 프랑스 문학에 대한 이러한 일반화는 도버해협 건너의 영국 그리고 대서양 너머의 미국 문학의 특징을 좀 더 대조적으로 드러내기 위한 방편일 수 있다. 여기에서 출발하여 그 대조적 모습을 몇 가지로 도식화해 본다.

첫째, 프랑스 문학이 인간의 근원적 욕망과 진정성을 찾아 나선다면, 영미 문학은 한 인간의 변모 과정에 더 집중하는 것으로 보인다. 일반화하자면 영미 문학은 '존재'(Be)의 문학이기보다는 무엇이 되는 **'과정'(Becoming)의 문학**이다. 그것은 주어진 대상이나 사태를 그리는 데 있어 상태에 주목하기보다는, 그것이 변화하는 모습과 추이에 더 집중한다는 것이다. 이러한 과정은 변화와 이행 그리고 탈주 등 조금은 어려운 말로 달리 표현될 수 있다. 이는 영미 문학이 정신적, 지적 차원보다는 훨씬 더 현실적이고 실질적인 차원에서 전개되어 온 측면을 강조한다.

둘째, 현실적 삶의 과정에 대한 관심 가운데 영미 문학은 세계 속에서 다양하고 부단한 **실험과 시도**로 이어진다. 이러한 실험은 인간이 실험의 주체이고 자연이 실험의 대상인 관계이기보다는, 일종의 배치의 구도 속에 세계와 그 속의 삶에 대한 인식이 지속적으로 수정되는 과정의 연속을 보여 준다. 이로써 개인의 삶은 일정한 정체성을 확인하기보다는 스스로를 부단히 재조정하거나 해체하고 또 창출하는 과정에 주력한다.

셋째, 영미 문학은 이성보다는 감성, 그리고 이러한 **감성의 축적과 교직**을 통해 삶의 일상이 어떻게 달리 느껴지고 평가되며 또 변모될 수 있는지를 보여 준다. 이는 궁극적 생명현상보다는 실질적으로 삶이 영위되는 모습에 대한 관심이기도 하다. 이런 까닭에 어떤 문학보다도 작가의 전지적 설명보다는 주인공들이 구체적 상황 속에서 나누는 대화 형식이 영미 문학의 특징적 면모 가운데 하나로 지목되기도 한다.

넷째, 미국 문학에서 특히 더 두드러지는 것으로 세계와 인간에 대한 **사유나 해석보다는 행위**에 대한 한층 높은 가치평가를 들 수 있다. 행동은 사유 못지않게 인간의 삶의 한 면모이자 요소인 것이 분명하다. 미국 문학은 행동을 통해 새로운 삶을 창출하고, 이에 따라 보편적 도덕보다는 구체적 상황이 요구하는 윤리를 창출한다. 주어진 상황 속에서 개개인은 자기 변모와 생성의 정당성 또한 확보한다.

다섯째, 구체적 삶과 개인에 대한 관심은 영미 문화에서 두드러지는 **개인주의와 자유주의적 신념**과 연결되어 있다고 할 수 있다. 또한 이러한 신념은 지극히 사적인 차원에 머물지 않고, 어떻게 사회적 차원에서도 유효하고 확장될 수 있는가에 대한 실험으로 이어지고 있다. 여기에서 개인주의와 자유주의에 기초한 사회는 개인들이

유기적으로 연계된 공동체이기보다는, 단지 매우 느슨하게 배치된 구도 수준에 머무는 한계를 노정한다. 이는 미국 사회와 문화의 중요한 특징이자 미완의 과제이기도 한 다문화주의에서도 여전히 관찰되는 구도이기도 하다.

　　요약하자면, 한편으로 이성과 관념에 역점을 둔 사유 체계와 궤를 함께하는 유럽 대륙의 문학은 인간이 세계 속에서 보편적 이성과 정신을 구현해 나가는 노력에 역점을 두고 있다면, 다른 한편으로 인간의 경험과 실용적 태도를 중시하는 경향 속에서 영미의 문학은 **개인의 정서적 판단과 행동에 의해 형성되는 개인적 신념의 실천**을 특징으로 한다. 여기에서 문학적 인지 역시 지적 체계의 대체적 방법과 일정한 교호관계에 있다는 것이 재확인된다.

　　영미 문학을 어떻게 읽는가라는 방법에 대한 질문은 왜 읽는가라는 이유에 대한 질문 또한 포함하며, 이는 영미의 지적 방법론과 체계 그리고 그 의의 속에서 고려할 때 한층 설득력 있게 대답될 수 있다는 제안이 이 책의 주제이다. 여기에서의 영미 문학 읽기는 이러한 제안의 구체적 내용과 그 적절성을 보여 주고자 한 시도이다. 하지만 영미 문학은 물론 모든 문학을 읽는 이유는 오로지 일정한 지적 체계와 그 의의를 파악하기 위해서만은 결코 아니다. 문학 작품의 문학으로서의 고유한 의의는 그것이 다른 설명으로 완전히 해석되고 정리되기보다는 항상 어떤 여운과 잉여를 남긴다는 것에도 있다. 아래의 읽기 또한 영미 문학이 영미의 지적 체계에 무리하게 연결되거나 단순하게 환원되기보다는, 느슨하게 가족 유사성 정도로 연계되는 수준에서 만족하고자 하였다.

영미 문학, 특히 영국 문학은 우리를 첫눈에 반하게 하지도 않고, 그 주장을 또렷하게 요약하기도 쉽지 않다. 이는 대체로 문학이 세계와 삶의 구체적 모습들을 면밀히 그려 내는 것에 주안점을 두고 있는 장르이기 때문이기도 하다. 이렇게 정리하고 보니, 영미 문학이 어렵게 느껴지는 이유가 좀 더 분명해진 것 같다. 관념이나 이념의 경우 그 정연한 논리로 국경과 문화를 넘어 모두를 설득하기에 용이하다. 거칠게 말하자면 우리가 유럽 대륙과 러시아 문학에 매료되고 깊은 인상을 받는 것은 그것이 제시하는 인간 내면의 문제에 대한 심도 있는 탐문 과정을 이성과 사유를 통해 동참할 수 있기 때문이기도 하다. 이와 달리 영미 문학의 이해는 그 사회와 문화가 겪어 오고 당면해 온 미세한 분위기에 대한 정서적 포착이 더욱 요구된다. 단순화하자면 영미 문학은 **보편적 이념인보다는 자기 신뢰의 감성인이 구축해 오는 문학**이다. 논리보다는 경험의 차원이 한층 더 무게를 갖는 문학은 우리에게 어려움을 안길 수밖에 없다. 이와 더불어 영미의 사회와 문화 그리고 사유와 행동 양식에 대한 접근에 있어 영미 문학 읽기가 갖는 장점과 의의는 더욱 분명해진 것 같다. 그리고 이렇게 한층 포괄적으로 파악된 영미 문학은 그것의 일정한 한계에 대한 파악에도 기여한다. 우리가 문학 가운데서도 특히 영미 문학에 접근하고자 해도 쉽게 그 문을 열고 들어가지 못한 것은 그 귀책사유가 우리에게만 있는 것은 아니었다. 이것도 이 책이 주는 조그만 위로가 되기 바란다.

III. 영국 문학 10선

1. 윌리엄 셰익스피어(William Shakespeare)(1564–1616)

『햄릿(The Tragedy of Hamlet, Prince of Denmark)』(1599–1602?)
— 자신의 실험으로 삶과 세계를 판단하는 현대인의 탄생

사느냐, 죽느냐, 그것이 문제로다.

어느 쪽이 더 고귀한 행동인가.

가혹한 운명의 화살을 받아도

마음의 고통을 참고 견딜 것인가.

아니면, 밀려드는 재앙의 바다를 힘으로 막아

싸워 없앨 것인가. 죽어 버려, 잠든다

—그것뿐이겠지— 잠들어 만사가 끝나

가슴 쓰린 온갖 고뇌와 육체가 받는 모든 고통이 사라진다면

그것은 바라 마지않는 삶의 극치.

죽어, 잠을 잔다. 잠이 들면 꿈을 꿀 테지.

그게 마음에 걸려.

이승의 번뇌를 벗어나 영원한 잠이 들었을 때

그때 어떤 꿈을 꿀 것인지,

그것 때문에 망설여지는 것이다.

그러니까 고해 같은 이 삶에 집착이 남는 법.

그렇지 않고야 누가 세상의 사나운 비난의 채찍을 견디며,

폭군의 횡포와 권력자의 멸시,

버림받은 사랑의 고민이며 지연되는 재판,

관리들의 오만, 덕망 있는 자에 대한 소인배들의 불손,

이 모든 것을 참고 견딜 것인가?

한 자루의 단도면 쉽게 끝낼 수 있는 일이 아닌가?

누가 지루한 이 인생길을

무거운 짐에 눌려 진땀을 뺄 것인가?

다만, 한 가지, 죽음 다음의 불안이 문제 아니겠나?

나그네 한번 가서 돌아온 적이 없는 저 알 수 없는 세계,

그것이 우리의 결심을 망설이게 하는구나.

알지 못하는 저승으로 날아가 고생하느니

이승의 고난을 짊어지고 사는 게 낫다는 것이지.

이렇게 사리분별은 우리를 겁쟁이로 만든다.

결의의 생생한 혈색은 생각의 파리한 병색으로 늘어져서

충천할 듯 의기에 찬 과업도 흐름을 잘못 타게 되고,

마침내는 실행의 힘을 잃고 마는 것이다.[01]

01 여석기, 여건종 역, 시공사, 2012년, 3막 1장, 145-6쪽

　『햄릿』은 선왕의 죽음, 왕위를 이어받은 작은아버지 클라우디우스 왕과 자신의 어머니 거트루드 왕비의 결혼, 이런 가운데 엄습해 오는 정치적 불안, 그리고 이 모든 사태의 한가운데에서 괴로워하는 덴마크의 왕자 햄릿의 선택을 보여 준다. 선왕의 유령은 성에 출몰하여 아들 햄릿에게 자신이 작은아버지에 의해 독살되었음을 알리고 복수를 당부한다. 신중하고 영민한 햄릿은 왕과 왕비 등 여러 사람이 관람하는 연극이 독살 장면을 재연하게 하고, 이 장면에서 당황해 하는 왕의 모습을 선왕의 독살에 대한 증거로 삼는다. 그는 복수를 위해 연인인 오필리어를 거부하고, 자신을 염탐한 그녀의 아버지를 죽인다.

　이를 계기로 햄릿은 영국으로 출국하게 되고 죽임을 당할 음모에 빠지지만, 오히려 어린 시절의 두 친구가 자신의 운명을 대신하도록 한다. 아버지의 죽음에 상심한 오필리어는 강에 몸을 던지고, 오빠 라에터스는 복수를 위해 햄릿에게 결투를 청하게 되자, 클라우디우스 왕은 이를 악용하여 햄릿을 죽이려는 계책을 세운다. 결투와 계책의 결과 라에터스와 햄릿은 독이 묻은 칼이 바뀌면서 서로를 죽음에 이르게 하고, 왕비는 독이 든 포도주를 마시게 되며, 이 모든 음모를 알게 된 햄릿은 왕을 죽인다. 햄릿의 유언과 함께, 덴마크의 모든 것은 이제 막 진군해 온 노르웨이의 왕자 포틴브라스의 손에 넘어간다.

　　"사느냐, 죽느냐, 그것이 문제로다"("To be, or not to be, that is the question")는 우리 모두가 잘 알고 있고, 오늘날까지 이렇게 저렇게 달리 웃음을 자아내는 변주가 이어진다. 주식 투자자는 "살 것이냐, 말

것이냐," 다이어트 중인 사람은 "먹을 것이냐, 말 것이냐," 요즘 취업을 앞둔 졸업생은 "졸업할 것이냐, 말 것이냐," 등등으로 자신들의 고민을 요약한다. 이에 관한 가장 재미있는 에피소드는 어떤 학생이 시험에서 이를 "To-부정사를 쓸 것이냐, 말 것이냐"로 번역했다는 사례였다. 영문학사만이 아니라 세계문학사에서도 분명 손꼽히는 대목으로서 복잡한 상황을 이렇듯 가장 간명하고 근본적 차원에서 요약하고 있지만, 정작 이 말이 등장하는 독백은 그 자체로든 혹은 극 전체 맥락 속에서든 그 의미의 논리에 있어 우리의 생각을 요구한다. 이런 까닭에 위 독백은 그 울림이 여전하다.

전체 5막의 연극 가운데 중간에 해당하는 3막 1장의 이 장면에 이르러 우리는 극 전체의 전환점을 기대하게 된다. 이곳은 주인공 햄릿이 모든 인물을 제치고 홀로 주어진 사태와 자신의 생각을 정리하고 있기에 더욱 긴장감을 주기에 충분하다. 그가 모두와 떨어져 생각을 정리하고 있다는 것은 단지 연극적 설정으로 이해해야 한다. 최소한 관객으로 설정된 우리가 엿듣고 햄릿은 자신의 생각을 독백으로 말하고 있다는 형식 논리에서만이 아니라, 이 대사의 전후 맥락에서도 알 수 있듯이 그는 누군가가 자신의 독백을 엿들을 수 있다는 것을 잘 의식하고 있고, 또 이를 자신의 사유와 행동에 부단히 반영한다.

햄릿은 이제까지의 상황에서 자신이 선택 가능한 사항을 '사느냐, 죽느냐'로 요약한다. 그는 이보다 앞서 이에 버금가는 독백에서 "아, 이 굳어 버린 육신이 녹고 녹아 이슬이나 되어 버렸으면. 차라리 자살을 금하는 신의 계명이 없었다면. 오 신이여, 신이여!"[02]라고 탄식한다. 이런 까닭에 '사느냐, 죽느냐'는 이대로 살아가느냐, 아니면 스스로 목숨을 끊느냐의 문제로 읽힌다. 하지만 곧바로 그의 변화무쌍한 생각은 '죽느냐'가 반드시 자살을 염두에 두기보다는 좀 더 적극적인 저항, 그리고 이에 따라 맞이하게 될 죽음으로 옮아간다. "어느쪽이 더 고귀한 행동인가. 가혹한 운명의 화살을 받아도 마음의 고통을 참고 견딜 것인가. 아니면, 밀려드는 재앙의 바다를 힘으로 막아싸워 없앨 것인가. 죽어 버려, 잠든다." 이를 사느냐, 죽느냐라는 문제에 대입해 보면, 그것은 부조리한 현실을 비굴하게 참고 살 것인가, 아니면 이에 맞서 싸울 것인가의 문제이고, 후자는 특히 맞서 싸우다보면 끝내 죽을 수밖에 없다는 판단과 함께한다. 한편으로 스스로 목숨을 끊는 것을 비관적 판단에 의한 선택이라고 해야 한다면, 다른 한편으로 어떤 행동에 임하면서 죽음에 직면할 수밖에 없을 것이라는단정 또한 비관적인 판단이다. 그러나 그가 주어진 현실에 저항한다는 것은 바로 절대 권력에 대항하는 것이다. 이것이 초래할 수 있는어려움과 위험에 대한 두려움은 매우 현실적이고, 그에 대한 주저는**'명석한' 판단**이라고 하지 않을 수 없다.

그의 생각은 비록 자살에서는 빠져나왔지만 주저의 지점으로부터 달리 옮아가지 못한다. 하지만 그것은 '논리적' 추론에 따른 것이지, 많은 평자가 지적한 '지나친' 사변으로 인한 것으로 보이지 않는다. 죽음이라는 엄중한 난제에 대해 인간의 사변이 아무리 신중할지라도 지나친 것이라고 할 수 없기 때문이다. "죽어 버려, 잠든다"는 죽음에 대한 논리적 사유의 또 다른 변곡점이다. "죽어 버려, 잠든

02 1막 2장, 76쪽

다 —그것뿐이겠지— 잠들어 만사가 끝나 가슴 쓰린 온갖 고뇌와 육체가 받는 모든 고통이 사라진다면 그것은 바라 마지않는 삶의 극치. 죽어, 잠을 잔다. 잠이 들면 꿈을 꿀 테지. 그게 마음에 걸려." 이러한 추론에 따르면 죽음은 단지 죽음으로 끝나지 않는다. 죽음은 잠처럼 꿈을 낳을지 모르고, 그 꿈은 반드시 좋은 꿈이 아닐 수도 있다. 이런 까닭에 다음과 같은 결론에 닿는다. "나그네 한번 가서 돌아온 적이 없는 저 알 수 없는 세계, 그것이 우리의 결심을 망설이게 하는구나. 알지 못하는 저승으로 날아가 고생하느니 이승의 고난을 짊어지고 사는 게 낫다는 것이지." 햄릿의 '사느냐, 죽느냐'라는 고심은 단지 사변적 제자리걸음이기보다는 한 개인의 **부단한 사리분별과 이를 바탕으로 한 결심의 연속**을 보여 준다.

햄릿은 왜 죽음을 일종의 잠으로 생각한 것일까? 그것은 물론 잠이 죽음에 대한 가장 근사치로 여겨질 수 있었기 때문일 것이다. 이는 지극히 상식적 수준의 답이지만, 이것이 하나의 진지한 사유로 인정받는 것은 역사적으로 간단치 않은 것이었다. 햄릿의 시대, 그리고 셰익스피어의 시대 또한 삶과 죽음에 대한 공식적 이념은 "자살을 금하는 신의 계명" 등으로 대표되는 기독교라는 종교적 틀이었다. 현실 삶의 의미와 죽음에 대한 설명을 필요로 할 때 종교는 가장 분명한 대답을 제공하는 기재였다. 하지만 죽음을 통해 인간은 천당과 지옥으로 이어진다는 공식적 설명 대신, 햄릿이 일반인 누구나가 상식적으로 생각할 수 있는 설명을 전면에 내세우는 것은 의미 깊은 전환이다. 인간은 무덤에서도 자신에 대한 비난에 대해 괴로워하는 존재라고 말해진다. 그것은 인간이 자신에 대한 세간의 평가에 지대한 가치를 두는 존재라는 설명이다. 햄릿이 죽음을 잠에 비유하고, 편안한 잠을 방해하는 꿈에 대해 걱정하는 것은 무덤에 누운 자신에 관한 세간의 평가 또한 그 꿈의 일부로 여기고 있기 때문인 것으로 보인다. 햄릿의 이러한 고심은 종교적 논리에 대한 **근대인의 개인적 의문과 저항을 예시하는 지점**으로 정초하기에 손색이 없다.

　　햄릿은 이 독백을 전후로 매우 치밀한 계책을 세우고 이를 실행할 준비를 해 간다. 그는 유랑 극단에게 〈쥐덫〉이라 이름지은 〈곤자고 살해〉를 무대에 올리도록 함으로써 왕의 심기를 살피고자 한다. 비록 유령이 아버지의 형상을 하고 있지만 자신을 미망(迷妄)에 빠뜨리려는 악마일 수도 있다는 내심의 반론과 함께, 유령이 말하는 바가 진실인지 여부를 현실 세계에서의 증거에 의해 엄정히 검증하고자 한 것이다. 덧붙여 그는 영주인 곤자고가 살해되는 장면에서 정작 왕이 어떤 표정을 짓는가를 홀로 판단하려고 하지는 않는다. 냉정한 성격의 학자인 친구 호레이쇼 또한 판단에 동참하게 함으로써 판단의 정확성을 높인다. 햄릿의 '사느냐, 죽느냐'에 대한 고심은 그의 이러한 치밀한 행동 계획과 병렬적으로 행해진다.

　　햄릿은 오로지 생각에 침잠한 철학적 인물이 아니라 정치적 식견과 함께 엄정한 판단력을 갖춘 개인이다. '사느냐, 죽느냐'의 독백은 이러한 개인의, 소극적이라고만 할 수 없는 영웅적 면모를 보여준다. 위기에 처한 왕자의 모습은 현실 공간 속에서 무소불위의 지위에 있기보다는, 바다 위에서 부단히 흔들리고 좌절하면서도 나아갈 길을 모색하는 돛단배처럼 현실 공간에서 살아가는 개인의 모습을 확대해서 보여 준다. 그의 추론이 내밀한 사유에 머물지 않고 독백으로 실행되고, 또한 이러한 독백은 순전한 독백에 머물지 않고 어떻든 관객에게 그리고 주변 인물에게 전달된다. 햄릿이라는 개인은 주변 세계와 별도로 고려될 수 있는 개체이기보다는, **수많은 대상 사이에서 상호 교호하고 연계된 모습 속에 변화하는 개인**인 것이다.

　이러한 교호의 한 방식은 햄릿이 수없이 던지는 농담과 허언에 의해 자신의 판단과 주변 세계를 검증하는 것이다. 극의 초반에 지조 없는 신하인 폴로니어스가 그에게 읽고 있는 책의 내용이 무엇이냐고 묻자 "말, 말, 말"이라고 대답하고, "어떤 사연인지요, 왕자님?"이라고 묻자 "누구와 누구의 사연이냐고?"라고 반문하거나, "왕자님 바람을 피해 안으로 드시지요"라고 하자 "무덤 안으로 들어가라고?"라며 핀잔을 준다. 이 진담 반 농담 반의 말들은 수많은 그럴듯한 말을 쏟아 내는 폴로니어스의 내심과 희망사항을 엿보고, 클라우디우스와 거트루드의 관계를 은근히 지적하고 질책하면서, 이들을 시험대에 올리는 언사들이다. 그래서 폴로니어스마저 "틀림없이 실성은 하셨는데 말에 조리가 있거든"이라거나, "이따금 아주 그럴싸한 대답을 한단 말이야. 미치광이가 때로는 멀쩡한 사람보다 나을 때도 있지"[03]라고 인정하지 않을 수 없게 한다. 소위 이 '낚시성' 언사들은 상대의 마음을 실험할 뿐만 아니라 부단히 자신의 판단을 무대에 올리듯 대상화한다. 이는 세계를 이리 저리 평가하는 것에 머물지 않고, 세계를 교정하려는 적극적 행위로 다가온다. 그에게 **말은 단순히 말에 머물지 않고 실험적 행동에 근접**한다.

03　123쪽

햄릿의 개인적 판단과 그를 둘러싼 세계의 상식적 조건이 교직하는 모습은 예기치 않은 사태와 인물의 조우에서 극적으로 나타난다. 오필리어가 자살로 생을 마감하고, 햄릿에 대한 최종 음모가 세워지는 4막을 뒤로 하고, 마지막 5막에 접어드는 단계에서 두 광대가 오필리어를 매장하는 장면이 그 대표적 경우이다. 비극적 긴장감이 가득한 가운데, 광대들이 재담과 함께 내던지는 이런저런 해골들 속에서 햄릿은 죽음에 대한 상식을 다시 한번 절감한다. "사람이 죽어 한 줌 흙이 되고 나면 무슨 수모를 받을지 몰라, 호레이쇼! 알렉산더의 거룩한 한 줌 흙의 종적을 밟아 가면, 그 귀한 유골이 지금쯤 술통 마개가 되어 있을지도 몰라."[04] 햄릿은 이 장면에서 한층 더 포괄적인 차원에서 죽음의 의미를 포착해 낼 수 있었다. 그것은 광대들이 구사하는 시끌벅적한 말재간과 거침없는 행동과의 만남이 있었기에 촉진되었다. 이 지점에서 햄릿이 주도하는 세밀한 추론은 광대들이 들춰내는 일상의 모습과 합류하면서 죽음의 의미를 한층 구체화한다.

요약하자면, 햄릿의 궤적은 개인적 판단과 함께 일상에서 마주하는 상식적 상황이 동일한 무게를 갖고 진행하는 모습을 보여 준다. 역사적 관점에서 이를 표현하자면 그것은 **근대적 삶의 탄생**이라고 할 수 있다. 『햄릿』의 집필 기간은 1600년 전후로 추정된다. 서구의 르네상스 시기는 대략 1400년에서 1600년 사이의 기간을 일컫는다. 이 작품은 시대적으로 그야말로 르네상스를 접고 진정한 의미의 근대로 접어드는 시점에 위치한다. 중세를 넘어 고대 그리스와 로마 시대의 인본주의를 되살리고자 하는 운동이라는 의미에서 '르네상스'(Renaisseance)는 '문예부흥'으로 불리지만, 최근에 와서 다수의 학자는 그것이 근현대와 갖는 연계성을 강조하기 위해 오히려 '초기 근대'로 부르고자 한다. 햄릿은 중세를 극복하려 하거나 고대 그리스와 로마 시대의 인본주의를 회복하고자 하는 개인이기보다는, 우리와 같은 **현대인의 첫머리에 있는 주인공**으로 읽힌다.

햄릿은 삶과 죽음에 대한 기존의 틀, 특히 기독교적 틀에서 벗어나 자신의 사유에 의한 지속적인 추론과 실질적 실험에 의해 개인적 사유와 행동의 틀을 구상해 나간다. 죽음에 관한 한 가장 현대적인 언명 가운데 하나로는 "참으로 진지한 철학적 문제는 오직 하나뿐이다. 그것은 바로 자살이다. 인생이 살 만한 가치가 있느냐 없느냐를 판단하는 것이야말로 철학의 근본문제에 답하는 것이다"라는 카뮈의 언명(『시지프 신화』)이 떠오른다. 햄릿의 문제 설정은 이와 닮았다. 죽음의 문제는 문학의 시초부터 제기되어 온 원초적 주제이다. 호메로스의 『일리아드』와 그 너머의 『길가메시』 또한 그 궁극적 힘은 죽음의 문제에서 찾아진다. 햄릿은 현대의 영웅이다. 그의 용맹함은 길가메시, 아킬레우스나 오디세우스, 또는 베오울프 등 전형적 영웅들에는 미치지 못하지만 오이디푸스와 같은 비극적 영웅의 계보를 잇고 있다. 그는 단지 내적 고심의 영웅이기보다는 신의 세계를 넘어, 개인의 사유와 행동이 현실 세계와 조응하고 갈등하는 면모를 보여 주는 영웅이다.

현대인에게 죽음은 신을 중심으로 한 종교적 틀을 넘어 자신이 설명하고 감내해야 할 사태이다. 그렇다고 해서 햄릿의 경우가 대표하고 있듯이 온전히 개인의 결정에 따라 죽음이 맞이해지지는 않는다. 그는 죽음의 언저리에서 고민하다가 자신의 순수 의지의 실천으로 복수를 하거나 죽음을 맞이하지는 못했다. '사느냐, 죽느냐'는 오로지 자신의 철학과 행동으로 결정될 수 있는 문제가 아니었다는 점에서 이 극은 비극적이다. 그가 죽음에 당면하여 남긴 마지막 말은 "이제 침묵만 남는다"[05]이다. 이는 현 시대의 죽음은 개인이 적극적으로 대처하면서도 동시에 수동적으로 당면해야 할 사태임을 예증하고 있다.

햄릿은 오늘 이 시대의 첫머리에서 인간이 대면해야 할 가장 첨예한 문제를 고민하도록 무대 위에 던져진 존재이다. 그럼에도 그는 오늘의 우리를 대변하는 보편적 존재는 아니다. 어떻든 그는 왕자이고 친어머니가 갑자기 작은 어머니로 돌변한 상황에 빠진 인물이며, 그의 이야기는 매우 특수한 사태를 극화한 것이다. 그런 만큼 이는 일반적 상황의 조건을 실험하기 위한 극단적 경우로 받아들일 필요가 있다. 햄릿은 인간의 일반적 조건을 가늠하기 위해 현미경 아래에 놓인 인물인 것이다.

햄릿에 관해 가장 현학적인 해석 가운데 하나는 프로이트가 제시한 것으로, 그의 고뇌를 오이디푸스 콤플렉스의 산물로 설명한 것이다. 프로이트에 따르면 어린 시절 갖게 되는 어머니에 대한 애착인 오이디푸스 콤플렉스는 아버지의 권위를 받아들임으로써 철회된다. 그는 이것이 우리가 일반적으로 겪게 되는 사회화 과정이라고 설

05 253쪽

명한다. 이에 따라 클라우디우스는 정작 햄릿이 욕망하는 어머니를 차지한 인물로서, 그는 클라우디우스와 내심 동일한 위치에 있게 되고, 이것이 바로 그가 복수를 망설이는 이유로 해석된다. 햄릿은 우리의 원초적 욕망의 모습을 보여 준다는 점에서 순수한 인물일 수 있다. 여기에서 무엇보다도 오이디푸스 콤플렉스가 과연 인간 모두에게 특히 동서양 모두에게 적용 가능한 일반적 성향인가라는 의문 제기가 뒤따른다. 이런 점에서, 설득력 있는 판단은 오히려 오이디푸스 콤플렉스는 물론 햄릿 역시 일반적 상황을 가늠하기 위해 동원된 극단적 경우들이 아닌가 하는 점이다. 햄릿은 자신의 현실을 파악하고 실험하기 위해 연극은 물론 광기 수준의 행위와 재담을 동원한다. 그리고 이 특수하고도 극단적인 고심의 사례는 우리 또한 각자가 당면한 삶과 세계를 사유하고 점검하도록 유도한다.

햄릿, 특히 그의 '사느냐, 죽느냐'의 독백은 영문학에 있어 인간의 가장 심각한 문제인 삶과 죽음의 문제를 고민하고 실험하는 기념비적 출발점이다. 여기에서는 인간의 문제가 삶과 죽음의 문제로 극단적으로 추상화되고 공식화되는 듯하지만, 사실 작품의 모든 내용은 이러한 추상적 공식을 구체적으로 따져 묻고 실험하는 것에 바쳐진다. 절망과 모색으로 점철된 햄릿의 언사처럼, 작품이 제시하는 세계는 일목요연한 논리를 드러내지 않는다. 『햄릿』은 인간과 세계 그리고 그 너머의 알 수 없는 영역을 부단히 개인적 판단 속에 실험하고 모색해야 하는 현대적 개인의 경험 세계로 우리를 초대한다.

그런데 정작 『햄릿』의 배경은 영국이 아니라 왜 덴마크이고 햄릿은 왜 덴마크의 왕자일까? 셰익스피어가 『햄릿』을 쓰기 훨씬 전부터 영국의 일반인에게 스칸디나비아 계통의 신화와 역사는 낯설지 않았다. 『햄릿』과 연관될 수 있는 다수의 연극 또한 있어 왔다. 여기에서 이 시대까지의 영국사를 요약할 필요가 있겠다. 영국은 게르만 족의 대이동 기간인 5세기 무렵부터 독일 북부와 덴마크 그리고 노르웨이 지역의 앵글 족(Angles), 색슨 족(Saxons), 쥬트 족(Jutes) 등이 바다를 건너와, 영국의 본토인 브리타니아 지역 원주민이었던 켈트 족(Celts)을 밀어 내고 정착하는 역사적 과정을 밟았다. '브리튼'과 '앵글로색슨'의 유래가 여기에 있다. 이후 8세기 후반 바이킹 족(Vikings)의 한 부류로서 덴마크인의 조상인 데인 족(Danes) 또한 지속적으로 침입해 왔다. 이를 극복한 것이 한 세기 후 알프레드 대왕(재위 871-899)의 업적이고, 그에 의해 본격적으로 영국의 국가 정체성이 정립되기 시작하였다. 앵글로색슨 족이 데인 족의 두개골을 차면서부터 생긴 것이 축구라는 설마저 있을 정도이지만, 이러한 과정에서도 그들과의 문화적 친밀성 역시 형성되었다고 할 수 있다. 이후 영국의 정신적 일체감을 완성했다고 할 수 있는 엘리자베스 1세(재위 1558-1603) 시대의 극작가가 셰익스피어(1564-1616)이다.

『햄릿』은 셰익스피어의 희곡 가운데 가장 긴 작품이다. 이보다 훨씬 짧고 현대적 변용이 자주 시도되는 작품으로는『한여름 밤의 꿈(A Midsummer Night's Dream)』(1595)이 있다. 영국과 스칸디나비아 지역과의 관련성은 영문학의 첫머리에 있는 서사시로 6세기 무렵을 배경으로 하는『베오울프(Beowulf)』가 있다. 르네상스 시대 이전 중세를 대표하는 작품으로는 초서(Geoffrey Chaucer)의『캔터베리 이야기(The Canterbury Tales)』(1400)가 있다. 셰익스피어 이후 시대의 작품인 밀턴(John Milton)의 『실락원(Paradise Lost)』(1667)은 작가와 작품의 관계 또한 호소력을 더하면서 분명 읽는 보람이 있다. 여기 읽기에서는『햄릿』이외에 다른 희곡 작품을 읽지는 못하였다. 현대의 희곡들 가운데 하나를 권한다면 베켓(Samuel Beckett)의『고도를 기다리며(Waiting for Godot)』(1952)이다.

2. 대니얼 디포(Daniel Defoe)(1660-1731)

『로빈슨 크루소(*Robinson Crusoe*)』(1719)
— 세속적 욕망과 개인의 흥망성쇠

이날 밤 나는 섬에 도착할 때까지 내가 겪은 내 모든 삶과, 이후 이곳에서 살았던 내 모든 삶을 축소시켜서, 말하자면 요약해서 반추해 보았다. 섬에 도착한 이후의 삶을 반추하며 섬 생활 초기 시절의 행복했던 삶과 모래 위에서 사람 발자국을 발견한 이후 걱정과 불안과 공포감에 싸여 살았던 삶을 비교하며 견주어 보았다. 사실 발자국을 발견하기 이전 내내 야만인들이 섬에 출몰했다는 걸 믿지 않았다는 소리는 아니다. 아마 이미 수백 명씩 떼를 지어 섬 해변에 출몰했을지도 몰랐다. 다만 내가 그 사실을 모르고 있었을 뿐이고, 따라서 전혀 걱정할 처지가 아니었을 뿐이다. 실은 내가 처해 있던 위험은 예전이나 지금이나 마찬가지였는데도, 그걸 모르고 완전한 만족감에 싸여 실제로 그런 위험에 노출된 적이 없는 사람처럼 위험에 대해 전혀 무지한 채 행복하게 살았던 것이다. 이런 깨달음이 유익한 생각을 많이 제공했다. 특히 인간을 다스리시면서, 사물을 바라보는 그들의 시각과 지식에 이 같은 편협한 한계를 설정해 주시는 하느님의 섭리란 얼마나 선량하신가 하는 생각이 들었다. 인간이란 수없이 많은 위험들 속을 걸어가는 존재이며 혹시라도 그런 위험들이 드러나 목격하게 되면 넋이 나가고 우울증에 빠져 버린다. 하지만 그런 위험들이 눈에 안보이게 숨겨져 있기 때문에 인간은 자신을 에워싸고 있는 위험들을 전혀 모르고 평온하게 평정한 마음을 유지할 수 있는 것이다.[01]

줄거리

영국 요크의 중산층 가정에서 태어난 로빈슨 크루소는 아버지가 강조하는 중산층의 복된 생활에 안주하기보다는 배를 타고 바다로 나가고 싶어 했다. 마침내 런던으로 가는 배를 타게 되지만, 폭풍우를 경험한 후 다시는 바다로 나가지 않겠다고 다짐한다. 그러나 이 모든 것을 곧 잊어버린 그는 아프리카로 떠나는 노예 무역선에 올랐지만 해적선의 습격을 받아 모로코에 노예로 팔리는 신세가 된다. 한동안의 노예 생활에서 탈출한 그는 브라질에 정착한다. 농장을 경영하며 안정된 삶을 누릴 무렵 이웃 주민들의 요청으로 그는 노예를 밀수하고자 아프리카로 출항하지만, 얼마 되지 않아 배가 폭풍에 좌초되어 간신히 홀로 살아남는다. 스스로 '절망의 섬'이라 부른 무인도에서 그

01 류경희 역, 열린책들, 2011년, 265-66쪽

는 탈출 시 가지고 나온 최소한의 도구와 좌초된 배에서 다시 가져온 물품과 식량으로 생존해 나간다. 이후 그는 마침 자신에게 펜과 잉크가 있다는 것을 알고 일기를 쓰기 시작한다. 그는 점차 씨앗을 뿌려 수확도 하고 거주지를 견고히 하면서, 섬의 이곳저곳을 살피는 탐험에도 나선다.

어느덧 이러한 생활이 25년이 다 되어 갈 무렵, 이웃 섬의 식인종 '야만인' 집단이 섬에 드나드는 것에 경악한 그는 총으로 이들을 대적할 준비를 한다. 그는 이들이 다시 섬에 도착하여 잡아먹으려 한 젊은 야만인을 구한 다음, 이날을 기념하고자 그를 '프라이데이'라 이름하고 그로 하여금 자신을 '주인님'이라고 부르게 한다. 이후 그는 또다시 야만인들이 섬에 데려온 스페인 포로와 프라이데이의 아버지를 구한다. 이들이 이웃 섬으로 동료를 구하러 간 사이에, 프라이데이와 함께 크루소는 선상 반란자들에 의해 섬에 내버려진 영국인 선장과 합세하여 이들을 물리치고 선박을 차지한다.

이렇게 해서 그는 28년 동안의 무인도 생활을 접고 영국으로 귀국할 수 있게 되었는데, 자신 소유의 무인도는 회개한 반란자들과 스페인 사람들이 관리토록 한다. 그간 고향에서는 부모님이 그에게 아무런 유산도 남기지 않고 돌아가셨지만, 그는 브라질에 남긴 재산을 찾아 수도원에 기부도 하고 가정도 꾸린다. 이후 그는 자신의 섬을 직접 방문하여 소유권을 재차 확인하고 이를 거주자들이 나누어 경작하도록 한다. 이 이야기는 그가 소유한 식민지에서 벌어진 일을 다룰 속편을 기약하며 끝을 맺는다.

앞의 발췌 부분은 크루소의 섬 생활이 24년째가 되는 해의 일로서 소설의 전체적 흐름 가운데 전반부와 후반부를 나눌 수 있는 전환점에 위치해 있다. 이제까지의 이야기는 무인도에서 홀로 살아남아 의식주를 해결해 나가면서, 자신의 삶을 되돌아보고 이를 신과의 관계에서 숙고해 나가는 과정의 연속이었다. 그러나 이 부분은 섬에 정착한 이후 가장 두렵고 끔찍한 장면을 목격한 그의 심경을 보여 준다. 그것은 식인 행위를 자행하는 것이 분명한 '야만인'의 출현이었다. 이 사건은 이제까지 자신에게 발생한 사태를 위와 같이 정리하도록 한다. 그가 겪은 다양한 사태와 그 의미에 대해 곰곰이 사유하던 이야기는 이제 주로 그가 당면하게 될 더욱더 다채로운 사태들에 대처하는 모험담으로 변모해 나간다.

위 부분에서 크루소는 이제까지 자신의 삶이 어떻든 평온했다고 술회한다. 이는 특히 야만인들이 출몰하면서 그가 느끼게된 불안이나 공포감과 대비되면서 더욱 절실히 느껴진다. 이러한 상황에 당면하여 그는 이 사태가 자신에게 갖는 의미를 따져본다. 이렇게 따지고 보니, 사실 그는 이런 위험에 계속 직면해 왔음에도 단지 자신이 이를 인식하지 못하고 있었다는 것을 깨닫게 된다. 인간은 항상 위험에 직면해 있으면서도, 주변 사물과 사태에 대한 편협한 시각과 무지로 인해 편안함을 느낄 뿐이라는 자각인 것이다. 그러면서도 이 인간 능력의 한계와 오류는 아마도 인간의 행복을 위한 신의 섭리일지도 모른다는 생각으로 이어진다.

크루소가 일단 신의 오묘한 섭리로 돌리는 경우는 무수히 많다. 그 가운데 무척이나 인상적인 것은 곡식의 껍질을 버리던 곳에서 새싹이 나오더니 이내 보리 이삭이 달리고 근처에서 벼 또한 자라는 모습을 보고 그가 감탄을 자아 내는 장면[02]이다. 그는 이를 하느님께서 자신을 불쌍히 여겨 베풀어 주신 경이로운 기적으로 여기며 감사해 마지않는다. 이에 대한 확신을 더하기 위해 그는 섬의 다른 곳도 뒤진다. 하지만 더 이상 아무것도 발견되지 않자, 이제야 이전에 자신이 닭 모이용 주머니에 남아 있던 곡식 껍질을 털어 냈었던 일을 기억해 내고는 그때 흩어진 씨앗 몇 개가 싹을 피운 것임을 알아차린다. 그리고는 급격히 하느님에 대한 감사의 마음이 시들해졌다는 고백이 이어진다. 하지만 그는 또 어찌되었든 그 씨앗이 엉뚱한 곳이 아니라 바로 웅덩 밑에 버려진 까닭에 싹을 피울 수 있었고, 이것이야말로 하느님의 섭리라는 논리를 펼쳐 보인다.

크루소는 척박한 무인도에서 그야말로 생존의 문제에 직면한다. 여기에서 '사느냐, 죽느냐'의 과제는 앞 장의 햄릿과 달리 오직 어떻게 생존할 것인가의 문제로 집약되며, 모든 것이 다 생존의 문제로 직결된다. 생존을 위해 수집하거나 포획하는 것은 무엇보다도 물질적 재료들이다. 그가 알고 있는 신에 대한 여러 관념은 이 일차적 재료를 획득하는 데 있어 효율성을 제고하는 차원에서 동원되고 유지된다. 위 장면에서와 같이 신에 대한 감사의 마음은 상승과 하강 곡선을 반복한다. 이는 개인의 종교적 신앙심이 보여 주는 일반적 움직임이고, 그는 이를 스스럼없이 인정하는 인간미를 보여 주고 있다.

크루소는 신과 종교를 주로 세속적 차원에서 해석하고 동원하고 있다. 이러한 판단이 가능한 까닭은 신에 대한 신뢰와 명상이 초월적 차원보다는 세속적 차원에서 행해지는 것이 크루소나 디포의 독단이기보다는 오히려 당대 독자 일반의 심중에 부응하는 것으로 보이기 때문이다. 그의 종교적 신앙심은 순수하기보다는 혼란스럽거나 매우 복합적인 단계에 있는 것으로 읽힌다. 특히 "인간을 다스리시면서, 사물을 바라보는 그들의 시각과 지식에 이같은 편협한 한계를 설정해 주시는 하느님의 섭리란 얼마나 선량하신가 하는 생각이 들었다"는 대목은 위 발췌의 핵심에 해당하는 것으로, 그 이면에 내재한 논리를 풀어 볼 필요가 있다.

이 대목은 인간에 대한 신의 이치에 관해 권위 있는 신학이 제시하는 해석이 아니다. 크루소는 매우 겸손하게 신의 위대한 섭리가 어떻게 인간의 행복을 관장하고 있는가를 스스로 파악해 낸다. 무엇보다도 이는 오직 자신의 생각에 의해 모든 것을 정리해 내는 한 개인의 능력을 보여 주는 장면이다. 신학과 현실 생활 모두에서 복잡하게 얽히고설킨 당대의 종교적 논리 속에서, 그는 조심스럽게 자신의 사유에 의해 이러한 겸손한 결론에 도달한다. 이것은 또 하나의 근대적 영웅으로서의 면모라고 해야 할 것이다. 그의 영웅적 면모는 절망적 조건 아래 수평적 공간에서 펼치는 활동의 폭과 함께, 이에 대한 초월적 사유의 높이와 깊이를 수반한다. 이는 근대의 독자가 로빈슨 크루소에게 느끼는 매력은 어디에 있는가를 알려 주는 지표가 된다. 한마디로 그것은 **삶의 활동반경을 부단히 넓히면서 그 흥망성쇠를 스스로 사유하고 감내하며 극복하는 주체적 개인의 모습**이다.

당대에 이 소설의 소재가 되었던 셀커크(Alexander Selkirk) 사건에 일반이 큰 관심을 보였던 것은 무인도에서 대체 그가 어떻게 살아남았을까에 있었던 것이 분명하다. 하지만 디포가 이를 다시 소설 작품으로 옮겨 오면서 이 무인도의 생존자는 근대 사회 속에서 생존하고 성공한 개인으로서의 면모 또한 갖춘다. 1704년 9월 선박이 식수 공급을 위해 정박한 칠레 해안 서쪽의 한 무인도에서 셀커크 선원은 배에 문제가 있다고 주장하면서 자신은 차라리 섬에 남겠다고 주장하였다. 이내 다른 선박이 오겠지 생각했었지만 기대와 달리 그는 최소한의 도구로 무인도 생활을 버텨 내야 했다. 실제로 그를 놓고 떠난 배는 문제가 있어 항해 도중 침몰하고 말았다. 4년 4개월 만에 무인도에서 구출된 그는 영국에서 큰 이야깃거리가 되었고, 많은 신문들이 관심을 보인 데 이어, 마침내 디포가 이를 중심으로 소설을 쓰기에 이른 것이었다.

셀커크의 생존 담론을 넘어, 문학 작품으로서의 『로빈슨 크루소』는 당대의 호기심만이 아니라 인간의 오랜 관심사를 담고 있어 오늘날까지도 참조의 대상이 되어 왔다. 이 소설은 사회 사상사에서 누차 반복되어 온 인간의 최초 상태를 확인하고자 하는 욕구를 해소해 준다. 앞 장에서 살핀 햄릿의 고민은 기독교적 세계관이 퇴락하여 잔존하는 변곡점에서 행해졌다. 셰익스피어의 수많은 극은 세계관의 변화에 당면하여 겪게 되는 혼란, 그리고 인간의 위치와 능력에 대한 새로운 정초를 탐문하려는 노력, 특히 그러한 노력이 일정한 결실을 맺지 못하는 좌절로 가득하다. 셰익스피어 이후 사회 사상은 이러한 세계 속에서 한층 현실적인 세계관을 체계적으로 제시하고자 노력하였다.

그 대표적 경우로 홉스(Thomas Hobbes)(1588-1679)의 『리바이어던 (Leviathan)』(1651)을 들 수 있다. 사회 사상사에 있어 당대를 대표하는 이

저작은 인간은 생존을 위해서라면 어떠한 수단도 사용할 수 있는 권리를 가지며, 이러한 권리는 '자연적'인 것이라고 확인한다. 하지만 이는 자못 "만인에 대한 만인의 투쟁"의 상태로 전락할 수 있어, 그는 만인이 계약관계에 의해 국가에게 주권(sovereignty)을 부여하고 이를 대변하는 군주에게 스스로 복속하는 과정을 정당화한다. 이러한 복속의 반대급부로 군주는 국민을 보호할 의무를 지게 되지만, 이는 주로 군주의 절대적 권한을 설명하는 것으로, 여기에는 절대 권력이 어떻든 자연 상태의 무질서보다는 낫다는 논리가 있다.

『리바이어던』의 논리는 개인에서 출발하여 그 집합체로서의 정치 체제를 정당화하는 데 초점이 맞추어져 있다면, 『로빈슨 크루소』에서도 **개인과 사회의 원리**를 살필 수 있다. 크루소가 보여 주는 문명과 문화 구축의 과정은 소설의 전반에서는 자연을 대상으로 한다면, 그 후반은 자신 이외의 타인을 대상으로 한다. 이는 그가 자신의 무인도에 사람이 출현하는 것에 대해 보이는 반응에서 잘 나타난다. 그가 주변 섬의 원주민들이 보이는 식인 풍습에 대해 극도의 공포심을 갖는 장면은 충분히 수긍이 간다. 그러면서도 이 무인도에 누군가 한 사람만이라도 있었으면 하는 그의 소망 또한 간절하다. 야만인들이 출몰하는 것을 알게 된 가운데, 크루소는 섬 앞에 난파된 한 선박을 목격하고서 이렇게 말한다.

> 난파선을 목격하고 나서 내가 마음속 깊이 얼마나 기묘한 갈망과 간절한 열망을 품었는지는 그 어떤 말의 힘을 빌려서도 표현할 수 없다고 생각한다. 이따금 내 입에서는 이런 말이

터져 나왔다. '아아, 한두 명이라도 살아남았다면 얼마나 좋았을까! 그래, 배에서 단 한 명이라도 살아남아 도망쳐 나올 수 있었다면 내게 말을 걸며 대화를 나눌 친구나 동료가 되어 주었을 텐데!'[03]

이후 선박에 올라 살펴보았지만 생존자가 없자 크루소의 슬픔은 깊어진다. 이 사건이 있은 다음 그는 야만인 가운데 하나를 생포하여 이용한다면 한층 쉽게 섬을 탈출할 수 있을 것이라고 생각하게 된다. 이렇게 해서 야만인들의 희생물로 잡힌 한 야만인을 구하게 된다. 이 젊은 야만인은 "얼마 지나지 않아서 그에게 말을 하기 시작했고, 그에게도 내게 말하는 법을 가르치기 시작했다. 가장 먼저 앞으로 그의 이름은 그를 구해 준 요일인 '프라이데이'라고 알려 주었다. 그날을 기억하기 위해 그렇게 부르기로 한 것이다. 그리고 그에게 '주인님'이라는 말도 가르친 뒤 앞으로 그게 내 이름이 될 거라고 알려 주었다."[04] 당대의 기준으로 크루소가 프라이데이를 노예로 삼는 것은 별로 문제가 되지 않는 당연한 모습이다. 이렇듯 크루소의 대인관계는 평등보다는 위계를 기준으로 한다. 이는 단지 그가 '야만인'이나 프라이데이를 대하는 것에서만이 아니라, 백인들에 대해서도 동일하다. 영국인을 제외한 스페인 등 다른 국적의 백인들을 대하는 데 있어서도 그는 이러한 위계적 관념에 아무런 질문을 제기하지 않는다.

크루소는 자신의 뿌듯한 위업을 이렇게 요약한다.

03 254–5쪽
04 279쪽

이제 내 섬에는 식구가 더 늘어났다. 백성들을 놓고 볼 때 나는 내가 아주 부자라고 생각한다. 종종 내 모습이 얼마나 왕처럼 보일까 상상하며 즐거워하기도 했다. 우선 온 섬이 순전히 내 소유의 재산이었다. 따라서 전 영토에 대한 권리가 다 내게 있었다. 두 번째로 내 백성들은 내게 완벽하게 복종했다. 나는 그들의 절대 군주이자 입법자였다. 그들의 목숨이 모두 내게 달려 있고, 그럴 필요가 생기면 그들은 내 목숨을 위해 자신들의 목숨까지 바칠 준비가 되어 있었다.[05]

이는 단지 위계적 사회를 당연시하는 차원을 넘어, 홉스의 논지와 같이 군주의 힘과 그 무소불위의 권한을 실현하는 장면이기도 하다. 소설적 영웅으로서의 크루소는 리바이어던의 추상적 논리를 개인적 차원에서 구체화하고 실천하며, 군주의 힘에 버금가는 개인의 힘을 확인한다.

『로빈슨 크루소』를 근대 영문학이 시작하는 한 지점에 위치시킬 수 있는 이유를 단순화하자면, 그것이 행동과 사유의 모험을 통해 **자연 세계와 인간 속에서 개인의 절대적 자아를 구축하고자 하는 욕망에 정당성을 부여**하고 있기 때문이다. 이 작품은 최소한의 도구가 갖춰진 상황에서 개인이 홀로 생존해 나가는 구도를 취한다. 크루소는 아담의 후예이기보다는 보이스카우트의 조상으로서 자연 세계를 정복해 나가는 문명인의 표상이 되었다. 살아남기 위해 주거지를 확장

05 328쪽

하고 식량을 마련하며 토기를 만드는 등의 활동은 인간의 생존을 위한 전형적 장면이다. 하지만 이 작품이 일반적 모험 소설과 달리 갖는 차이점은 모험적 행위와 함께하는 풍성한 개인적 사유의 전개에 있다. 크루소는 수많은 위기 사태를 극복해 나가면서 이러한 사태의 의미를 생각해 보는 것에 게을리하지 않는다. 특히 이는 종교적 사유의 틀 속에서 시작하지만, 단지 종교적이고 사변적 궤도만을 따르지 않는다. 그것은 현실 속의 경험들에 의해 촉발되어 잠시 종교적 논리를 참조하지만, 이내 지극히 개인적 경로에 의해 현실적 결론에 닿는다.

그 대표적 예는 일종의 문화 상대주의적인 결론에 도달하는 추론 과정이다. 식인의 풍습에 당면한 크루소의 다음과 같이 논리 정연한 추론은 매우 인상적이다.

> 야만인들이 서로 싸우면서 야만스럽고 비인간적인 모습을 보인다 한들 사실 그게 나와 무슨 상관이냐는 생각도 떠올랐다. 그들은 내게 아무런 위해도 가하지 않았다. 만약 그들이 나를 공격했거나 내 당장의 안위를 위협했다면, 그래서 그들을 급습하는 일이 불가피했다면, 그때는 내게도 변명의 말이 있었을 것이다. […] 야만인들의 먼저 공격해 오지 않는 한 그들의 일에 개입하는 건 내가 할 일이 아니라는 생각이 들었다. 가능하다면 그런 일은 피하는 게 내가 할 일이었다.[06]

06 233-5쪽

그는 자신의 안위가 위기에 처할 수 있기 때문에 야만인들의 태도를 문제 삼지만, 또한 바로 이 기준에 의해 자신의 안위가 위협받지 않는 한, 이들에 대해 간섭할 필요가 없다는 결론에 도달한다. 이 점은 이러한 문제에 대한 당대의 수많은 사변적 논의와는 그 과정과 도착점을 달리한다.

이렇듯 이 소설에서는 종교적 틀 못지않게 군주의 주권 개념 또한 공적이기보다는 개인적 차원에서 더욱 의미를 발휘한다. 그것은 주권 개념을 통해 국가의 독립적 권한의 정당성을 고양하는 한편, 그에 버금갈 만큼 독자적 개체로서의 개인의 위상을 제고하고자 한다. 이 점은 분명 홉스의 정치학이 그 논리상 억압하고 있는 개인의 주체성에 관한 일반의 욕망을 드러내고 반영하고 있는 것으로 읽힌다. 크루소가 자신이 거주해 온 섬에 대한 소유권과 지배력을 국가와 군주의 경우에 비유하는 것은 **개인적 역량의 확대**를 상징하는 차원을 갖는다. 그가 동원하는 종교적, 국가적, 문화상대주의적 논리는 은유적으로 그의 개체적 차원에서도 동일하게 작동한다는 것이다. 여기에서 디포의 저작은 정치적 실험이기보다는 당대 상황에서 상대적으로 간과된 **개인의 욕망을 반영**하는 문학 작품임이 확인된다.

『로빈슨 크루소』에서 독자가 순차적으로 마주하는 것들은 인간의 무모함, 자연의 냉혹함, 그리고 인간의 능력이다. 분수에 넘치는 욕망이 주는 시련, 이를 극복한 뒤에 오는 자만심, 또다시 들이닥치는 험난한 세계, 하지만 이 모든 것을 극복하는 명민한 지혜와 굳은 의지가 이야기의 교훈을 형성한다. 이런 점에서 이 작품은 당대의 의식 수준에서 새롭게 인간적 삶과 문명 세계를 재점검하고 재확인하면서, 이에 재차 신뢰성을 부여하고 있다. 이렇게 냉혹한 자연은 인간적 차원에서는 쉽지 않은 순치의 대상으로 거듭 확인되고, 종교적 사유의 관념성 또한 현실적 차원에서 재구성된다. 무인도에 크루소를 표류시킴으로써 수행된 실험은 인간 경험과 지식의 구축물로서의 **현실 문명에 대한 옹호**로 귀결하고 있는 것이다.

　　개인적 수준에서 로빈슨 크루소의 삶의 여정은 참으로 우여곡절의 연속이었다. 소설은 그의 성공 스토리로 마무리되지만, 이어질 작품에서도 그의 모험이 재개될 것이라는 여운을 남긴다. 그에게는 모험과 귀향의 주제를 대표하는 고전의 주인공인 오디세우스의 잔향이 느껴진다. 『율리시즈(*Ulysses*)』(1922)의 작가 조이스(James Joyce)는 크루소에게서 가장 영국인적인 특징을 발견할 수 있다고 평한 바 있다. 그에게서 발견되는 특징으로는 자립심과 인내심, 느리지만 효율적인 지혜, 실용적으로 잘 균형 잡힌 종교적 심성, 그리고 계산된 내향성 등이 거론된다. 오디세우스와 크루소야말로 세계 속에서 전개되는 인간 삶의 흥망성쇠를 참으로 극적으로 겪어 내는 인물이다. 크루소는 자연 공간에서의 활동과 사유를 통해 문명의 시작 지점을 보여 주고 있지만, 그것은 원초적 기점에 대한 사유에 머물지 않는다. 크루소는 그 기점으로부터 앞으로 나아가고자 하는 용기와 지혜에 집중하고 있고, 주어진 조건과 관계 속에서 스스로 설정한 방법과 지향이 그를 **영국적 영웅**의 아이콘이 되도록 하였다.

스위프트(Jonathan Swift)의 『걸리버 여행기(*Gulliver's Travels*)』(1726)에서는
세계와 인간에 관한 또 다른 차원의 목소리를 접할 수 있다. 『로빈
슨 크루소』와 같이 표류를 주제로 한 다양한 후속 작품은 로빈슨류
(Robinsonade)라고 불린다. 이 가운데 골딩(William Golding)의 『파리 대왕
(*Lord of Flies*)』(1954)과 쿳시(J. M. Coetzee)의 『포(*Foe*)』(1986), 그리고 프랑스
에서의 사유를 담은 투르니에(Michel Tournier)의 『방드르디』(1967)를 서로
비교하며 읽을 수 있겠다.

3. 제인 오스틴(Jane Austen)(1775-1817)

『오만과 편견(*Pride and Prejudice*)』(1813)
— 사회적 전통, 그리고 개인의 감정과 판단력

재산깨나 있는 독신 남자에게 아내가 필요하다는 것은 누구나 인정하는 진리다. 이런 남자가 이웃이 되면 그 사람의 감정이나 생각을 모른다고 해도, 이 진리가 동네 사람들의 마음속에 너무나 확고하게 자리 잡고 있어서, 그를 자기네 딸들 가운데 하나가 차지해야 할 재산으로 여기게 마련이다.[01]

이제 그녀는 자기 자신이 너무나 부끄러웠다. 다아시를 생각하든 위컴을 생각하든 자기가 눈이 멀었고 편파적이었으며 편견에 가득 차고 어리석었음을 느끼지 않을 수 없었다. "내 행동이 그렇게 한심했다니!" 그녀는 외쳤다. "변별력에 대해

---

01 윤지관, 전승희 역, 민음사, 2009년, 9쪽

서만큼은 자부하고 있던 내가! 다른 건 몰라도 똑똑하긴 하다
고 자랑스러웠던 내가! 때때로 언니가 너무 너그럽고 솔직하
다고 비웃으면서 쓸데없이 남을 의심함으로써 허영심을 만
족시켰던 내가! 이제야 깨닫다니 얼마나 창피한 일인가! 하지
만 창피해하는 게 당연하지! 사랑에 빠져 있었다 해도 이보다
더 기막히게 눈이 멀 수는 없었을 거야. 그렇지만 그건 사랑
이 아니라 허영심이었어. 처음 만났을 때 한 사람은 나를 무
시해서 기분이 나빴고, 다른 한 사람은 특별히 호감을 표시했
기 때문에 기분이 좋아서, 난 두 사람에 관해서는 선입관과
무지를 따르고 이성을 쫓아낸 거야. 지금 이 순간까지 난 나
자신에 대해서 모르고 있었던 거야."[02]

"평생토록 저는 원칙에서는 아닐지라도 현실에서는 이기적
인 인간이었어요. 어린 시절에 옳은 것이 무엇이라는 가르침
을 받았지만, 제 성격을 고치라는 가르침은 못 받았어요. 훌
륭한 원칙들을 가지게 되었지만 오만과 자만심을 가지고 그
것들을 실행했지요. […] 여덟 살부터 스물여덟 살에 이르기
까지 그런 사람이었습니다. 그리고 사랑하는 그대 엘리자베
스가 아니었다면 여전히 그랬을 것입니다! 당신에게 진 빚을
어찌 다 말할까요! 당신은 저에게, 처음에는 정말이지 가혹했
지만 다시없이 유익한 교훈을 주셨습니다. 당신으로 하여, 저

는 겸손해졌습니다. 제가 당신께 청혼하러 갔을 때 전 승낙을
받을 것을 조금도 의심치 않았습니다. 사랑받을 자격이 있는
여자를 기쁘게 해 줄 모든 조건을 갖추고 있다고 자임했지요.
그런데 당신은 그렇게 자임하기에는 제가 얼마나 모자라는
사람인지를 보여 주었습니다."03

줄거리

베넷 부인은 자신의 마을 롱본과 가까운 네더필드 파크 저택에 새롭게
거주하게 된 찰스 빙리가 런던의 부유한 신사이자 미혼인 것을 알고 흥분을
금치 못한다. 노심초사 다섯 딸의 혼사에 몰두하는 그녀에게 이는 그간 기다
려 온 절호의 기회이다. 이들의 만남은 마침내 무도회에서 성사된다. 첫째인
제인과 빙리는 서로 호감을 갖게 되지만, 두 사람은 성격상 자신의 마음을 드
러내지 못하고 만다. 이와 달리 둘째 엘리자베스는 빙리와 함께 온 피츠윌리
엄 다아시와 불편한 관계에 빠진다. 그녀와 다른 참석자들은 다아시의 태도
에서 그가 자신의 신분과 재산으로 인해 냉정하고 오만에 가득한 인물이라고
판단하게 된다. 다아시 또한 엘리자베스를 속되게 처세하는 집안의 딸로 여
기면서 거리를 둔다. 하지만 빙리의 거처를 방문한 제인이 감기로 드러눕자
한걸음에 달려온 엘리자베스의 진솔한 마음과 행동은 다아시에게 은근한 매
력으로 다가온다.

베넷 부인이 딸들의 결혼에 조급하고 속된 행동을 보이는 이유는 특히
이들 집안의 재산이 딸들이 아닌 아들에게 상속된다는 조건으로 이어받은 유

산이기 때문이다. 베넷의 집안에는 아들이 없어, 재산 상속권을 갖게 된 친척인 목사 윌리엄 콜린스는 자신이 엘리자베스에게 청혼하는 것이 베넷 가족에 대한 배려라고 여긴다. 하지만 그와 아무런 감정적 교감을 느끼지 못하는 엘리자베스는 이를 보기 좋게 거절한다. 이 결정은 어머니에게 실망을 안기고, 콜린스는 엘리자베스의 친구인 샬럿과 결혼하고 만다.

이후 엘리자베스는 물론 동생 리디아는 마을에 새로 전입해 온 장교 조지 위컴에게 호감을 갖게 되는데, 그는 자신이 다아시의 위선적이고 부당한 대우로 인한 피해자임을 강조한다. 이 무렵 빙리와 다아시가 마을을 떠나 버리자, 엘리자베스는 정직하지 못한 다아시가 빙리로 하여금 언니인 제인과 헤어지도록 종용하는 역할을 한 것으로 여긴다. 하지만 이후 다른 기회에 엘리자베스를 만난 다아시는 비록 그녀의 집안이 자신에게 어울리지 않지만 자신의 청혼이라는 영광을 드리고 싶다면서 청혼을 하는데, 이는 그녀의 심기만 건드릴 뿐이었다. 그의 청혼을 거부한 엘리자베스의 심중에는 그가 마침내 자신을 사랑하게 되었다는 위로와 함께, 그럼에도 그가 보인 오만에 대한 분노가 교차한다.

다음날 다아시는 그녀에게 편지를 보내 그가 제인과 빙리의 결혼을 반대한 이유는 제인이 자신의 사랑을 적극적으로 보여 주지 못해 오해한 것이었다고 해명하고, 자신에 대한 위컴의 잘못된 견해를 자세히 해명한다. 이로 인해 자신의 편견을 점차 깨닫게 된 엘리자베스는 이후 친척과 함께 여행길에 나선다. 다아시의 저택을 지나게 된 그녀는 그가 없다는 것을 확신하고 저택을 둘러보게 된다. 여기에서 그녀는 다아시의 관대한 성품을 전해 듣게 되고, 예상과 달리 그를 마주하게 되면서 두 사람은 점차 그간의 오해를 넘어서게 된다. 이런 가운데 리디아는 위컴과 무모한 사랑의 도피를 하고 마는데, 다아시의 재정적 도움으로 이들의 결혼이 마무리되고, 엘리자베스는 그가 베푼 배려를 깨닫게 된다. 이후 제인은 롱본을 다시 방문한 빙리의 청혼을 받는다. 주변의 반대 속에서 더욱더 서로에 대한 사랑을 확인하게 된 엘리자베스와 다아시는 자신들의 편견과 오만을 고백하면서 결혼을 결심한다.

"**결혼하느냐, 마느냐, 그것이 문제로다**"("To marry, or not to marry, that is the question"). 속되게 요약하자면『오만과 편견』, 더 나아가 제인 오스틴의 거의 모든 소설의 줄거리는 이렇게 요약된다. 특히 그것은 지금 마음에 두고 있는 사람과 결혼을 할 것인가, 말 것인가의 문제이다. 그리고 이 문제의 답을 찾는 과정에서 결혼을 방해하고 결정하는 요소들에 대한 세세한 탐문이 소설의 주된 내용을 이룬다. 제목이 말해 주듯이 이 소설에서 결혼을 방해하는 요소는 두 주인공의 행동과 사고에서 드러나는 오만과 편견으로, 둘은 이에 대한 자각을 통해 서로를 이해하고 결혼에 성공한다. 이런 가운데 독자의 읽는 즐거움은 이들의 오만과 편견이 원천적으로 잘못된 심성에 의한 것이기보다는 오히려 개개인이 형성해 온 경험적 틀에서 기인한다는 것을 인식해 가는 과정에 있다.

앞의 발췌 부분 가운데 첫 번째 것은 소설의 첫 두 문장이다. 두 번째와 세 번째 것은 엘리자베스와 다아시가 각각 스스로의 편견과 오만을 인식하고 반성하는 장면이다. "**재산깨나 있는 독신 남자에게 아내가 필요하다는 것은 누구나 인정하는 진리다**"라는 첫 문장은 세계 문학사에서 인상적인 첫 문장의 하나로 손꼽힐 만하다. 잘 알려진 첫 문장들 가운데 이에 비견되는 것으로는 "행복한 가정은 모두 모습이 비슷하고, 불행한 가정은 모두 제각각의 불행을 안고 있다"는 톨스토이의 『안나 카레니나』(1877)의 첫 문장이 있다. 베넷 부인이 딸들의 결혼을 위해 나대기 시작하는 명분이기도 하는 이 첫머리의 의미는 이어지는 문장에서 분명해진다. "이런 남자가 이웃이 되면 그 사람의 감정이나 생각을 모른다고 해도, 이 진리가 동네 사람들의 마음속에 너무나 확고하게 자리 잡고 있어서, 그를 자기네 딸들 가운데 하나가 차지해야 할 재산으로 여기게 마련이다."

첫 문장에서 맞닥뜨리는 '누구나 인정하는 진리'는 독자를 작품 세계로 초대하는 선언적인 발언이어서, 이에 따라 독자의 마음은 이를 우선 수긍하려는 쪽으로 기운다. 이러한 진리를 설명하기 위해 이어지는 두 번째 문장은 매우 복잡한 논리를 전개하면서 오히려 첫 문장에 대한 신뢰성을 흔들기 시작한다. 돈 많은 미혼 남자는 필히 결혼을 원한다는 소위 '일반적' 진리는 개개인의 특성이나 선택의 여지와는 무관하게 이들에게 일률적으로 적용되고, 급기야 그 일반성에 의구심을 돋게 한다. 덧붙여 "재산깨나 있는 독신 남자에게 아내가 필요하다"는 언명에서 '재산'(fortune)은 좀 업신여길 여지가 있는 뉘앙스를 갖는다. 하지만 이러한 남자들이 "자기네 딸들 가운데 하나가 차지해야 할 재산"이라면 그 '재산'(property)은 부정적 차원에서 조금은 긍정적 차원으로 옮아 온다. 이제 독자는 한편으로 그 일반적 진리가 이 시골 마을에서 어떻게 적용되고 활용될 것인지를, 다른 한편으로 그러한 진리가 표방하는 보편성 자체가 얼마나 유효할 것인지를 관찰하게 된다.

소설의 전개는 소위 이 일반적 진리가 현실적 차원에서 검증되고 조정되는 과정을 보여 준다. 물론 결혼 문제는 이러한 과정을 첨예하게 보여 줄 수 있는 가장 적절한 사례이다. 특히 이 결혼에 관한 진리는 한층 넓은 보편적 차원의 진리가 갖는 문제점에 접해 있다. 우선 소설은 엘리자베스와 다아시가 결혼으로 나아가는 데 있어 결정적 장애물로 두 사람의 **편견과 오만**을 거론한다. 이러한 구체적 사례는 그것이 일반적 차원의 진리에 관한 함의로 연결된다는 것이다. 여기에서는 일반적 진리에 접근하는 데 있어서도 편견과 오만은 동일하게 문제시된다는 함의를 담고 있다.

앞의 두 번째 장면에서 엘리자베스는 다아시에게 장문의 편지를 받은 이후 그간 자신의 오해와 편견이 얼마나 컸었던가를 후회하고 있다. 이러한 오해는 다아시의 엄정한 태도에 기인한 것이었다. 세 번째 장면에서 다아시는 자신의 엄정함은 사실 오만함의 한 측면일 수 있다는 것을 인정하고 있다. 이들의 편견과 오만이 교차한 사안은 단지 첫 대면에서 다아시가 이런 저런 이유로 엘리자베스를 냉랭하게, 그런 만큼 무례하게 대했다는 것이다. 이후 구체적으로 문제된 사안으로는 엘리자베스의 베넷 집안이 점잖은 계층에 속하지 못하고 속되게 행동한다는 것, 다아시가 언니인 제인과 빙리의 결혼을 방해했다는 것, 더불어 그가 위컴을 부당하게 대우해 왔다는 것 등을 들 수 있다. 이 사안들은 당대로서는 누구나 인정하지 않을 수 없는 사실, 그럼에도 이 사실들 속에서도 기대할 수 있을 만한 개인적 배려심이 결여된 오만, 자신의 최초 판단을 점검하기보다는 더욱 더 공고히 해 나가는 편견, 이렇듯 사실과 오만과 편견이 혼재되어 제기된 것들이다.

두 사람은 결혼에 이르는 과정에서 오만과 편견을 극복했기 때문에 서로의 사랑을 확인한 것인가, 아니면 사랑하기 때문에 오만과 편견을 극복한 것인가? 논리적으로 따지자면 오만과 편견의 극복이 사랑을 낳고 이로써 결혼에 이른다고 해야 한다. 하지만 이 두 사람의 경우 서로에 대한 무시는 오히려 애초의 일정한 관심을 확인해 주거나 관심의 도화선이 되고 있는 것으로 읽힌다. 무시와 관심 그리고 사랑의 복잡한 논리만큼이나, 오만과 편견의 내면 또한 확연히 구별되는 성향은 아니다. 현실에 있어서도 다아시의 오만은 엘리자베스와 마을 사람들의 편견과 엮여 있고, 엘리자베스의 편견 또한 다아시와 그 주변 사람들의 오만과 엮여 있다.

이 소설의 매력은 오만과 편견이 서로 엮이고 심화되면서도 결국에는 극복되면서 사랑이 확인되고, 이윽고 결혼에 이르는 과정을 지켜보는 것이다. 하지만 결혼이 오만과 편견이라는 일반적 차원을 완전히 일소하리라고 기대되지는 않는다. 그것은 단지 이 두 사람이 서로를 이해하게 되었고, 사랑과 결혼이라는 특정 사안을 해결한 만큼, 이후 다른 사안들에 대해서도 오류와 갈등을 조정하고 극복하는 과정을 밟아 갈 것이라는 예상 정도일 것이다. 굳이 따지고 보자면 이 작품은 제목처럼 오만과 편견이 완전히 해소된 결혼 생활이나 앞으로 발생할 오만과 편견의 내용을 언급하기보다는, 미래의 삶 또한 잘 조정되어 가리라는 여운과 믿음을 남기면서 마무리된다. 이런 까닭에 엘리자베스의 편견과 다아시의 오만 또한 독자들에게는 오히려 상당한 매력으로 다가오게끔 그려지고 있다고 하면 과도한 것일까? 오만과 편견에서 어떤 공통분모를 찾는다면 그것은 개인이 스스로에 대해 갖는 자존감이다. 오만과 편견의 인식과 반성 과정은 자존감을 낮추기보다는 오히려 높이는 과정이다.

이렇듯 첫머리에 제시된 결혼에 관한 일반적 명제는 부정되지 않는다. 또한 그러한 결혼이 결국 재산 문제와 관련된다는 명제도 유지된다. 하지만 그 적나라한 재산 문제의 내면에 **개인의 감정과 판단의 차원** 또한 개재하는 것이 바람직하다는 점이 부가된다. 개인의 감성과 판단, 편견과 오만, 사랑과 결혼, 그리고 사회적 관례와 전통은 일목요연하게 정리되기보다는 부단히 교차되고 조정되어 나간다. 영국은 이러한 조정이 이루어지는 공간으로, 이 과정을 통해 전통을 구성하는 다양한 요소들은 재조합되고 그러한 경험은 다시 축적된다. 이 무렵 영국의 보수적 정치 이론가인 버크(Edmund Burke)는 그의 저서 『프랑스 혁명에 관한 성찰(Reflections on the Revolution in France)』(1790)에서 영국적 전통에 대해 이렇게 언급한다.

> 단언하건데 비록 계몽시대에 있어서도 일반적으로 우리는 타고난 느낌을 지닌 인간이라고 감히 고백하지 않을 수 없다. 우리는 오랜 편견을 모두 내던지기보다는 오히려 상당 정도 이를 소중히 여긴다. 또한 편견이 오래 지속되고 일반적으로 받아들여질수록 우리는 이를 더 소중히 여긴다. 우리는 인간이 자신의 개인적 이성만으로 살아가고 이를 교환하는 것에 두려움을 느낀다. 그것은 각자의 이성의 폭이 좁아 개인이 국가와 시대의 한층 폭넓은 경험적 자료를 사용하는 것이 오히

려 더 이로울 것이라 생각하기 때문이다.[04]

간략히 말하자면 여기에서 가장 큰 가치로 전제되는 것은 개인의 생존이다. 외부에서 판단할 때 한 집단의 전통은 편견의 집합이라고 할 수 있지만, 비록 그렇다 할지라도 개인적 생존력을 높이는 한 그것은 개인의 편견보다 더욱 가치 있는 것으로 평가된다. 그러한 전통이 고정불변하다는 것은 아니다. 거기에는 개인적 삶이 무수히 진행되면서 집단의 전통 또한 한걸음씩 변화할 것이라는 믿음이 존재한다. 이것이 바로 **영국적 전통이라 불리는 점진적 경험주의**의 내용이기도 하다.

『오만과 편견』은 유복한 미혼의 남자는 여자를 필요로 한다는 소위 '일반적' 진리가 결혼이라는 관례와 전통이라는 현실 속에 검토되는 모습을 보여 준다. **영국의 진리는 이념적이기보다는 구성원에 의해 경험적으로 항상 검증되는 과정 속에 있다.** 여기에서의 검증은 이성과 논리에 더해 훨씬 더 근원적이고 포괄적이라고 생각되는—소위 영국인이 아니면 감지하기 어려운—차원에서 진행될 것을 주문한다. 베넷 집안의 상속권을 갖고 있을 뿐만 아니라 목사로서 안정적 수입을 갖고 있는 콜린스를 엘리자베스가 거부하는 이유가 여기에 있다. 콜린스는 엘리자베스와의 결혼이 사랑이기보다는 배려에서 유발된 것임을 강조하면서, 자신의 청혼에 더 숭고한 의미를 부여하고자 긴 설명을 덧붙인다.

04 London, Dent, 1910, 84쪽

"사실을 말씀드리자면, 당신의 훌륭하신 부친께서 돌아가신 뒤에—물론 아주 오래 사실 수도 있겠지만—이 댁의 재산을 제가 상속하게 되어 있는지라, 그분의 따님들 중에서 제 아내를 선택함으로써 그 서글픈 사건이 일어났을 때—물론 이미 말씀드렸듯이 앞으로 몇 년 안에 일어날 일은 아닙니다만—따님들에게 닥칠 사실을 가능한 한 최소한으로 줄이기로 마음먹지 않고서는 저 스스로 용납할 수 없기 때문입니다. 이것이, 아름다운 사촌 엘리자베스 양, 제가 청혼을 하는 동기이며, 이런 말씀을 드림으로써 당신의 존경을 덜 받지는 않으리라고 확신하는 바입니다".[05]

하지만 사랑은 이렇게 명명백백하게 설명될 수 있는 사안이 아니다. **사랑은 이성과 함께 오히려 오해와 편견, 자존과 오만이라는 감정으로 점철된 느낌의 과정이다.** 그러한 사랑은 상대의 느낌을 인정하고 공유하며 구성원에 의해서 함께 경험될 수 있는 것으로 제시된다. 오스틴의 문학은 이 **느낌의 공동체**를 강조하고 있다.

『오만과 편견』 읽기는 영국 문학이 외국인에게, 특히 우리에게 주는 어려움을 대변하는 대표적 예로 보인다. 이야기의 흐름은 대부분 대화로 이루어져 있는 반면, 이러한 대화의 상황에 대한 설명은 매우 드문 것을 알 수 있다. 독자는 대화와 대화의 연쇄 가운데 드러나는 내용을 파악하기 위해 대화의 참여자 내지는 대화를 엿듣는 사람

05 153-4쪽

수준의 감각을 유지해야 한다. 특히 여기에서 중요한 것은 단지 대화의 내용만이 아니라 이에 덧붙여진 **미세한 감정의 교환**이다. 이를 포착하는 것은 오로지 읽는 이의 사회문화적 정서의 민감성에 의해서 결정될 수밖에 없다. **영국 문학의 어려움은 그 내용에 있지 않고, 오히려 그러한 내용의 내외에 부차적으로 수반하는 미세한 태도와 감정에 있다고 해도 과언이 아니다.**

그 전형적인 경우가 작품 초반에 제인이 몸살로 네더필드 파크에 머물 수밖에 없어 엘리자베스가 서둘러 그곳까지 먼 길을 걸어오자, 이를 두고 여러 인물이 의견을 나누는 장면이다. 여기에서 빙리 자매 가운데 한 사람인 루이자는 엘리자베스의 속치마에 관해, "그러게 말이야. 게다가 페티코트는 또 어떻고. 니도 봤겠지만, 진흙에 빠져 밑에서부터 6인치쯤이나 더럽혀져 있더라고. 내가 확실히 봤어. 드레스를 내려 감추려고 했지만 어디 그게 돼?"[06]라고 언급한다. 하지만 엘리자베스의 격식을 차리지 않는 모습은 빙리와 다아시에게 오히려 씩씩한 모습으로 비쳐지면서 그녀에 대한 호감의 근간을 이룬다. 루이자의 말은 사실을 정확히 지적하는 것일 수도 있지만, 이 장면의 진정한 내용은 이러한 언급을 하고 이에 맞장구치거나 이와는 다른 느낌을 갖는 주변 당사자들의 품위와 감정에 있다. 여기에서 우리의 읽기는 오히려 이러한 느낌을 가늠해 가는 작업이다. 사태에 대해 정형화된 반응이 아닌 각자의 감성과 분별에 따라 판단해 가는 일은 소설 속 대화 당사자에게만이 아니라 독자에게도 요구되는 과

06 52쪽

제이다.

　문예사적 측면에서 이 소설은 사실주의와 감상주의 그리고 낭만주의 모두에 부분적으로 관련되어 있다. 문학사에 있어 앞 장에서 살핀『로빈슨 크루소』, 그리고 리차드슨(Samuel Richardson)의『파멜라 (Pamela, or Virtue Rewarded)』(1740) 등으로 대표되는 사실주의는 작가가 상상력을 동원하여 자신의 내용을 실제에 가깝게 제시하는 것에 역점을 두면서, 문학이 현실을 있는 그대로 전하는 능력을 강조한다. 사실주의는 18세기부터 본격적으로 새로운 설득 기제로 등장한 자연과학적 실험과 방법론적 교호관계를 형성하면서도, 문학 등 문화적 매체가 갖는 인간적 측면의 유지 또한 염두에 두고 있다. 이러한 관심이 사실주의에 반영된 모습은 그것이 단지 사태의 외면만이 아니라, 이에 당면한 인물의 내면 또한 최대한 면밀하게 가늠하고자 하는 노력에서 찾아진다.

　자연과학 등 새로운 인식 체계가 인간적 가치에 대해 의심하도록 하는 가운데, 이 흐름에 대한 반작용은 감상주의(Sentimentalism)라는 모습으로 표출되었다. 그 대표적 경우로 루소의『신 엘로이즈』 (1761)는 인간의 인간다움을 이성 못지않게 풍부한 감성에서 찾고자 하였다. 괴테의『젊은 베르테르의 슬픔』(1774) 또한 이에 버금가는 산물이었다. 인간의 감정에 대한 재평가는 일면 자연과학적 이성에 대한 비판과 반발의 차원을 갖지만, 이에 덧붙여 인간의 삶에 내재한 새로운 면모 또한 더욱 분명히 하였다. 그것은 우선 인간 특히 개인의 삶에서 내면적 심리가 차지하는 중요성에 대한 자각이다. 세계가 개인에게 제시하는 보편적이자 불변하는 진리 못지않게, 이를 직면하는 개개인의 경험의 중요성이 새로운 조명을 받게 된 것이다. (이에 대한 또 다른 차원의 경향은 고딕소설에서 찾아지는데, 이는 다음에 읽을 셸리의 『프랑켄슈타인』에서 살펴볼 것이다.) 이에 이어지는 낭만주의는 더욱 가속화되는 이성과 과학에 근거한 근대화와 산업화 속에서 인간 개개인의 감정과 상상력의 가치를 견지하고자 노력한다.

오스틴의 문학은 사실주의와 감상주의의 말미에 그리고 낭만주의의 초입에 자리하고 있다. 이 지점에서 더욱 분명해지는 것은 문학이 보편적 진리보다는 우선적으로 인간 개개인의 삶이 갖는 의미를 제시하고자 한다는 점이다. 『로빈슨 크루소』와 『오만과 편견』은 개인적 삶의 흥망성쇠와 고진감래뿐만 아니라 그 내면적 활동 또한 강조하고 있다. 오스틴의 소설에 관해 자주 지적되는 그 낭만적 종결, 즉 현실보다는 저자와 독자의 희망 사항을 반영하는 종결 또한 **개인적 차원의 결정력에 대한 소망**을 담아내고 있는 것으로 읽힌다.

『오만과 편견』과 짝을 이루는 작품은 『이성과 감성(*Sense and Sensibility*)』 (1811)이다. 이 작품의 제목에 대한 간략한 설명이 필요하겠다. 지금 이 책의 부제가 '감성과 실천'이기 때문이다. 'Sense and Sensibility'는 다수의 번역본들이 언급하고 있듯이 그 번역이 녹록지 않다. '이성과 감성'보다 더 정확한 번역은 '분별력과 감수성' 정도일 것이다. '분별력'은 분명 '이성'에 근접하지만 이를 'reason'이 아닌 'sense'로 지칭하고 있는 것 자체가 이 책의 서두에서 살핀 영국적 경험주의의 한 모습이기도 하다. 이 작품이 지나친 사려분별과 과도한 감수성이 낳는 사태를 보여 주고 있다면, 그 중간 어딘가에 위치한 것은 적절한 경험주의적 감성이라고 할 수 있겠다. 오늘날 인지심리학에서 이성과 감정은 대비와 견제 못지않게 상호 보완적인 측면 또한 주목받고 있다는 것도 참조할 필요가 있다. 디포에서 오스틴에 이르는 18세기는 영국 소설의 역사가 본격적으로 시작하고, 이후 소설 형식의 전형이 되는 작품들이 산출되었다. 이 작품들 가운데는 스턴(Laurence Sterne)의 『트리스트럼 샌디(*The Life and Opinions of Tristram Shandy, Gentleman*)』(1759-67)를 권한다. 세계 문학사에서 매우 중요한 업적을 이룬 영국 낭만주의 시 가운데는 워즈워스(William Wordsworth)의 『서곡(*The Prelude or, Growth of a Poet's Mind: An Autobiographical Poem*)』(1850)을 추천한다.

4. 메리 셸리(Mary Wollstonecraft Shelley)(1797-1851)

『프랑켄슈타인(Frankenstein; or, The Modern Prometheus)』(1818)
― 생명현상에 대한 탐구에서 인간의 삶으로

내가 특별한 관심을 가진 현상 중 하나가 인간, 아니 생명을
가진 모든 동물의 신체 구조였다. 어디서 생명의 원리가 비롯
된 것일까? 나는 종종 이렇게 나 자신에게 묻곤 했다. 그것은
대담한 질문이었으며, 지금까지 수수께끼로 남아 있던 질문이
기도 했다. 그러나 소심함과 부주의로 인해 우리의 탐구 활동
이 제약받지만 않는다면 바로 근처에서 발견되기를 기다리는
사실들이 얼마나 많은가. 나는 이런 상황을 곰곰이 생각하다
가, 그때부터는 생리학과 관련된 분야를 더욱 자세히 공부하
기로 했다. 거의 초자연적이라고 할 열광에 떠밀린 게 아니었
다면 내 생리학 공부는 무척 성가시고 견디기 힘든 일이었을
것이다. 생명의 원인을 알려면 먼저 죽음에 관해 연구해야 할
것이다. 나는 곧 해부학에 완전히 통달하게 되었지만 이것만

으로 충분하지 않았다. 인체의 자연적인 소멸과 부패 또한 관찰해야 했다. 아버지는 나를 키우면서 내가 어떤 초자연적인 공포로부터 영향받지 않도록 상당히 주의를 기울였다. 사실 나는 미신적인 이야기를 듣고 무서워하거나 유령을 겁낸 기억이 전혀 없다. 어둠은 내 상상력에 아무런 힘도 미치지 못했으며 교회 묘지는 생전에 아름답고 강인하던 존재들이 구더기들의 먹이가 되어 버린, 생명을 빼앗긴 자들의 저장소에 지나지 않았다. 이제 나는 부패의 원인과 과정을 연구하기 위해 납골소와 시체 안치소에서 밤낮을 보내야 했다. 비위가 약한 사람이라면 도저히 감당하지 못할 온갖 것들에 관심을 쏟았다. 나는 아름다운 인간의 형태가 어떻게 추하게 훼손되어 없어지는지 보았다. 생명이 만개했던 두 볼에 죽음의 부패가 자리 잡는 것을 지켜보았다. 눈과 두뇌의 경이로움을 구더기들이 먹어치우는 과정을 보았다. 삶에서 죽음으로, 그리고 죽음에서 삶으로 변화하는 과정에 대한 예시로서 모든 인과 과정의 순간순간을 중단시켜 검토하고 분석하다 보니, 마침내 그 암흑 한가운데에서 갑작스러운 빛이 내게 쏟아졌다. 너무 환하고 신비하면서도 단순한 빛이어서, 나는 그것이 비추는 엄청난 전망에 어지럼증을 느꼈다. 또 한편으로 똑같은 과학 분야를 향해 각자 질문을 던진 천재들도 많은데, 그 가운데 나 혼자만이 그처럼 기막힌 비밀을 발견했다는 사실이 믿기지 않았다.[01]

---

01 오숙은 역, 열린책들, 2011년, 73-75쪽

　이야기는 로버트 월튼이 러시아에서 그의 누이에게 보낸 편지 형식으로 시작된다. 그는 새로운 항로 개척과 과학적 탐구를 위해 북극으로 향하는 과정에서 어렴풋이 썰매를 탄 사람의 모습을 본 다음날, 이를 쫓는 것으로 밝혀진 빅터 프랑켄슈타인을 구조하게 된다. 프랑켄슈타인이 월튼에게 술회하는 바에 따르면 그는 제네바 명망가의 아들로서 형이상학에서 자연과학에 이르는 배움에 대한 열정으로 가득한 어린 시절을 보냈다. 이후 그는 대학에 진학하여 자연철학 특히 화학 분야에 깊은 관심을 갖게 된다. 이를 통해 그는 생명현상의 원리를 발견하고 묘지의 사체 등을 조합해 생명을 불어넣는 실험에 성공한다. 이렇게 완성된 인간 피조물은 이내 실험실을 탈출하지만 악마에 가까운 외모로 인해 사람들과 어울리시 못하고, 급기야 프랑켄슈타이의 동생을 살해한 다음 충직한 하녀에게 그 누명을 덮어씌우고 그녀가 교수형에 처해지도록 한다.

　프랑켄슈타인은 이러한 충격을 치유하고자 떠난 여행에서 괴물과 마주하게 되는데, 여기에서 괴물은 자신도 다른 인간들처럼 따뜻한 가정을 꾸리고 싶다는 소망을 말한다. 만약 그가 여자 괴물을 창조해 준다면 자신은 더 이상 인간들을 괴롭히지 않고 함께 멀리 떠나 살겠다는 다짐도 덧붙인다. 괴물의 요구가 합리적이라 여긴 그는 영국의 외진 곳으로 떠나 배우자를 만드는 작업에 몰두하지만, 이것이 사태를 더욱 악화시킬 수 있는 잘못된 일이라는 판단에 이르면서 이제까지의 작업을 폐기하고 만다. 이를 알고 격분한 괴물은 프랑켄슈타인의 결혼 첫날밤에 다시 찾아오겠다고 선언하고 그의 가장 친한 친구를 살해한다. 이후 그가 결혼을 하고 신혼여행을 떠난 곳에 나타난 괴물은 신부 또한 살해하고 도주한다. 이렇게 해서 프랑켄슈타인은 북극까지

이 괴물을 뒤쫓아 오게 된 것이었다. 프랑켄슈타인에게서 인류의 지식을 넓히는 데 헌신하고 자신을 희생하는 과학자의 화신을 본 월튼은 깊은 동료애를 느낀다. 하지만 기력이 다한 프랑켄슈타인이 숨을 거두게 되자, 현장에 나타난 괴물은 월튼에게 자신의 창조가가 자신에게 행한 부당한 대우에 대해 항의하고 울분을 토한 다음 인간 세상을 떠나 사라진다.

앞의 발췌는 주인공인 프랑켄슈타인이 대학에 진학하여 심취하게 된 화학에 매진하고, 마침내 생명현상의 본질을 깨닫는 장면이다. 애초 그는 연금술과 같은 분야에 빠져 있었지만, 대학에 진학하여 이내 그것이 구태의연한 것으로 평가되는 것에 안타까움을 느낀다. 그는 이전 시대의 시도들을 낳은 끝없는 야망과 실험 정신은 놓치지 않으면서, 새로운 화학적 지식을 쌓아 나간다. 이러한 과정에서 그는 생명현상에 대해 가장 큰 관심을 갖게 되었다. 이는 물론 생명현상이 인간의 가장 근본적 관심사 가운데 하나인 까닭도 있지만, 그의 독서 편력 속에서 이제까지의 인문학적인 지식체계가 인간을 설명하는 방식이 그에게 설득력과 호소력을 발휘하지 못한 까닭도 있는 것으로 보인다. 그는 형이상학과 과학철학을 넘어 한층 근본적인 차원에서 인간을 탐문하고자 한다.

그는 인간의 근본을 **생명현상**에서 찾고, 이를 이해하기 위해 그 반대항 또는 근본항이라 할 수 있는 죽음에 대해 연구할 필요성을 느낀다. 죽음에 대해서도 그의 방법론은 형이상학적이기보다는 실질적이고 물질적이다. 『햄릿』의 광대들과 햄릿이 묘지의 해골을 보며 죽음의 구체적 모습을 보았다면, 프랑켄슈타인의 시선은 더욱 생물학적이자 물리화학적 차원으로 나아간다. 그의 관찰은 적나라하고 생생하며 분석적이었고, 이로써 삶과 죽음의 인과적 연결고리에 도달할 수 있었다. 또한 이는 단지 생명현상에 대한 생리학적 관찰에 머물지 않고, 일종의 공학적 창조의 차원 또한 가능하게 하였다. 그는 이러한 자신의 발견에 대해 엄청난 성취감과 무한한 자부심을 느꼈다.

사실 그는 생명현상과 창조의 원리를 자세히 설명하지 않고 있다. 소설이 언급하는 이탈리아의 과학자 갈바니(Luigi Galvani)(1737-1798)는 생물학과 물리학을 연계하여 생명현상을 일종의 전기 작용으로 설명하고자 한 바 있다. 이는 생명체의 원리에 대한 기존의 진부한 논의를 대신하면서 일반의 지적 관심을 모으기에 충분하였다. 이 시대에 생명현상에 관한 자연과학적 설명이 호소력을 가질 수 있었던 것은 그것이 추상적이거나 사변적이기보다는, 구체적이고 경험적인 실험 가능성을 동반하기 때문이기도 하였다. 『프랑켄슈타인』에 대한 독자의 관심 또한 그것이 생명현상을 이해하려는 새로운 가설과 부단한 실험 그리고 그 결과라는 일련의 과정을 제시하고 있다는 것에서도 찾아진다.

프랑켄슈타인은 원숙한 과학자이기보다는 자신의 열정을 주체하지 못하는 젊은 과학도이다. 그는 분명 성공한 창조주는 아니지만, 실패한 개척자의 면모를 보여 준다. 그는 스스로가 설정한 기획에 따라 자신의 손에 닿는 여러 가지 생각과 재료를 조합하여 피조물을 만들고 이에 생명을 부여하였다. 바로 이 지점에서 피조물 앞의 과학자 프랑켄슈타인과『프랑켄슈타인』이라는 소설 앞의 작가 메리 셸리는 동일한 작업에 임하고 있다. 아버지는 유명한 진보주의자였고 어머니는 여권운동의 선구자였으며, 17세에 시인 셸리(Percy Bysshe Shelley)와 사랑에 빠졌던 그녀는 이후 행복보다는 오히려 온갖 고난으로 점철된 삶을 이어 갔다. 이 소설은 그녀가 19세에 구상하고 쓴 것으로 20세에 출판되었다. 여기에서 그녀 스스로 쌓아 온 범상치 않은 지성과 상상력 그리고 현실 경험을 가늠하기는 어렵지 않다. 셸리는 문학사적 측면에서도 여러 요소가 교차하는 지점에서 마치 프랑켄슈타인의 작업처럼 이들을 교직하여 매우 특이한 작품을 산출하고 있다.

　　이 작품은 문학사적으로 18세기와 19세기에 걸쳐 있다. 이 무렵에는 오스틴의 경우에서 살핀 바 있는 18세기 후반의 사실주의와 19세기 전반의 낭만주의만이 아니라, 고딕 장르 또한 크게 유행하였다. 18세기 후반부터 특히 관심을 받고 19세기 후반까지 큰 영향을 미친 고딕 장르는 세계와 인간의 알 수 없는 영역과 힘에 대한 호기심을 자극하고자 하였다. 이들은 원래 중세적 분위기 속에서 전개되는 신비와 공포 등을 주제로 한 작품의 전통을 되살리면서, 세계와 자연 너머의 영역에 대해 탐문한다. 영문학에서의 대표작으로는 월폴(Horace Walpole)(1717-1797)의『오트란토 성(The Castle of Otranto)』(1764)을 들 수 있다. 포괄적으로 평가하자면, 이들 모두는 이전 시대 고전적 서사시나 중세적 로망스와 달리 고정된 시대보다는 훨씬 변화하는 사회 속의 장르로 평가될 수 있다. 그만큼 이들은 근대로 진입하는 시대의 사회문화적 요구와 증상을 함께 담고 있는 장르이다.

　　『프랑켄슈타인』은 이러한 변화 가운데서 다양한 사조들을 혼용하여 거의 새로운 장르라 할 수 있는 **과학소설**(사이언스 픽션)을 창출한 것이다. 이러한 과학소설에 대한 평가는 프랑켄슈타인이 창조한 괴물에 대한 것만큼이나 논쟁의 대상이 되어 왔다. 프랑켄슈타인의 괴물이 인간이라는 기준에 미치지 못한다고 평가되듯이, 오늘날까지도 과학소설 혹은 공상과학소설로 분류되는 작품들은 소위 정통 문학의 기준에 미치지 못하는 것으로 여겨지고 있다. 한 가지 더 흥미로운 사실은 과학자 프랑켄슈타인과 그의 괴물이 자주 혼동되어 사용되어 왔다는 점이다. 이러한 혼동은 아마도 착각에 의한 것일 터이지만, 사실 과학자 프랑켄슈타인의 지식에 대한 열정과 자기 과시의 열망에 주목하여, 그 또한 괴물이나 악마에 가깝다는 인식에 의한 것일 수도 있다. 더 나아가 이는 작품에서 계속되는 프랑켄슈타인과 괴물 사이의 '이중 인간'[도펠갱어(Doppelgänger)]과 같은 관계, 즉 쫓고 쫓기면서도 서로 상대방에게 존재 이유를 부여하는 관계에 따른 것일 수도 있다. 19세의 셸리가 본격적인 작가로서는 충분히 준비되지 않았다고도 할 수 있겠다. 하지만 이러한 상황이 기존의 여러 요소들을 결합하면서도, 이 모두를 뛰어넘는 『프랑켄슈타인』이라는 과학소설을 낳을 수 있었고, 이런 점에서 최소한 그녀는 프랑켄슈타인의 업적을 기리는 서술자인 월튼에 가깝다.

프랑켄슈타인은, 그리고 서술자인 월튼과 작가인 셸리 또한, 기존의 사실에 안주하기보다는 한층 깊은 차원의 원리를 찾아 지식 세계와 현실 세계를 탐문한다. 그는 **설명에서 실험으로, 그리고 구체적 현실 속에서의 실행으로** 나아간다. 이 과정에서 그는 전혀 예상하지 못한 방식으로 자신의 실험과 행위에 대해 책임을 다해야 할 현실에 놓이게 된다. 우리는 그가 새로운 사태에 대처해 나가는 모습을 보게 되며, 이제 괴물에 이어 그가 또 다른 관찰 대상이자 피실험자가 되는 상황을 맞이하게 된다.

앞에서 이 작품이 사실주의와 낭만주의 그리고 고딕 장르를 혼융한 모습을 살핀 바 있다. 이러한 혼융은 주로 영향관계 아래 파악할 수 있겠지만, 이에 못지않게 이 작품이 담고 있는 것으로 이들에 대한 비판적 거리 두기의 차원 또한 지속적으로 지적된다. 이에 따르면, 이러한 비판적 거리의 대상은 이상주의로 통칭된다. 셸리의 아버지와 어머니 그리고 남편을 포함한 주변의 많은 인물들을 관통하는 이상주의는 현실 세계에 대한 불만 속에서 이를 이상에 맞게 개혁하고자 하는 의지를 지칭한다. 사실 셸리는 이러한 이상주의로 인해 자신의 실제 삶에 있어 참으로 감내하기 힘든 고통을 겪어야 했다. 그녀의 이 작품이 이들의 **이상주의적 실험이 현실 세계에서 어떤 결과를 낳을 수 있는지를 예기**하고 있다고 읽히는 이유가 여기에 있다. 이러한 읽기를 대표하는 것으로는 페미니즘에서 제시된 것으로, 이 작품에서 우리는 어머니에 의한 출산이나 육아가 아닌 인위적 조작에 의한 인간 창출이 갖는 위험성에 대한 경고의 메시지를 읽는다. 포괄적 차원에서 이 작품은 프랑켄슈타인과 그가 창조한 괴물의 실체를 통해 이상주의적 이념을 구체적 현실 속에서 점검하고 비판한다.

프랑켄슈타인의 프로젝트는 실패하였고, 작품으로서의 『프랑켄슈타인』은 이러한 실패를 경고하고 있다. 여기까지가 이 작품이 담고 있는 내용임이 사실이다. 그런데 이를 주제로 한 소설과 영화 등이 수없이 지금껏 반복되고 있는 이유는 이러한 경고의 중요성에 기인하는 것인가? 이 작품의 마지막에서 프랑켄슈타인의 죽음을 확인한 악마는 이제 자신이 죽는 일만 남았다고 말하며 사라진다.

> "나는 죽을 거요. 그러면 지금 느끼는 감정도 더는 못 느끼겠지. 타오르는 이 비참함도 곧 사라지겠지. 난 의기양양하게 화장용 장작더미에 올라가 살을 태우는 고통스러운 불꽃 속에서 기뻐 날뛰리라. 화염이 꺼지면 나의 재가 바람에 실려 바다로 갈 것이오. 내 영혼은 평화로이 잠들 것이오. 혹시 영혼이 생각을 한다 해도 괴로운 생각은 아니겠지요. 잘 있으시오."[02]

이제는 자신의 죽음만이 남아 있고, 자신의 삶을 스스로가 마감하겠노라며 사라지는 괴물의 모습으로 이야기는 끝을 맺는다. 이러한 종결은 실패한 프로젝트에게 상당한 서사적 여운을 남기고 있다. 여기에서 우리는 어떻든 죽음의 모습보다는 어떤 결단을 내리고 이를 실현하고자 하는 생명체의 삶에 당면한다. 그 생명체가 추구하는 것은 삶의 종결이 아니라 **생명과 삶의 일탈이자 탈주**라고 말할 수 있을 것이다. 그는 죽음을 결단하지만 그것은 삶의 결정적 한 요소로 다가온다. 죽음에 직면하는 삶이 남기는 여운은 그 절망적 비극성과 함께 생명체의 자기 결정력에 대한 모색이 담고 있는 위험한 매력이다. 악마를 창조한 프랑켄슈타인의 호기심과 지적 추구는 생명현상에 집중했었다. 하지만 그가 목도한 것은 **생명현상의 원리**에서 더 나아가 그것이 체화된 **생명체의 삶**이었다. 그의 실험이 놓친 것은 바로 이 지점이었고, 그는 이것에 대해 후회하고 책임을 지고자 하였지만, **부단한 일탈과 탈주를 지속하는 생명체의 삶**에 직면하여 실패할 수밖에 없었다.

　『프랑켄슈타인』은 참으로 다양한 요소가 실험되고 있는 공간이자 그 기록물이다. 이 소설은 18세기 중반부터 영문학에서 활발히 채택된 서간체 즉 편지 형식으로 전개되고 있다. 18세기는 영국에서 경험주의가 본격화하는 시기로서, 이 시대에서 현실적 경험이 불가능한 허구로 구성된 문학 작품에 대한 신뢰는 의심받을 수밖에 없었다. 한편으로 누군가가 누구에게 보내는 편지 형식은 허구로서의 문학의 진정성을 높여 주는 측면을 갖는다. 다른 한편으로 이러한 형식은 신뢰성 못지않게 그 진실성에 대한 판단을 오로지 독자의 몫으로 돌리는 효과를 높인다. 이런 의미에서 프랑켄슈타인과 그가 창조한 인물과 사건에 대한 이야기는 그 자체로는 어떤 진정성을 갖지 않는다. 프랑켄슈타인, 셸리, 그리고 독자로서의 우리 개개인은 단지 어떤 실험을 보고받는 것을 넘어 이를 판단하고 참여하는 경험을 함께한다. 이렇게 해서 오늘의 우리 또한 작품의 부제인 "현대의 프로메테우스"에 포함된다

여기에서는 아쉽게 다루지 못하였지만 낭만주의 시대의 소설로는 에밀리 브론테(Emily Brontë)의 『폭풍의 언덕(*Wuthering Heights*)』(1847)과 샬럿 브론테(Charlotte Brontë)의 『제인 에어(*Jane Eyre: An Autobiography*)』(1847)가 필독서이다. 이들에서도 악마이자 희생자의 모습을 만날 수 있다. 『프랑켄슈타인』의 주제는 웰즈(H. G. Wells)의 공상과학 소설뿐만 아니라 와일드(Oscar Wilde)의 『도리언 그레이의 초상(*The Picture of Dorian Gray*)』(1891) 등에서 어떤 면모로 이어지는지 살펴보길 권한다.

5. 찰스 디킨스(Charles Dickens)(1812-1870)

『위대한 유산(*Great Expectations*)』(1861)
— 짙은 안개 속 삶의 느낌과 기대

누나가 나를 키웠던 탓에 나는 예민한 아이였다. 사실 누가 키우든 간에 아이들에게는 그들이 살아가고 있는 작은 세계 안에서 부당한 대우를 당하는 일만큼 예민하게 느껴지는 일은 없는 법이다. 그 부당한 일이라는 건 아이들이 접할 수 있는 사소하기 짝이 없는 일일지도 모른다. 그러나 아이들이란 작고, 아이들의 세계도 작으며, 아이들이 탄 흔들거리는 목마는 그저 그 높이가 우람한 골격을 지닌 아일랜드 사냥개의 키 정도로, 자로 재 보면 그저 몇 뼘 정도에 불과한 것이다. 나는 유아기 시절부터 부당한 대우에 대해서 마음속으로 끊임없이 맞서 싸우는 태도를 견지해 오고 있었다. 말을 하기 시작한 순간부터 나는 누나가 변덕스럽게 폭력적이고 강압적인 태도로 나를 부당하게 대우하고 있다는 사실을 알고 있었다.

나는 누나가 나를 손수 키웠다고 해서 그게 나를 잡아당기고 밀치고 내던지며 키울 권리까지 부여한 건 아니라는 확신을 품고 있었다. 내가 받았던 갖가지 벌들과 망신 주기, 밥 굶기기와 잠 못 자게 하기, 그리고 나를 참회시키기 위해 누나가 했던 기타 모든 행동들을 통해 나는 이런 확신을 깊이 품고 있었다. 내가 평소에 소심하고 예민한 아이였던 것은 혼자서 아무런 보호도 받지 못하고 오로지 늘 이런 확신만을 친구 삼았기 때문이라고 생각한다.[01]

줄거리

일찍 부모를 잃고 나이 차이가 많은 혹독한 누나와 나정다김힌 매형의 대장간에서 자라는 핍은 으스스한 날씨의 크리스마스이브에 부모 형제가 묻힌 교회 묘지에서 험상궂게 생긴 사내와 맞닥뜨린다. 그는 핍에게 먹을 음식과 족쇄를 자를 줄칼을 가져다줄 것을 요구한다. 두려움 속에서도 핍은 꾀를 내어 다음 날 그에게 음식과 위스키를 가져다주었지만, 이내 그는 감옥선에서 탈옥한 또 다른 탈주범과 함께 붙잡혀 간다.

1년 후 핍은 유복한 미스 해비셤의 저택을 오가게 되고 아름답지만 냉정한 에스텔라를 만나게 된다. 결혼에 실패한 시점 이후 모든 것이 멈춰진 모습의 해비셤이 살아가는 암울한 분위기 속에서 핍과 에스텔라가 하는 일은 그녀를 위해 놀아 주는 것이다. 특히 해비셤은 에스텔라가 핍의 마음을 괴롭히는 모습을 보고자 한다. 매형의 대장간 일을 배우고 있던 핍에게 어느 날 런

01 류경희 역, 열린책들, 2014년, 상 111-2쪽

던에서 온 재거스 변호사는 핍이 막대한 유산을 받게 되었고 이를 위해 런던에서 신사 교육을 받아야 한다는 사실을 알린다. 핍은 이러한 기회를 거쳐 그가 에스텔라와 맺어질 수 있을 것이라고 기대하고 이 모든 것을 해비셤의 배려로 추측한다.

런던으로 옮겨 온 핍은 해비셤의 친척인 허버트 포켓과 함께 지내면서 친구가 된다. 재거스는 핍이 신사로 성장할 수 있는 생활비를 주지만 정작 그 제공자가 누구인지는 절대 알려 주지 않는다. 핍은 런던에서 부유한 젊은이들과 어울리게 되고 이 가운데 거칠고 저열한 드러믈 또한 만나게 된다. 핍의 낭비와 이에 따른 부채가 늘어나는 가운데, 어느 날 매형 조가 방문하자 핍은 이제는 자신의 분위기와 어울리지 않는 초라한 모습의 그를 꺼려 한다. 해비셤은 핍과 에스텔라가 더욱 가까워질 수 있도록 하기 위해서인지 에스텔라 또한 런던으로 가도록 한다. 그러나 런던에 온 에스텔라는 그가 아닌 드러믈과 가까워져 핍에게 실망을 안긴다.

스물세 살이 된 핍은 불쑥 아벨 매그위치라는 방문객을 맞게 되는데, 사실 그는 핍이 어린 시절에 만난 그 탈주범이었다. 그는 핍에게 자신이 핍의 재정적 후원자였음을 밝힌다. 호주로 추방되었던 그는 그곳에서 큰돈을 벌어 핍의 친절을 보상해 주고, 또한 자신과 같은 처지의 사람도 신사를 키울 수 있다는 것을 세상에 보여 주고자 핍을 선정하여 도와주고 있었다는 것이다. 덧붙여 그는 영국으로 돌아오면 또다시 범법자로 처형될 수 있는데도 핍의 어엿한 모습을 확인해 보고 싶어 위험을 감수했다는 것이다. 핍은 이제 자신의 오늘을 있게 한 것이 해비셤이 아니라는 것, 더구나 자신의 후원자가 흉측한 범법자라는 사실에 경악할 수밖에 없다.

매그위치는 억울한 과거를 언급하면서 자신을 이렇게 만든 것은 핍이 어린 시절에 본 또 다른 탈주범인 콤피슨이고 그가 현재 자신을 쫓고 있다고 말한다. 그런데 핍은 해비셤을 두고 결혼 직전에 도망간 사람도 바로 콤피슨임을 알게 된다. 이런 가운데 에스텔라는 자신은 오직 남자들에게 괴로움만을 안기도록 자라났으며, 이를 이미 핍에게 경고했음을 주지시킨다. 이후 해비셤은 화재로 인해 죽고 만다. 핍은 매그위치가 법적인 일을 맡겨 온 재거스 변호사의 하녀가 에스텔라의 어머니이고, 매그위치가 바로 에스텔라의 아버지임을 확신하게 된다. 점차 매그위치를 이해하게 된 핍은 허버트와 함께 그를 프랑스로 밀입국시키는 일에 착수한다. 그러나 이를 실행하는 과정에서 매그위치는 이들을 쫓아온 콤피슨을 죽이게 된다. 또다시 경찰에 체포된 매그위치는 사형에 처해지기 전에 감옥에서 세상을 뜬다.

이 모든 것을 겪고 부채 속에 병든 핍을 찾아온 것은 매형 조이다. 핍은 자신의 큰 빚을 갚고 떠난 조가 보여 준 소박한 인간미와 관용의 진가를 깨닫게 된다. 고향 마을을 방문한 핍은 누나가 세상을 뜬 후 조가 자신의 어린 시절 친구인 비디와 재혼하여 행복한 가정을 이룬 것을 알게 된다. 핍은 한때 자신이 재정적 도움을 주어 이제는 이집트에서 근무하고 있던 허버트의 일에 동참하게 된다. 11년의 세월이 지난 후 해비셤의 저택이 있던 곳을 찾은 핍은 그곳에서 에스텔라를 만나게 된다. 드러믈과의 불행한 결혼 생활은 그의 죽음으로 끝나고, 이곳에 자신의 집을 다시 짓는 꿈을 갖고 있는 그녀는 이제 더 이상 냉랭한 사람이 아니었다. 서로에 대한 생각을 접지 않고 있던 핍과 에스텔라는 어린 시절을 생각하며 다시는 헤어지지 않을 것처럼 손을 잡고 걷는다.

영미 문학에서 어린이들이 즐길 수 있는 수준으로 편집되어 널리 읽히는 작품으로는 『로빈슨 크루소』와 『톰 소여의 모험』 그리고 찰스 디킨스의 소설들이 있다. 어린이들의 관점에서 앞의 두 소설이 흥미로운 것은 상상력을 자극하는 모험과 탐험 때문이라면, 디킨스의 경우는 어린 주인공이 어려운 환경을 극복하고 성장해 나가는 우여곡절 때문일 것이다.

영문학에서 디킨스의 소설은 영국의 도시화와 산업화가 획기적으로 확대되고 심화되는 가운데 나타나는 사회 문제를 폭넓게 보여 주고 있다는 점에서 주목을 받는다. 비인간적이고 무자비하게 진행되는 근대화 속의 도시는 각자도생을 모색하는 개인들의 탐욕과 허위의식 그리고 무감각이 자라난다. 이러한 환경 속에서 디킨스는 특히 나약하고 순진한 어린아이들에 주목한다. 그가 어린이에 주목한 이유는 여러 측면에서 가능할 수 있다. 우선은 순수한 어린아이들을 등장시킴으로써 이들과 대비되는 어른들과 이들이 구성하는 사회의 부정적 면모를 더욱 부각시킬 수 있었다고 할 수 있다. 또한 일반 독자들이 갖는 어린아이들에 대한 동정심은 작품의 전반적 내용에 대해서도 공감을 불러일으키기에 좋은 기재일 수 있었을 것이다. 이 시대에 어린아이에 대한 관심은 단지 디킨스 등의 문학적 차원에서만 진행된 것은 아니었다. 당대의 영국, 더 나아가 유럽의 사회사상과 낭만주의는 특히 어린아이의 위치와 성장에 관심을 두기 시작하였다.

이러한 관심은 인간을 새롭게 정의하고 그 의의를 확보하고자 한 당시의 다양한 사상적 조류와 함께한다. 인간에 대한 새로운 시각은 르네상스에서 시작하여 18세기의 계몽주의에서 한층 더 고조되었으며, 디킨스 당대의 어린아이에 대한 관심 또한 이를 잇고 있다. 영국의 존 로크는 그의 『교육론(Some Thoughts concerning Education)』(1693)에서 아동의 위치와 교육에 대해 논의한 바 있고, 프랑스의 루소 또한 『에밀』(1762)에서 아동에서 청년에 이르는 기간 동안 이루어져야 할 바람직한 교육의 내용을 제시하였다. 로크는 아동 단계를 어떤 고유한 특성이나 권리의 관점에서 파악하기보다는, 아동 교육의 궁극적 목표가 국가의 성숙한 시민을 육성하는 것에 있음을 강조하고 있다. 로크의 저술을 접하고 아동 교육의 중요성에 대해 더욱 깊은 관심을 보인 루소는 아동 단계를 단지 성인이 되기 전의 단계가 아니라, 그 나름의 고유성과 정당성을 갖는 단계로 여기면서, 개인적 잠재력의 개화에 교육의 역점을 두고자 하였다. 이러한 취지의 저작인 『에밀』은 한 아이가 유아기에서 청년기에 이르는 과정을 지켜보며 조언하는 형식을 택하고 있다. 철학적 입장을 소설 형식으로 풀어내는 이 저작은 교육의 원칙을 논증하기보다는, 성장기 인간의 모습에 더 다가가 이를 긍정하고 옹호하는 입장을 취하고 있다. 하지만 그것이 본격적 소설에 미치지 못하고 있는 것은 궁극적으로 로크에서와 유사하게 개인의 자연스러운 성숙과 시민으로서의 성숙이 합치하는 단계를 청년기의 완성 지점으로 제시하고 있기 때문이다.

루소의 『에밀』 이후 본격적 소설 형식으로 개인의 성장 문제를 다루고 있는 경우는 괴테의 『빌헬름 마이스터의 수업시대』(1795-96)와 『빌헬름 마이스터의 편력 시대』(1821, 1829)이다. 괴테의 이 작품들은 어린 주인공의 성장 과정을 다루는 소설을 일컫는 **교양소설**

(Bildungsroman)의 효시이기도 하다. 세계 문학사에 있어 독일 문학의 한 업적이라고 할 수 있는 이 전형적 교양소설과 영국에서 전개된 디킨스류의 교양소설은 공통점과 함께 차이점 또한 크다고 할 수 있다. 디킨스의 소설은 칼라일(Thomas Carlyle)이 번역한 『빌헬름 마이스터』 (1844)에서 일정한 영향을 받았을 수 있지만, 이보다는 오히려 그의 개인적 경험에 더 기반하고 있는 것으로 느껴진다. 루소 또한 어머니를 출산 후유증으로 여읜 후 여러 곳을 전전하고 자신의 삶을 이끌어 나가야 했던 경험이 『에밀』의 집필에 매우 중요한 계기로 작용하고 있다는 것을 느낄 수 있다. 루소의 성장 과정 자체가 오히려 더 한편의 소설처럼 받아들여질 수 있는 가능성이 높다고 할 정도이다.

　　어린 시절의 디킨스에게 가장 각인된 경험으로는 12세 때에 비록 잠시 동안이지만 자신이 구두공장에 취직을 해야 했던 일을 꼽을 수 있다. 아버지는 사무직에 종사하고 있었지만 항상 빚에 시달리며 마침내 감옥살이까지 해야 했다. 어린이의 천성이 선한 것인가, 악한 것인가, 어린이는 어른의 축소판인가, 어른과는 전혀 다른 단계에 있는가, 따라서 교육은 어떠해야 하는가 등등에 대한 논의 속에서, 디킨스의 소설은 이제는 어른이 된 시선에서 어린이의 입장을 최대한 되살리고 있다. 디킨스의 어린이가 자신의 성장 과정에서 견뎌야 하는 대표적 아픔은 가족이라는 울타리가 존재할 경우 그 내면에 존재하는 가부장적 폭력성, 그러한 울타리가 존재하지 않을 경우 내버려진 어린이가 감당해야 하는 불안감이다. 디킨스 소설에 수없이 등장하는 고아는 당대의 현실적 사회 문제이자 작가 자신의 성장 과정에서 경험했던 문제를 대변하고 있다.

앞의 발췌 부분에서 어린 핍은 자신에 대한 누나의 부당한 대우에 항의하고 있다. 그는 비록 누나의 경제적 도움을 받는 처지에 놓여 있지만, 그것이 자신에 대한 그릇된 인격적 대우를 허용하는 것은 아니라고 항변한다. 이러한 주장에 대한 어떤 합리적 논거는 그에 의해서도, 또한 디킨스에 의해서도 굳이 설명될 필요가 없다. 그것은 그와 디킨스 그리고 독자 모두가 공감할 수 있는 상식적 명제로 전제된다. 핍이라는 어린이의 주장은 사회 사상이나 이념을 반영하기보다는 오히려 상식에 기초한 제안이라고 해야 할 것이다.

물론 핍은 고아는 아니다. 그는 부모를 여의었지만 어떻든 누나와 매형의 보호를 받고 있다. 하지만 그가 속한 이 울타리에서 정작 누나는 폭력적 존재로만 다가온다. 여기에는 매형인 조가 오히려 더 가족적인 보호벽 역할을 하면서, 누나라는 원초적 혈연관계의 도움을 받지 못한다는 서운함이 더해진다. 핍이 소설의 첫머리에서 부모가 잠든 곳을 찾는 장면은 그가 직면한 외적 현실이자 내면이기도 하다. 이곳의 모습은 축축한 습지와 자욱한 안개로 표현된다. 특히 불쑥 나타난 죄수의 협박에 따라 그가 다시 이곳을 찾을 때 습지의 외면과 그의 양심의 가책은 짙게 중첩된다.

습지대는 안개가 하도 자욱하게 끼어 있어서 마을을 안내하는 손가락 모양 나무 푯말조차 ―사람들이 우리 마을을 오는 일이 좀처럼 없었기 때문에 그들은 이 푯말의 안내를 받지 않았지만― 바짝 다가가야 보일 정도였다. 다가가서 이슬방울이 뚝뚝 떨어지는 푯말을 보고 있노라니, 내 억눌린 양심

탓인지 그게 마치 나를 감옥선으로 갖다 바치는 유령 같아 보였다.[02]

으스스한 습지와 자욱한 안개 그리고 어린 그가 느끼는 불확실성과 불안감은 함께 교차하면서, 이 모든 것의 깊이와 폭을 더한다.

영국의 날씨를 언급할 때 빠지지 않는 것 가운데 하나가 **안개** 이다. 안개는 사물의 형상을 흐리게 한다. 이런 까닭에서인지 안개는 오히려 인간의 모든 감각을 더욱 예민하게 하면서 자신의 위치 파악과 나아갈 방향을 감지하고 탐색하게 한다. 작품의 마지막에서 핍이 에스텔라의 손을 잡고 폐허가 된 해비섬 저택을 나설 때 걷히는 안개는 이들이 자신들의 삶을 한층 분명히 직시할 수 있는 또 다른 기회를 맞고 있다는 암시가 된다.

나는 그녀의 손을 잡았다. 그리고 우리는 폐허에서 나왔다. 오래전 그 옛날 내가 처음 대장간을 떠나던 날 아침 안개가 피어오르며 걷혔던 것처럼, 지금도 저녁 안개가 피어오르며 걷히고 있었다. 그리고 걷혀 가는 그 안개가 내게 보여 준 교교한 달빛이 광활하게 펼쳐지며 뻗어 나가는 모습 속에서, 나는 그녀와의 그 어떤 이별의 그림자도 보지 못했다.[03]

이 걷히는 안개는 자연적 현상 못지않게 두 사람의 노력에 의

02 상 34쪽
03 하 402쪽

한 자기 확신을 표현하는 은유이다. 늪지의 짙은 안개와 같았던 어린 시절을 거쳐 인생의 수많은 우여곡절을 겪고, 이제는 어엿한 성인이 되어 걷히는 안개 속을 걸어 나올 수 있게 한 지침은 일찍이 제시되어 있다. 이는 소설의 화자가 자신의 삶을 되돌아보며 이야기하는 형식을 취하고 있어 가능한 판단이기도 하다. 흉악범의 협박에 응하고서도 자신을 믿고 옹호해 준 조에게 이 모든 사실을 털어놓지 못한 시점에서의 처지에 대해 성인이 된 핍은 이렇게 정리한다.

> 한 마디로 나는 너무 겁이 나서 그른 일이라고 알고 있는 일을 그만두지 못하는 것처럼, 너무 겁이 나서 옳은 일이라고 알고 있는 일을 할 수 없었다. 나는 그때 세상을 접해 본 경험이 전혀 없었다. 그것은 내가 이렇게 행동하는 주변 사람들을 흉내내서 한 것은 아니었다. 뭔가를 배워 본 적이 전혀 없는 무지한 마음의 소유자였기에 나는 내 행동 지침을 혼자서 찾아 나갔을 뿐이었다.[04]

그가 말하는 그른 일은 협박에 못 이겼지만 음식과 줄칼을 훔쳐 낸 것이고, 옳은 일이라고 알고 있는 것은 그에게 깊은 신뢰를 보여 준 조에게 줄칼 등에 관한 모든 것을 털어놓았어야 할 일을 말한다. 그는 그른 일을 행하고, 옳은 일은 알고 있지만 행하지 못한 것이다.

성인이 된 핍이 어린 시절의 핍을 바라보며 그 이유를 따져보

04 상 75쪽

니, 그것은 당시의 그에게는 이 모든 것을 대처할 원칙과 경험을 전혀 갖추지 못하였기 때문이었다. 이후에도 그는 자신이 이러한 지침을 교육받기보다는 스스로 터득해 나가야 했다. 여기에서 중요한 것은 그가 옳지 못한 일을 거부하고 옳은 일은 행하는 일상의 삶을 그 스스로 체득해 나가는 과정이다. 일상의 이 '현명한' 행동 지침을 단지 피동적으로 교육받는 것이 아니라, 어린 시절부터 스스로 어려운 과정을 거치면서 이를 깨우쳐 나가는 삶이었던 것이다. 비록 세상 속에서 살아남기 위한 삶의 원칙은 동일하지만, 작품에서는 핍 **스스로가 이를 터득해 나갔다는 점**이 부각된다.

핍이 자신의 삶을 온전히 스스로 개척하고 그 어려움을 홀로 극복해 온 것은 아니었다. 매형인 조의 한없는 관심과 아량, 신분이 어떻든 매그위치의 재정적 후원 등이 그의 삶에 있어 결정적 역할을 한 것이 사실이다. 그러나 핍은 이 두 사람의 삶과는 또 다른 차원에서 삶이 당면한 문제들을 극복하는 자기 나름의 성장을 이룬다. 디킨스의 초기 작품으로 동화와 만화 등으로 다시 쓰여 널리 읽히는 『올리버 트위스트(*Oliver Twist*)』(1838)의 주인공은 세계 문학사에서 가장 전형적인 고아 주인공이다. 앞서 언급한 바와 같이 동화 등에서 자주 주인공으로 등장하는 어린 고아들이 우리의 관심을 끄는 이유는 이들이 무엇보다도 동정심과 격려를 받기에 충분하고, 이와 더불어 그 성장 과정에서 점차 발휘해 나가는 본받을 만한 독립심에서 찾아질 수 있을 것이다. 우리는 고아에게서 주어진 운명의 피해자가 아니라 자기 운명의 주인이 되어 어려운 현실도 극복해 나가는 모습을 기대하고 그것이 실현되어 나가는 모습을 보게 되는 것이다.

‘위대한 유산’(Great Expectations)이라는 제목은 우리말로 어떻게 옮기든 그것이 내비치는 다수의 의미를 놓칠 수밖에 없다. 그것은 한편으로 단지 ‘큰 유산’일 수 있고 다른 한편으로는 ‘큰 기대’일 수 있다. 핍이 매그위치로부터 받게 되는 막대한 유산과 기대, 해비셤이 에스텔라의 결혼 상대자로 자신을 마음에 두고 신사 교육을 받도록 하고 있다는 기대가 그것이다. 이를 모두 감안하면 이 제목의 진정한 의미는 **“막연하고도 막대한 기대”**이다. 핍의 입장에서 그것은 스스로가 삶에 대해 세운 큰 기대이자, 그의 삶에 찾아온 누군가의 그에 대한 큰 기대이기도 하다. 그것은 짙은 안개 속의 고아에게는 막연한 희망이자 구체적 구원이 혼합된 욕망이었고, 여기에서 문제되는 것은 자신의 선택사항이 아닌 고아 신세와 달리, 이러한 개인적 욕망의 설정과 그 결과는 주로 그 스스로의 의지와 행동의 산물인 점이다. 또한 한층 포괄적으로 말하자면, 이 소설은 **‘큰 기대’라는 추상적 욕망이 현실 세계에서 어떠한 결과로 귀착하는가**를 보여 준다. 여기에는 궁핍한 환경의 소년이 품은 희망과 욕망의 좌절과 함께 이로부터 최대한 미래를 향해 거듭날 수 있는 여지 또한 담겨 있다. 이는 특히 핍과 에스텔라가 황폐한 옛 집터에서 만나 손을 잡고 걷히는 안개를 뒤로 하는 마지막 장면이 주는 여운이다.

　　루소의 『에밀』에서 결혼은 단지 젊은이들이 만나 한 가정을 이루는 것에 머무르지 않고 그 이상의 의미를 부여받는다. 그것은 개인적 차원을 넘어 한 젊은이의 개인적 삶과 사회적 삶이 균형을 이루는 시작점으로 강조된다. 『빌헬름 마이스터』에서 괴테는 빌헬름으로 하여금 응급의료직을 자신의 직업으로 택하게 함으로써 젊은 시절의 귀착점을 궁극적으로 공적 삶에 두고자 하였다. 이 두 경우와 달리 핍과 에스텔라의 미래는 어떤 사회적 의미보다는 훨씬 개인적 차원에 머문다. 루소와 괴테의 교양소설을 움직이고 또 그것이 향하는 지점이 일정한 사회적 이상이자 이념이라면, 디킨스의 『위대한 유산』의 종착점은 핍과 에스텔라 등 주인공 개개인의 경험과 삶이다. 이 지점에서 영국적 교양소설의 한 특성을 만나게 된다.

디킨스의 『황폐한 집(*Bleak House*)』(1853)과, 동시대의 여성 작가인 조지 엘리엇(George Eliot)의 『플로스강의 물방앗간(*The Mill on the Floss*)』(1860)을 권한다. 디킨스와 대륙 교양소설의 차이는 독일 교양소설의 현대적 전형인 헤세(Hermann Hesse)의 『수레바퀴 아래서』(1906) 또는 『데미안』(1919)과의 비교를 통해서도 발견할 수 있다.

6. 토마스 하디(Thomas Hardy)(1840-1928)

『더버빌가의 테스(Tess of the d'Urbervilles: A Pure Woman)』(1891)
— 경험의 강도와 방향, 그리고 순결함

"나무는 꼬치꼬치 캐묻는 눈을 가졌어요. 그렇지 않아요?
그렇게 보인다는 말이에요. 강물은 '왜 그런 표정으로 날 성
가시게 하는 거야?'라고 말해요. 그리고 한 줄로 늘어선 수많
은 내일이, 맨 앞의 날은 크고 선명하고, 나머지 날들은 멀어
질수록 작아지는데, 모두 사납고 박정해 보여요."
[…]
　젊디젊은 여자가, 소젖 짜는 여자일 뿐이지만 어딘지 남
다른 데가 있어서 같은 집에 사는 사람들의 부러움을 살 뭔가
가 엿보이는 여자가, 그렇게 슬픈 생각을 말로 정리하는 것을
보고 그는 놀랐다. 그녀는 이 시대 전체의 정서라고 해야 할
어떤 정서랄까, 현대화의 고통을 자신이 아는 말로, 초등학교
학년 교육의 도움을 약간 받아, 표현하고 있었다. 이른바 진

보적 사상도 사람들이 수세기 동안 막연하게나마 이해하려고 애쓴 감각들을 대체로 최신 유행에 따라, 더 정확히 말하자면 무슨 '-학(學)'이니 '-주의(主義)' 등의 용어로, 정의 내린 것뿐이라는 데 생각이 미치자 놀라움이 좀 가셨을 따름이다.

그럼에도 그렇게 어린 처녀가 그런 생각을 한다는 사실은 이상했다. 이상한 것을 넘어서 인상적이고 흥미롭고 또 가엾기까지 했다. 이유를 짐작할 수 없는 그로서는 경험이 지속보다는 강도의 문제임을 알 도리가 없었다. 잠깐의 육체적 침탈이 테스에게 정신적 성장으로 나타난 것이다.[01]

줄거리

어렵사리 가족을 부양해 온 잭 더비필드는 마을의 신부에게서 자신이 정복왕 윌리엄 시대까지 거슬러 올라가는 명문가인 더버빌 가문의 자손이라는 말을 듣고 주점에서 마을 사람들에게 호기를 부린다. 부모와 여섯이나 되는 동생들에 대해 책임감이 강한 맏딸 테스는 아버지를 대신해 새벽같이 꿀통 배달에 나서지만 오히려 하나밖에 없는 말과 마차를 잃고 만다. 이제 이웃 마을의 부유한 더버빌 가문이 자신들의 친척이라는 생각이 떠오른 어머니는 테스로 하여금 그곳에서 일자리를 얻고 결혼할 기회를 갖도록 한다. 그러나 그곳의 더버빌 집안은 단지 벼락부자가 그럴듯한 가문을 사칭한 것에 불과했고, 방탕아 알렉 더버빌은 끝내 테스를 범하고 만다. 사랑하지도 않는 알렉을 도저히 받아들일 수 없는 테스는 그곳을 떠나 다시 집으로 돌아와 아이를 낳

01 유명숙 역, 문학동네, 2011년, 192-3쪽

는다. 하지만 아이는 곧 죽음을 맞이하게 되고 테스는 스스로 아이에게 소로우(Sorrow)라는 세례명을 부여한다.

마을의 풍문이 무섭기보다는 새로운 삶을 찾고자 테스는 고향을 떠나 남쪽의 텔버테이스 목장에서 일을 시작한다. 그녀는 자연 속에서 동료들과 일에 몰두하며 어느 정도 정신적 안정을 찾아간다. 그곳에서 그녀는 에인젤 클레어를 만난다. 그는 목사의 아들로 기독교의 교리에 동의하지 않고 지적인 자유를 갈망하면서 농사를 배워 자립하려는 반듯하고 따뜻한 마음의 소유자이다. 테스를 순수하게만 생각하는 에인젤의 구애 속에서 그녀는 자신의 과거로 인해 그를 받아들일 자격이 없다고 여긴다. 그럼에도 그는 부모에게 결혼 허락까지 받아 내면서 테스를 진심 어린 사랑으로 대하고, 그에 대한 자신의 사랑을 확인한 테스는 마침내 그와의 결혼을 허락한다.

결혼 전날 밤. 어머니의 간곡한 만류에도 불구하고 그녀는 자신의 과거를 고백하는 편지를 에인젤의 방 문 밑으로 넣어 두었지만 편지는 카펫 아래로 묻히고 만다. 결혼 첫날밤 에인젤은 서로가 저지른 과거의 잘못을 용서하기로 하면서, 먼저 자신의 여자 경험을 털어놓자 테스는 이를 허물로 받아들이지 않는다. 하지만 정작 테스가 자신의 과거를 털어놓자 에인젤은 참으로 이제까지의 그가 아닌 전혀 다른 냉혹한 사람으로 변하고 만다. 그는 순수한 여인 그 자체로 여겼던 테스의 이러한 과거를 상상할 수도 없었고 또 용서할 수도 없었던 것이다. 곧이어 에인젤은 새로운 삶을 개척하겠다며 서둘러 브라질의 농장으로 떠나고 만다. 그가 자신의 어머니로부터 전달받아 테스에게 전한 패물이 그녀에게 남긴 전부였다.

에인젤이 떠난 후 일자리들마저 변변치 못하여 점점 힘겨워져 가는 가운데 테스는 우연히 이제는 열렬한 전도사가 된 알렉을 발견하게 된다. 이후 그는 테스에 대한 욕망에 다시 사로잡혀 전도사직마저 버리고 그녀를 차지하려는 노력을 그치지 않는다. 테스는 이러한 유혹의 위험성을 알리는 편지를 에인젤에게 계속 보내지만 브라질에서는 아무런 답이 오지 않는다. 사실 에인젤은 브라질 농장에 정착하기는커녕 병마에 시달리는 존재로 전락하면서 그제야 테스에 대한 자신의 편협함을 자책한다. 테스는 아버지마저 돌아가시고 집의 계약마저 종료되어 오갈 데 없는 신세가 된 가족들의 곤궁한 사정마저 겹치자 어쩔 수 없이 알렉에 의탁하게 된다. 몰라보게 수척해진 모습으로 귀국한 에인젤은 수소문 끝에 고급스런 휴양지에서 알렉과 함께 머무는 테스를 찾게 되고, 그녀는 이 모든 것이 너무나 늦었다는 원망의 말과 함께 그를 돌려보내지만 이내 그녀는 알렉을 죽이고 에인젤과 합류한다.

무작정 도망을 하던 두 사람은 빈 저택을 발견해 며칠 머물게 되며, 테스는 정작 자신의 운명이 다하고 있다고 느끼면서도 에인젤과 함께하는 시간에 더 없는 행복을 느낀다. 마침내 이들이 스톤헨지에 이르고, 테스가 잠이 든 사이 경찰이 다가오자 알렉은 그녀가 잠시 동안 잠을 잘 수 있도록 양해를 구한다. 시간이 흘러 테스의 마지막 부탁에 따라 에인젤은 집안의 막내인 리자루의 보호자가 되어 첨탑 위로 사형 집행을 알리는 검은 깃발이 올라가는 모습을 지켜본 후 함께 손을 잡고 길을 나선다.

『더버빌가의 테스』를 읽은 후 세월이 지나도 남아 있는 여운으로는 물론 여주인공 테스의 비극적 삶이지만, 그에 못지않게 일터인 목장과 농장의 모습, 그리고 작품의 말미에 그녀가 마지막 단잠 후 경찰에 체포되는 장소인 스톤헨지의 아련함을 꼽을 수 있다. 알렉의 손

아귀에서 벗어나 도피처로 찾은 텔버테이스 목장에서 테스가 보살피게 된 젖소들, 함께 일하는 동료들과 목장의 주인, 그리고 특히 함부로 가까이할 수 없는 존재로 보이지만 그녀에게 다가와 곁을 지켜 주는 에인젤 등 모두는 인간이 처한 환경의 어려움과 보람을 온전히 담아내고 있다. 이러한 환경을 둘러싸고 있는 자연 세계는 테스로 하여금 상당한 안정감과 함께 성숙을 더해 나가게 한다. 꿈처럼 찾아오고 익어 가는 테스와 에인젤의 사랑은 그 아름다움과 아픔 모두에 있어 에덴동산의 아담과 이브의 한때를 떠올리게 할 수 있을 정도이다. 이와 달리 에인젤이 떠나고 혼자가 된 그녀가 일하게 되는 척박한 농장들의 모습은 삶의 현장으로서의 자연의 또 다른 진면목을 보여 주는 장면으로 마음에 새겨진다. 이들 자연과 스톤헨지의 장면은 한데 어우러져 테스에게서 신화적 여신의 면모를 읽는 경우들이 있어 왔고, 이는 최근에 여성 특히 모성을 자연의 원리와 합치하는 차원에서 파악하는 에코 페미니즘적 읽기로도 이어지고 있다.

테스를 자연 세계 속에서 파악하는 것이 잘못된 것은 아니지만, 이에 대한 전적인 동의는 썩 내키지 않는 측면이 있다. 그것은 아마도 테스라는 특출한 개인이 자연적 순환의 일부로 해석되어 버리는 구도에 대한 아쉬움에 기인한다. 앞에 발췌한 장면에서 사변적 신학을 버리고 구체적 현실 세계에서 자기 나름의 이상적 삶을 기획하고 있는 에인젤에게 테스는 삶이 그저 무섭다고 말한다. 테스는 그 어느 곳에서보다도 이곳 목장에서 행복한 하루하루를 보낸다. 주변 사람은 물론 목장과 밤하늘 모두 그녀에게 온기를 보태 주는 것으로 보이기에 충분하지만, 정작 그녀의 반응은 낭만적이기보다는 무척이

나 현실적이다. 여기에서 그녀는 세계 속에서 자신의 삶이 느끼는 긴
장감을 자연마저 자신에게서 돌아선 듯하다고 절실히 표현하고 있
다. 테스가 겪은 정도의 경험이 전혀 없는 에인젤은 그녀의 이러한
생각의 근원을 개인적 삶의 차원에서 구하기보다는 현대 사회가 겪
고 있는 시대적 고통의 차원에서 찾는 잘못을 범하고 있다. 그는 테
스의 삶을 판단하는 데 있어 자신의 눈과 생각보다는 세기말에 접어
들 당시를 현학적으로 진단하고 설명하는 여러 사상이나 학문을 동
원하고 있을 뿐이다.

　　이것은 테스가 예기치 못한 에인젤의 한계이다. 그는 비록 틀
에 박힌 논리를 벗어나고자 종교와 신학을 포기하였지만, 여전히 진
정한 삶의 논리가 아닌 학구적 논리에 머물고 있다. 대학 진학을 포
기하고 현실 세계를 잠시나마 경험하고자 농촌의 삶을 택하였음에
도, 그것은 분명 테스의 삶이 겪은 경험과는 현저한 질적 차이를 갖는
다. 작가의 목소리가 정리하고 있듯이 **경험에서는 "지속보다는 강도"
가 더 중요하다.** 에인젤은 테스의 과거를 알고 돌변하여 똑같은 테스
가 "당신의 모습을 한 다른 여인"[02]이라는 말을 서슴지 않는다. 이러
한 극언은 에인젤의 다른 모습이기보다는 당연한 모습으로 보이기도
한다. 그리고 그것은 단지 테스에 대한 에인젤이라는 한 개인의 판단
으로 여겨지지만은 않는다. 그것은 당대의 남성, 도덕과 윤리, 그리
고 자연 세계의 논리 모두가 테스를 판단하고 대하는 태도로 읽힌다.

　　『테스』로 널리 알려진 이 작품의 원제는 "더버빌가의 테스: 순

02　346쪽

결한 여인"(Tess of D'Urbervilles: A Pure Woman)이다. 아버지의 공식 이름은
잭 더비필드(Jack Durbefield)인 바, 테스의 이름은 테스 더비필드가 되어
야 한다. 그녀가 알렉 더버빌의 아이를 낳고 또 결국에는 그와 사실
상의 혼인관계에 들게 되어 테스 더버빌로 지칭되는 것은 아닌 듯하
다. 그녀의 아버지가 트링엄 신부에게서 자신이 정복왕 윌리엄의 자
손임을 전해 듣게 되고, 이후 모든 사건이 시작되었다고 할 수도 있
다. 정복왕 윌리엄은 대륙의 노르망디 왕으로서 1066년 도버해협
너머 영국을 침략하여 새로운 왕조를 세운 인물이다. 프랑스어 'de'
는 영어의 'of'(의)에 해당하는 단어로 이 'de'는 명문가의 표시이기도
하다. 그 대표적 예로 앞서 읽은 『로빈슨 크루소』의 작가 디포(Daniel
Defoe)는 원래 성이 '포'(Foe)였지만 좀 더 귀족적으로 보이기 위해 스스
로 이를 바꿔 '대니얼 디포'(Defoe) 즉 '포 가문의 대니얼'이 된 것이었
다. 이에 비춰 보면 작품의 제목을 '더비빌가의 테스'라 한 것에는 여
러 가지 의도가 담겨 있다. 그녀 역시 한때는 명망 높았던 가문의 자
손이라는 사실, 또는 그녀에게 비극을 초래하는 허울뿐인 전통 등등
의 여운이 그것이다.

　　이보다 더 문제되는 것은 테스를 **순결한 여인**으로 부른 것이
었다. 작품이 발표될 당시 그녀를 '순결한 여인'이라 칭한 부제에 대
해 많은 평자들이 심한 거부감을 보인 것은 당연해 보인다. 이는 무
엇보다도 그녀가 혼전 순결을 잃은 여인이었고, 이것이 당대의 도덕
률에 위배된 것이었기 때문이었다. 이에 덧붙여 그녀는 자신이 출산
한 아이에게 스스로 세례를 주고, 본인의 의도와 달리 어떻든 에인젤
과의 결혼을 파탄에 이르게 한 원인을 제공하였으며, 또한 공식적인

혼인관계가 종료되지 않은 가운데 알렉과 결합하였고, 최종적으로는 그를 죽인 살인범이자 도주범이다. 하디가 이러한 여인을 굳이 '순결한 여인'이라 지칭한 것에서는 '순결'에 대한 정의를 달리 내리고 이에 따라 그녀의 존재 또한 달리 정초하고자 한 의지를 읽을 수 있다.

하디의 의지를 따르자면, 테스의 순결성은 에인젤에 대한 그녀의 사랑에서 찾아진다. 그녀가 에인젤에게 느끼는 사랑의 감정과 이에 충실하기 위해 바치는 자기희생은 순결하다고 하지 않을 수 없다. 그녀는 비록 버림받은 처지이지만 에인젤의 집안으로부터 물려받아 자신의 손에 쥐어진 패물을 끝내 팔지 않는다. 그와의 결혼 상태를 유지하기 위해 스스로의 노동으로 홀로서기를 계속하고, 알렉의 등장으로 이것이 위협을 받는 상황이 되사 그에게 계속해서 용서와 도움의 편지를 보낸다. 이러한 인생의 굴곡에서 그녀의 순결함은 훼손되기보다는 그 순도가 더해진다.

순결함이 시간의 경과와 함께 더해진다는 것은 무엇을 말하는가? 순결이란 오염이 되지 않은 상태를 지칭한다면, 어떤 상태의 가장 최초의 지점이 가장 높은 순수성을 유지하고 이후의 과정은 단지 그 훼손의 과정에 지나지 않는 것인가? 경험주의에 있어 잘 알려진 주장 가운데 하나는 인간은 마치 '백지'와 같은 상태로 시작하여 점차 다양한 감각적 경험을 통해 한층 복합적인 인지 체계를 확립해 나간다는 설명이다. 물론 이는 고대 그리스 철학에서부터 이미 제기된 바 있지만, 근대의 경우 로크 철학(John Locke, *An Essay Concerning Human Understanding*, 1689)의 가장 기본적 출발점 가운데 하나이다.

테스에게 돌아온다면, 그녀의 순결 혹은 순수의 상태는 아무런 경험이 없는 백지 상태를 지칭하는 것은 아닐 것이다. 순수 또한 어떠한 상태라면 그것은 최초의 상태이기보다는 분명 백지 상태 이후의 한 단계를 말할 것이다. 더 나아가 **테스가 순결하다는 것은 특히 어떤 개념이 머무는 상태 못지않게 그 방향과 움직임에서 파악되어야 한다고 설득한다.** 에인젤이 브라질에서 테스에게 돌아오는 결정적 계기는 그가 낯선 영국인과 우연히 나눈 허심탄회한 대화에서 찾아진다. 이 장면은 이렇게 서술된다.

> 그 낯선 남자는 여러 나라에서 다양한 풍습을 접해 본 경험이 있었다. 그의 세계주의적 관점에서 그 정도의 테스의 일탈은, 국내의 사회규범으로 보면 큰 문제일지 몰라도, 지구 전체의 곡선에서는 골짜기와 산맥의 기복에 불과했다. 그는 에인젤과 전혀 다른 각도에서 그 문제에 접근했다. 테스가 무엇인가는 무엇이 될 수 있는가보다 중요하지 않으며, 그녀를 두고 온 것이 잘못이라고 대놓고 지적했다.
>
> 다음 날 천둥을 동반한 폭우에 흠씬 젖은 다음 열병에 걸린 에인젤의 동행은 그 주를 넘기지 못하고 죽었다. 에인젤은 그를 매장하느라 몇 시간을 지체했다가 다시 길을 떠났다.
>
> 평범한 이름 말고는 전혀 아무것도 알지 못하는, 마음이 넓은 낯선 사내가 던진 말은 그의 죽음으로 더 의미심장해졌고, 철학자들이 논증한 윤리 체계보다 더 영향력을 발휘했다. 그와 비교할 때 자신의 편협함은 부끄러웠다. 자신의 사고가 모순투성이라는 생각이 밀물처럼 밀려들었다.[03]

"**무엇인가는 무엇이 될 수 있는가보다 중요하지 않다.**" 에인젤이 얻은 이 교훈은 이제 테스의 순결성을 이해하고 이를 정의하는 기준으로 작동한다. **삶은 백지 상태에서 어떠한 내용이 축적되는 것 못지않게, 그러한 경험의 강도와 방향 그리고 실천적 움직임이 더 중요하다는 것**이다. 이제껏 헤어나지 못한 일반적 관념을 넘는 깨달음은 마침내 그가 몸소 어려운 삶을 겪음으로써 얻어질 수 있었다. 에인젤의 오류는 "개별적인 사례를 무시하고 일반적인 원칙에 좌우되도록"[04] 한 것에 있었고, 그의 개인적 경험은 이제 스스로의 판단을 삶의 기준으로 받아들인다.

테스는 어머니가 일반적 판단에 따라 당부한 것과 달리 자신의 과거를 에인젤에게 고백했었다. 테스에 대한 에인젤의 애정 역시 이러한 일반적 판단에 맞게 철회되고 만 것이었다. 그는 새로운 세계에서 몸소 삶의 질곡을 겪은 다음에야 인간의 삶이 세계 속에서 어떠해야 하는지를 실감했다. 이제 그는 테스를 판단하는 기준을 단지 과거와 그에 따른 현재에 두기보다는, 그녀가 부단히 지향해 온 것에 둘 필요가 있다는 깨달음에 닿은 것이다. 달리 설명하자면, 이는 대상에 대한 판단을 그 속성이나 현재의 상태보다는 그것이 현 지점에서 지향하는 **방향성과 운동성**에 두고자 하는 태도로의 변모이다. 이제 테스는 최소한 에인젤에게는 '순수하게' 의도하고 행동해 온 바에 따라 자신의 현재를 인정받게 된다.

에인젤이 자신의 이상적 기대와 달리 겪게 된 현실 세계와 그

03 508쪽
04 509쪽

속에서의 육체적 고난은 그의 농촌에 대한 꿈과 계획들이 기실 정신주의적 한계 속에 있었던 것임을 보여 준다. 『더버빌가의 테스』는 영문학에서 농촌의 삶이 가장 현실적이고도 감각적으로 그려진 작품들 가운데 속한다. 그러한 감각은 또한 매우 구체적인 것들에 대한 인간의 애정과 함께한다. 하디의 자연은 주인공의 삶에 지대한 영향을 미치는 것으로 여겨질 수 있다. 하지만 한층 더 자세히 들여다보면 그것은 단지 인간이 자연에 예속되어 있다는 논리에 머물고 있지는 않다. 테스의 삶은 하디의 고향인 영국 남서부 웨섹스의 자연과 농장 속에 함몰되기보다는 부단히 서로 교호하거나 노동하며 긴장하거나 극복되는 가운데, 단순한 종속이나 조화 못지않게 **병렬적 배치관계**에 있는 것으로 읽힌다. 소설의 결론은 테스의 마지막을 이렇게 말한다. "정의가 마침내 실현되었다. 아이스킬로스의 표현을 빌리자면 신들의 장(長)이 테스를 갖고 노는 장난을 마쳤다."[05] 이는 테스의 순결함, 인간과 자연 세계, 그리고 신들의 장난이 부당한 위계관계가 아니라, 비록 갈등관계 속에서나마 병렬적 움직임을 형성할 수 있기를 바라는 기대를 산출한다.

05 593쪽

하디의 『이름 없는 주드(*Jude the Obscure*)』(1895)와, 이어서 로렌스(D. H. Lawrence)의 『채털리 부인의 연인(*Lady Chatterley's Lover*)』(1928)을 읽을 수 있 겠다. 더불어 세계 문학사에서 여성 주인공이 작품의 제목이 된 대표 적 예인 플로베르의 『보바리 부인』(1856)과 톨스토이의 『안나 카레니 나』(1877)와의 비교 또한 권한다.

7. 조셉 콘래드(Joseph Conrad)(1857-1924)

『로드 짐(*Lord Jim*)』(1900)
―이념과 현실, 그 사이의 '체화된' 신념

그는 우리들 중의 한 사람이라 할 수 있어. 거기서 그는 자기 부류의 사람들의 계보를 대표하고 있었어. 결코 영리하거나 재미있지 않지만 정직한 믿음과 본능적인 용기에 존재의 근거를 두고 있던 사람들을 대표하고 있었지. 나는 군대의 용기라든지 또는 그 어떤 특별한 종류의 용기를 말하려는 건 아니야. 내가 의미하는 것은 그저 유혹과 정면으로 맞설 수 있는 타고난 능력으로서 이지적이지는 못하되 허식이 없는 마음의 태세이기도 해. 그것은 저항력이기도 한데, 자기들이 보기에는 투박할지 모르나 아주 귀중한 능력이지. 또 그것은 외면적이거나 내면적인 공포나 자연의 위력이나 인간을 유혹하는 부패와 마주치면 본능적으로 맞서는 축복받은 꿋꿋함으로서, 사실의 힘이나 실제의 감화력이나 이상의 호소 등 이 모든 것들 앞에서도 취약해지지 않는 믿음의 뒷받침까지도 받고 있어. 젠장할 이상! 그것은 떠돌이요 방랑자로서 우리 마음의 뒷문을 찾아와 두드리고, 우리의 자질을 조금씩 앗아 가며, 이 세상에서 점잖게 살다가 편안하게 죽게 되길 바라는 사람들이라면 누구나 고수해야 하는 몇 가지 단순한 개념에 대한 믿음의 부스러기마저 얼마쯤 가져가 버리기도 하지.[01]

줄거리

집은 동남아 항구의 선박용 물품 상회에서 성실히 일하다가도 자신의 정체가 알려질 것 같으면 훌쩍 떠나 버린다. 영국에서 목사 집안의 아들로 태어난 그는 바다로 나가고자 선원 교육생이 된다. 용기와 책임감을 다지던 이 시절, 자신의 의지와 달리 그는 위급한 상황에서 다른 교육생들의 활약을 지켜봐야 하는 좌절감을 경험하고, 다음엔 진정한 의미의 용기를 발휘하리라 다짐한다. 녹록지 않은 이력 끝에 그는 메카로 가는 8백여 명의 순례자를 태운 선박에 일등항해사로서 승선한다. 이 낡은 배는 한밤중에 정체 모를 부유물과 부딪쳐 물이 새고, 무책임한 선장과 선원들은 배가 곧 침몰할지도 모른다는 생각에 자신들만 구명정에 몸을 싣는다. 집은 책임을 다하고자 하는 마음이 가득했지만 이들의 독촉 속에 자신도 모르게 구명정으로 뛰어 내리고 만다. 하지만 이 배는 침몰하지 않고 온전히 발견되어 항구로 예인되고, 몇 주 후에 집과 선원들을 태운 구명정 또한 구조된다. 다른 선원들은 모두 도망쳤지만 집은 재판을 받고 선원 자격증을 박탈당한다.

01 이상옥 역, 민음사, 2005년, 71-2쪽

재판이 진행되는 과정을 지켜본 말로우 선장은 짐의 태도와 마음가짐에 끌리고 그를 항구의 물품 상회에 추천한다. 그러나 짐은 자신의 부끄러운 과거가 드러날 참이면 어디론가 사라진다. 말로우는 짐이 세상으로부터 한층 더 멀어질 수 있는 곳을 물색하던 중에 자신의 오랜 친구인 스타인의 권유로 그를 보르네오 지역 파투산에 무역 주재원으로 보낸다. 여러 종족끼리 나뉘어 분쟁이 잦은 이곳에서 그는 도라민 족장의 휘하에 들어가, 그의 아들 다인 워리스와 함께 용맹을 떨치고 인근을 평정한다. 짐은 혼혈 현지인인 주얼을 아내로 맞이하고, 이곳 주민들에게 무한신뢰의 대상이 되어 투안 짐(로드 짐)이라 불린다. 하지만 3년이 지날 무렵 인근을 노략질해 온 악명 높은 브라운과 그 일당이 이곳을 침입하게 된다. 짐은 그에게 이곳을 온 이유를 묻는다. 브라운은 오히려 그렇다면 짐 자신은 왜 이곳에 와 있는지를 되묻는다. 이에 짐은 브라운을 살려 보내고자 물길을 열어 준다. 그러나 그는 퇴각하면서 다인 워리스를 살해하고 만다. 짐은 자신을 방어할 수도 있고 도망할 수도 있었지만, 아들을 잃고 슬픔에 싸인 도라민 앞에 나서 가슴에 그의 총알을 맞는다.

『로드 짐』의 앞 발췌에서 주인공 짐의 삶을 우리에게 전달하고 있는 화자 말로우는 짐을 높이 평가하는 이유를 이렇게 설명한다. 그는 "정직한 믿음과 본능적인 용기에 존재의 근거를 두고 있던 사람들"을 대표하고, "이지적이지는 못하되 허식이 없는 마음의 태세"를 갖고 있다. 더불어 그는 "사실의 힘이나 모범의 감화력이나 이상의 호소"에 따르기보다는, "누구나 고수해야 하는 몇 가지 단순한 개념"

에 대한 신념으로 삶과 세계를 임한다. 여기에서 허식이 없는 마음의 태세와 몇 가지 기본적 개념에 대한 신념은 달리 말하자면 **단순한 개인적 느낌과 상식에 대한 믿음**이라 할 수 있겠다. 그리고 이를 근거로 하는 삶이 주의하고자 하는 것은 현실에 지나치게 순응하는 것만이 아니라 무엇보다도 지극히 이상적인 기준에 의해 압도되는 것이다. 서론에서 살핀 바와 같이, 영국의 경험주의가 이상적 기준보다는 기본적 상식을 우선시하고자 한다면, 짐의 삶 역시 이러한 틀 속에서의 고심과 노력의 연속으로 다가온다.

말로우의 짐에 대한 서술을 이러한 큰 구도로 환원하는 것은 분명 무리가 따르지만, 작품의 의미를 이끌어 내는 읽기로는 어느 정도 유효하다. 바다 위의 인간의 경험은 자신의 운명이 그야말로 자연과 현실의 냉혹한 조건 속에 놓인 것과 같은 것임을 절감하게 하는 원형이다. 바다 위에서 겪는 인간의 왜소함과 두려움은 그리스의 서사시인 『오디세이아』에서뿐만 아니라 앞서 살핀 『로빈슨 크루소』에서도 뼈저린 경험으로 그려진다. 이들이 고전으로 회자될 수 있는 첫째 조건은 어떻든 당면한 현실 세계의 어려움을 극복하는 모습에서 찾아진다. 어려움이 있는 곳에서 용기가 발휘되는 이야기는 짐의 경우에서와 같이 특히 젊은이를 유혹하기에 충분하다.

선장 말로우가 선원 생활에 담긴 기대와 그 현실적 결과가 그리는 포물선을 다음과 같이 정리할 때, 독자는 수많은 경험이 낳은 그의 소회에 귀 기울이게 된다.

우리 각자를 바다로 가지 않을 수 없게 했던 그 기대 속에는 참으로 화려한 막연함이 있고 참으로 찬란한 불확실성이 있으며 그 기대의 유일한 보답인 모험에 대한 참으로 아름다운 욕구가 있어. […] 다른 어떤 직종의 삶에서도 환상과 현실 사이의 거리가 선원 생활에 있어서만큼 멀리 떨어져 있지는 않을 거야. 또 다른 어떤 종류의 삶도, 선원의 삶처럼, 그 시초가 온통 환상이었다가 재빨리 환멸로 바뀌고 끝내 철저히 굴복하고 마는 일은 없을 거야. 우리 모두는 똑같은 것을 욕구하며 시작했다가 똑같은 것을 알게 된 후 끝내지 않았던가? 또 우리는 누추한 저주의 날들을 거치면서도 똑같이 소중히 여긴 매력에 대한 기억을 지니지 않았던가?[02]

일차적으로 오디세우스와 크루소의 지혜는 변화무쌍한 상황에 대한 대응에서 찾아진다. 이러한 지혜의 또 다른 근원은 당장의 생존을 위한 용기 못지않게 마음 속에 항상 간직하고 있는 고향으로 돌아가고자 하는 향수(鄕愁, notos)이다. 오디세우스의 이타카와 크루소의 영국은 구체적 실체이기도 하지만, 개인적 차원에서 감지되는 깊은 그리움과 애정을 간직한 가치이다. 이들로 하여금 당장의 난관을 극복하게 하는 것은 현실적 임기응변의 기술과 귀향하고자 하는 내면의 추상적 가치이다. 이들과 달리 짐의 추상적 가치는 고향에 대한 향수가 아니라 한층 개인적인 신념과 그 실현에 있다.

짐이 바다로 향한 것은 앞서 말로우가 일반적 차원에서 요약하고 있는 것처럼 상상력이 가미된 막연한 욕구로 인해서이다. 파트나호가 위급한 상황에 처하자 짐을 엄습한 것은 단지 그것이 곧 침몰할 것이라는 사실 이상의 것이다. 또다시 말로우가 설명하는 짐의 상황과 그 의미를 참고해 보자.

> 그는 죽음을 겁내지 않았을 거야. 하지만 정말이지, 그가 위급한 상황을 겁내고 있었다고. 그의 밉살스런 상상력은 그에게 공포가 빚어내는 모든 무서운 상황이며, 이리저리 쿵쾅쿵쾅 뛰어다니는 사람들이며, 불쌍한 비명이며, 파도에 휩쓸리는 구명정 같은, 그가 일찍이 들은 적이 있던 해난 사고의 모든 무서운 상황을 떠올리고 있었던 거야. 그는 죽어도 좋다고 체념했을지 모르나, 더 이상 공포의 상황을 겪지 말고 일종의 평화로운 몽환 상태에서 조용히 죽고 싶었을 거야.03

용기를 발휘할 수 있는 기회에 대한 상상이 짐을 바다로 인도하였다면, 위급 사태가 낳을 상황에 대한 상상은 위급 사태 그 자체보다도 오히려 더 그를 두렵게 한다. 상상은 항상 주어진 현실에 대해 실제적이기보다는 긍정적이거나 부정적인 괴리를 생산한다.

하지만 냉혹한 현실의 바다 위에서 인간은 무엇보다도 **사실의 존재**이기도 하지만, 어느 정도는 여전히 **상상의 존재**로 살아갈 수밖에 없다. 수많은 경험 속에서 말로우는 바다 위의 삶만이 아니라 바

03 1권 136-7쪽

다를 접한 모든 삶에서 필요한 것은 **현실적 능력**과 함께 어떤 **추상적 능력**이라고 소개한다. 추상적 능력은 인간의 당장의 현실 감각과 상상력이 산출하는 본능적 성향을 제어하는 역할을 할 수 있다. 소설의 첫머리에서 말로우는 짐이 전전하는 선박용품 판매업무 또한 구체적 지식 못지않게 추상적 능력이 필요하다고 말한다. "선박 용품의 점원은 이 세상의 어떤 시험에도 합격할 필요가 없다. 그러나 그에게는 추상적 의미의 능력이 있어야 하고 그 능력을 실용적으로 발휘할 수 있어야 한다."[04] 그 추상적 능력이란 무엇일까? 이 또한 말로우는 다음과 같이 적시한다. "점원은 선장을 대할 때 친구처럼 충실하고 아들처럼 정성을 쏟으며, 욥과 같은 참을성, 여인의 사심 없는 헌신, 그리고 정다운 동반자의 유쾌함까지 보인다. 청구서는 나중에 들여보낸다."[05] 이것들이 항구의 선박 용품 점원에게 필요한 덕목이라면, 바다 위 선박의 책임자에게 필요한 기준은 한층 더 엄격하고 분명해진다.

　　말로우는 짐이 처한 상황 속에서 인간의 마음과 행동을 제어할 수 있는 것은 자신에 대한 명예로서의 존엄성이라고 말한다. 목숨을 위협하는 준엄한 상황의 무서움은 이마저도 흔들리게 한다는 점이다. 짐의 재판에 참여한 존경받는 브라이얼리 선장마저 말로우에게 이런 말을 남기고 스스로 목숨을 끊고 만다.

솔직히 말해, 나는 아시아에서 온 그 모든 순례자들에 대해서

04　1권 14–5쪽
05　1권 15쪽

는 조금도 관심이 없어. 하지만 존엄성이 있는 선원이라면 넝
마 짐짝을 가득 싣고 가는 경우에도 그 따위로 처신하지 않을
거야. 우리는 조직화된 인간 집단은 아니야. 그러므로 우리
를 결속하게 하는 것은 그런 존엄성이라는 명분뿐이지. 이런
사건은 우리의 신념을 파괴해 버린다고.[06]

8백 명의 목숨이 달린 선박과 자신의 목숨이 달린 구명정 사이에서
사투하고자 한 유일한 선원인 짐은 냉혹한 현실과 인간의 존엄 사이
의 괴리가 산출하는 크나큰 흔들림의 희생양이 된다.

　자신도 모르는 사이에 뛰어내린 것인지, 충동적으로 뛰어내린
것인지, 또는 뛰어내린 것 같은 것인지. 당시의 자신에 대한 이러한
짐의 언급들은 그야말로 진실을 원하는 말로우와 그의 이야기를 듣
는 친구들 그리고 이 모두를 읽고 있는 독자들이 어떤 확실한 판단을
내리기에는 매우 불충분한 증거에 지나지 않는다. 짐 스스로 거듭 실
체적 내용을 전하고자 하지만 실패하고 있는 듯 하는 가운데, 그래도
가장 그것에 다가가는 짐의 증언은 "제가 … 뛰어내렸을 때 그건 제
가 의도했던 것 이상의 그 무엇이었습니다"[07]라는 것이다. 여기에서
자신이 뛰어내린 것이 '의도했던 것 이상'이라는 것은 자신이 제어할
수 없는 순간에 대한 고백이다. 짐에게, 그리고 이를 전하는 말로우
에게, 이 순간은 개인적 판단의 이성이나 도덕적 이상의 명령이 아닌,
급박한 현실을 온몸으로 판단해 나가야 하는 사건이었다.

06　1권 108쪽
07　1권 199쪽

선원 교육생 시절 짐은 이와 비슷한 사태에 참여할 기회를 놓친 것을 못내 아쉬워했다. 그것은 본능적 자기 보존력을 뛰어넘어 용기를 시험하고 명예를 얻을 기회였다. 이렇게 놓친 기회를 아쉬워하면서 그는 다음에는 진정한 영웅으로 거듭나리라 다짐한다. 부단한 훈련으로 몸과 정신을 가다듬으며 냉혹한 자연의 바다로 나아가기 위해 준비하는 가운데, 그는 특히 정신적인 면에 있어 자기 나름의 더 높은 기준을 이미 염두에 두고 있었다. 그것은 어린 시절 그가 한동안 탐닉한 '로맨틱한 문학 작품'에서 추출한 이상이었다. 말로우와 스타인이 낭만적이라고 부른 그의 태도는 여기에서 연유한다. 분명 그의 이러한 태도가 어느 정도 로맨틱한 문학에서 온 것은 사실이다. 하지만 두 사람은 그의 낭만적 이상을 단지 헛된 것이기보다는 현실에서는 구현될 수 없거나 특히 이제 현실에서는 사라진 기준으로 여기며, 더불어 이로 인해 그에게 어떤 시련이 계속될 것인지를 예견하고 있다. 이들은 그 시련을 이제는 만나기 어려운 일종의 비극적 미덕으로 배려하고자 하는 마음 또한 갖고 있다.

비정한 바다와 나약한 인간 조건이 충돌한 짐의 사건이 주는 교훈은 부단한 훈련이나 고고한 이상 또는 복잡한 이념이 발휘하는 힘이 아니다. 앞의 발췌를 한층 축약해서 말한다면 그것은 "사실의 힘이나 실제의 감화력이나 이상의 호소 앞에서도 취약해지지 않는 믿음 […] 몇 가지 단순한 개념에 대한 믿음"이다. 바다와 자연이라는 사실의 힘, 누구는 이렇게 대처했고 또 누구는 저렇게 대처했으며 이로써 선원의 모범을 보였다는 실제 사례의 감동, 모름지기 선원이 갖추어야 할 이상에 대한 호소 등등은 여전히 듣는 이의 것으로 환원되기가 쉽지 않는 차원의 것들이다. 여기에서 실제로 작동할 수 있는 것은 현실과 이상 사이의 사건에 임할 당사자에게 **'체화된' 최소한의 개념들에 대한 믿음들**이다.

　말로우는 경험과 이상을 '믿음(신념)'으로 요약한다. 이에 따르면 삶에 있어 인간이 확신하고 실천할 수 있는 선택되고 체화된 몇몇 개념만이 그래도 도움이 될 뿐이다. 여기에서 개념으로 옮긴 'notion'은 일반적으로는 '관념'의 뜻으로 사용된다. 하지만 여기에서는 '관념'이 갖는 '본래적' 차원에 덧붙여 삶 속의 '신념'의 차원 또한 무게를 갖는 까닭에 이를 개념으로 옮겼다. 여기에서의 개념은 'concept'라는 의미이기보다는, 우리가 요즘 가끔 듣는 "개념 있는"의 어감을 갖는다. 물론 어법에 크게 어긋나지만 이것이 우리가 동의하고 믿는 최소한의 상식을 간략히 표현하는 것이어서 통용되는 것이라 생각된다. 현란한 이상이나 이념보다는 단순하고 정제된 몇몇 개념과 이에 대한 신념은 달리 표현하자면 **개인에게 체화된 진리**라고 할 수 있겠다.

　폴란드에서 태어난 콘래드가 영국의 선원 자격증을 따고자 본격적으로 영어를 배우기 시작한 것은 22세 무렵이었다. 부친은 명망 있는 민족주의자였고, 어린 시절 제정 러시아가 가족에 가한 탄압 속에 부모를 모두 잃었다. 이러한 고충으로 인해 그는 자신의 상황에 대해 자부심보다는 회의가 더 깊었던 것으로 보인다. 이 모든 것에서 탈출하려는 마음이었는지 그는 조국을 떠나 선원이 되어 지중해와 서인도제도, 그리고 인도양과 동남아 등을 오갔다. 차근차근 경력을 쌓아 마침내 자신이 원했던 범선 선장 자격증을 취득하였지만 증기선의 시대가 본격화하면서 그는 상당한 실망감과 함께 바다를 떠나 영어로 글을 쓰는 작가로 전향하였다.

이러한 여정 속에서 그는 당시 제국주의의 참상을 직접 목격할 수 있었고, 이는 그의 가장 잘 알려진 소설 『암흑의 핵심(Heart of Darkness)』(1899)의 소재가 되었다. 이 소설의 주제 가운데 하나는 소위 유럽의 이상과 이념이 현실 세계에서 초래하는 참혹한 결과이다. 비록 이 작품은 유럽의 식민주의와 제국주의가 아프리카에서 자행한 착취와 무자비한 살육을 고발하고 있지만, 이 과정에서도 **유럽 중심의 편견**은 완전히 극복되지 못하고 있다는 비난을 받고 있다. 『로드 짐』 역시 이러한 시선으로부터 자유롭지 못하다. 가령, 파투산에서의 짐의 모습에 대해 말로우는 "일종의 격렬한 이기심과 경멸적인 애정을 가지고 그 땅과 백성들을 사랑하고 있는 것 같더군"[08]이라고 평가한다. 이는 식민지를 배경으로 하는 수많은 영국의 로망스 장르의 정서와 일맥상통하는 측면이 있다.

이에 대한 논란을 잠재우기보다는 오히려 가중시키는 존재가 이야기를 독자에게 전하는 말로우라는 화자일 수 있다. 콘래드의 많은 소설에 등장하는 말로우는 작가 자신일 가능성도 있지만, 어떻든 그는 주어진 사태와 인물에 대한 해석자로서의 무게 또한 매우 크다. 이들 소설에서의 작가는 주인공의 행동과 내면을 직접 기술하기보다는, 특정 화자가 주변의 청자들에게 이야기를 전달하는 기회를 갖고, 다시 이 청자 가운데 한 사람이 여기서 오간 이야기를 적어 간다. 그러므로 독자는 주인공과 그가 처한 사태에 대해 몇 단계를 거쳐 접하게 된다. 이 단계들은 실제 사실에 대한 정확성을 높이기보다는, 독자로 하여금 그것이 갖는 의미의 폭과 깊이를 가늠하도록 인도한다. 이에 임하는 인물과 사태가 갖는 의미의 결에 최종적 중요성을 부여하는 이러한 형식은 모더니즘 소설의 큰 특징 가운데 하나로, 문학이 전하는 이야기의 논리성을 높이는 장치이기도 하다. 하지만 이야기가 전하는 사건의 흐름보다는 그 의미와 의도에 더욱 집중하는 이러한 구도는 한편으로 이야기 대상의 의미에 심도를 더하지만, 다른 한편으로 의미의 불확실성을 더하는 장치로도 작동한다.

이에 따라 그러한 서술 기법 자체가 이 작품이 내비치고 있는 유럽 중심의 편견을 지양하기보다는, 오히려 확대하는 측면 또한 무시할 수 없다. 콘래드 자신은, 유럽의 여러 제국이 해외에서 수많은 악행을 자행하지만, 인간의 가장 기본적인 믿음에 대한 훼손의 정도를 따지면 영국적 지배 체제가 상대적으로 덜 심각하다는 인식을 내비친 적이 있다. 이와 관련한 우리의 의문은 이 이야기의 화자 말로우에게도 제기할 수 있다. 이러한 의구심으로 인해 이 소설에 대한 많은 전문적 비평은 말로우라는 매개적 존재가 갖는 의미에 집중해 오고 있다. 이는 짐의 경험과 그 의미를 확정할 수 없다는 불가지론에 이르는 경우 또한 있다. 하지만 독자의 일차적 읽기에 있어서는 말로우의 이야기와 판단을 따를 수밖에 없다. 우리는 이렇게 말로우의 인도에 따라 짐의 삶과 그 주변 세계에 대한 심도 있는 읽기를 수행한 후, 또다시 이 모두를 재점검하는 읽기로 출발해야 한다.

매우 단순화하는 것일 수 있지만, 콘래드는 **대륙의 기질에서 출발하여 영국적 전통으로 도달하고자 한 작가**로 설명될 수 있을 것이다. 대륙의 합리주의가 인간의 보편적 이성을 기초로 한 이상의 실현을 지향하고 있다면, 영국의 경험주의는 개인의 총체적 판단을 바탕으로 한 지속적인 경험을 통해 전통을 축적하고자 한다. 콘래드의 작품은 영문학으로서는 보기 드문 사변적 깊이 속에서 보편적 이상과 경험적 현실 사이의 충돌을 담아내고 있다. 이런 가운데 콘래드 문학의 특이성은 특히 그의 현실이 인간의 가장 극단적 환경인 바다 위에서의 현실이라는 점에서도 찾아진다. 이러한 상황에서 콘래드는 인간의 삶이 세계에 대처하는 방식에 대해 자신만의 대답을 제안하고자 노력하고 있고, 그 하나는 개인적이자 집단적인 **"몇 가지 개념에 대한 믿음"**으로 요약되고 있는 것이다.

이성과 이에 따라 구축된 이상은 현실 세계에 그대로 적용시키기에는 자못 추상적 차원에 있다. "이 세상에서 일어나는 일들이란 늘 예기치 않은 것들이라네."[09] 말로우의 이 말은 평범하지만 간과할 수 없는 현실을 반영한다. 짐이 파투산으로 들어가면서 가방에 넣고 간 것은 셰익스피어 전집 가운데 두 권과 권총 한 자루였고, 이는 "몇 가지 개념에 대한 믿음"에 버금가는 정제된 마음가짐과 실천 가능한 행동수칙을 표현하고 있다. 하지만 『로드 짐』은 이렇게 체화된 믿음 또한 경험의 수평선인 바다 위에서 작은 배처럼 마냥 흔들릴 수밖에 없고, 이것이 바로 인간의 삶임을 전하고 있다.

끝으로 이 소설은 독자의 인내심을 측정하는 면이 있음을 부정할 수 없다. 이런 점에서 처음에는 아마도 8할 정도만의 이해로도 충분할 것이다. 또 다른 하나로는 짐과 말로우 그리고 콘래드를 경유하는 긴 독서를 끝낸 후 책을 덮고, 이제 오늘의 우리로 되돌아와 세월호의 경우를 생각하는 시간을 잠시나마 가질 필요가 있다는 것이다.

콘래드의 또 다른 작품으로 중편소설『암흑의 핵심(*Heart of Darkness*)』
(1899)을 권한다. 영국 이외의 지역을 배경으로 한 소설로는 읽기에 한
층 손쉬운 몸(W. Somerset Maugham)의『달과 6펜스(*The Moon and Sixpence*)』
(1919)를, 그리고 영국인들의 특성이 잘 드러나는 포스터(E. M. Forster)의
『인도로 가는 길(*A Passage to India*)』(1924)을 권한다.

8. 버지니아 울프(Virginia Woolf)(1882-1941)

『댈러웨이 부인(*Mrs. Dalloway*)』(1925)
— 결단들로서의 경험

물론 댈러웨이가 찾아온 것은 그날 오후, 바로 그날 오후
였고, 클라리사는 그를 '위컴'이라 불렀다. 그것이 모든 일의
발단이었다. 누군가가 그를 데려왔는데, 클라리사는 그의 이
름을 잘못 들었다. 그러고는 모든 사람에게 그를 위컴이라고
소개했던 것이다. 마침내 그는 "제 이름은 댈러웨이입니다!"
하고 말했다. 그것이 리처드에 대한 피터 월시의 첫인상이었
다. 간이용 접의자에 다소 거북한 듯이 앉아, "제 이름은 댈러
웨이입니다!"하고 불쑥 말을 꺼내는 잘생긴 청년. 샐리도 그
것이 재미있었던지, 그 후로는 항상 그를 "제 이름은 댈러웨
이입니다!"라고 부르곤 했다.

당시 피터는 갖가지 계시에 사로잡히곤 했다. 이번 계시,
그녀가 댈러웨이와 결혼하리라는 것은 눈앞이 캄캄해지도록

그를 압도했다. 그녀가 그를 대하는 태도에는 일종의——글쎄, 뭐라고 해야 할까?——편안함이 있었다. 모성적인 무엇, 부드러운 무엇이 있었다.[01]

줄거리

클라리사는 저녁 파티 준비를 위해 꽃은 자신이 직접 사겠다며 런던 거리를 나선다. 6월 아침의 상쾌함은 50이 넘은 그녀에게 즉각 10대 시절의 상큼한 경험을 떠올리게 한다. 가는 길에 지인들을 만나고, 자동차 바퀴가 펑크나는 소리, 비행기가 떠 가는 모습, 이 모두 새삼 놀랍고 새롭기만 하다. 그녀에게 자기 나름의 생각과 삶의 여지를 주는 남편 리처드에 대한 고마움, 딸 엘리자베스의 가정교사인 킬먼의 이념 과잉에 대한 불만, 전쟁이 남긴 정신적 상흔에 시달리는 셉티머스와 그의 이탈리아 출신 부인 루크레치아의 모습에 대한 연민이 그녀의 발걸음과 함께한다.

집으로 돌아온 그녀는 남편의 분주한 의원 생활을 신뢰와 사랑의 마음으로 이해해 나가고, 그 옛날 열악한 처지에도 불구하고 항상 씩씩한 행동으로 자신을 사로잡은 샐리 시튼이 리처드의 고지식한 태도에 재미있어 하던 일 등을 떠올린다. 이어서 그녀는 이들과 그 시절을 함께 지낸 피터 월시의 방문을 받게 된다. 피터는 젊은 시절 그녀의 지적 지배자이자 구혼자였다. 그는 한동안 인도에서 지내다 이혼을 한 후, 그곳에서 아들이 둘인 여성과 재혼을 결심하고 그녀의 이혼절차 문제를 알아보기 위해 귀국하였다. 그는 자신의 삶이 실패에 가깝다는 좌절감 속에 런던의 지인들을 통해 직장을 얻을 수

01 최애리 역, 열린책들, 2009년, 84쪽

있지 않을까 기대하고 있다. 이제는 모든 게 변화한 가운데 잠시 공원에 자리 잡은 그는 셉티머스 부부를 보게 된다. 문학을 좋아했던 셉티머스는 전쟁 속에서 동고동락하던 동료 에번스의 죽음이 준 충격을 극복하지 못하고 있지만, 그를 치료하는 브래드쇼 경의 처방은 삶의 균형감각을 회복해야 한다는 원론적 주문에 그친다.

리처드는 현실성 없는 사안들이 대한 지루한 회의를 뒤로 하고 꽃을 사들고 귀가한다. 이런 사이 마침내 요양원에 격리될 위기에 처한 셉티머스는 창밖으로 몸을 던져 참혹한 죽음을 택한다. 예정된 저녁 파티에는 수상 등 많은 사람들이 참석한다. 아들이 다섯인 자부심 가득한 귀부인이 된 샐리 또한 불쑥 파티에 참석하여 클라리사와 피터를 놀라게 한다. 파티의 분위기가 무르익을 무렵 브래드쇼 경 부부는 셉티머스의 죽음을 전해 클라리사의 마음을 심란하고 무겁게 만든다. 일행을 떠나 창가로 다가간 그녀는 이웃 노부인이 커튼을 닫고 잠에 드는 평화로운 모습을 보게 되면서 혼란스런 마음을 추스른다. 파티로 돌아오는 그녀는 킬만을 뿌리치고 파티에 참석한 딸 엘리자베스의 아름다움과 마주하고, 피터는 뜻 모를 황홀감과 흥분으로 클라리사의 존재감을 확인한다.

버지니아 울프라는 이름을 맨 처음 접한 것은 고등학교 시절 박인환의 시 「목마와 숙녀」(1955)를 통해서였던 것으로 기억된다.

한잔의 술을 마시고
우리는 버지니아 울프의 생애와

목마(木馬)를 타고 떠난 숙녀(淑女)의 옷자락을 이야기한다.

목마는 주인(主人)을 버리고 그저 방울소리만 울리며

가을 속으로 떠났다. 술병에서 별이 떨어진다.

특히 당시 가수 박인희의 애잔한 목소리로 자정 무렵에 라디오를 통해 가끔 들었던 이 시는 그 한 줄 한 줄의 정확한 의미보다는, 낯설게 흩어져서 다가오는 단어들과 이들이 만들어 낸 전체적 분위기가 더 애잔한 여운을 남겼다. '버지니아 울프'는 물론, '목마' 그리고 술병에서 떨어지는 별 등등이 그 의미보다는 소리와 이미지들로 먼저 다가왔고, 이들 자체로 '시'로서의 가치를 갖기에 충분했다.

울프는 오랜 세월을 정신적 고통과 질환에 시달리다 1941년 끝내 생을 마감하였다. 당시 폭격으로 인해 런던을 떠나 교외를 옮겨 다녀야 했던 사정도 그녀의 삶을 마감하도록 하는 한 요인이었다. 울프와 박인환에서 전쟁이 개인 삶에 남기는 상흔이 공통적으로 작용하고 있는 것은 사실이다. 전쟁 등 정치사회적 상황을 견뎌야 했던 박인환과, 오랜 세월 동안 정신적 고통을 겪어 온 울프 모두는 자신의 작품을 통해 이를 견뎌 내고 극복하고자 한 것으로 보인다. 체계적 일관성보다는 단편적 인상으로 가득한 울프 문학의 특징적 측면이 박인환의 이 시에서도 구현되어 있다는 점이 새삼 눈에 띈다.

실종 후 울프의 시신은 몇 주가 지나서야 강가에서 발견되었다. 강에 몸을 던졌던 것으로 보인다. 『댈러웨이 부인』에서 주인공이 도시의 아침으로 자신을 던지듯 뛰어드는 장면은 일상적이면서도 그냥 지나치기엔 너무나 인상적이다.

꽃은 자기가 사 오겠노라고 댈러웨이 부인은 말했다. 루시
는 루시대로 해야 할 일이 있었기 때문이다. 문들도 떼어 내
야 했고, 럼플메이어[출장 요리점]에서 사람들이 오기로 되
어 있었다. 그런데, 하고 클라리사 댈러웨이는 생각했다. 얼
마나 상쾌한 아침인가. 마치 바닷가의 아이들에게나 찾아오
던 아침처럼 신선했다. 얼마나 유쾌했던지! 마치 대기 속으로
뛰어드는 것만 같았다. 언제나 그런 느낌이었다. 부어턴에서
프랑스식 유리문을 열어 젖히고—그 문의 경첩이 약간 삐걱
대는 소리가 지금도 들리는 것만 같다—활짝 열린 대기 속으
로 뛰어들 때면 언제나 그런 기분이 들곤 했다.[02]

50대의 댈러웨이 부인이 파티를 준비하는 마음과 10대의 클라리사가
파티에 앞서 마냥 설레기만 하던 마음은 지금 이 아침의 공간 속에서
부단히 서로 열리고 교차한다.

"제 이름은 댈러웨이입니다!" 발췌한 부분의 이 선언투의 말
은 클라리사가 항상 어울리던 집단에 처음 등장한 리처드 댈러웨이
의 첫마디이다. 그 의미를 눈치채기 위해서는, 앞에서 읽은 오스틴의
『오만과 편견』에 등장하는 위컴을 기억할 필요가 있다. 리디아와 결
혼하는 위컴은 정직하지도 성실하지도 않은 인물인데 클라리사가 착
각하여 리처드를 대뜸 위컴이라 소개한 것이다. 조용하고 온순한 리
처드가 이러한 실수에 대해 우직하게도 자신의 이름이 댈러웨이라

02 7쪽

고 밝히는 장면은 그의 정직하고도 단순한 모습을 보여 준다. 게다가 격의 없이 자신의 이름(리처드)을 밝히는 것이 자연스러웠을 터인데도, 얼떨결이겠지만 성(댈러웨이)을 선택한 것도 그의 미숙한 사교성을 노출한 것이기도 했다. 샐리는 이를 놓치지 않고 리처드를 놀리고자 "제 이름은 댈러웨이입니다!"라고 자꾸 흉내를 낸 것이었다.

지적인 피터 월시의 구애가 계속되었음에도 클라리사가 그를 택하지 않은 것은 지나치게 사변적 이념에 의해 주변의 사람과 세계에 대해 감성적 배려를 베풀지 못하는 그의 품성으로 인해서이다. 리처드가 "제 이름은 댈러웨이입니다!"라고 어색하지만 뜻하지 않은 웃음거리를 만들어 내고, 이어서 클라리사가 그를 아무런 거리낌 없이 편하게 대하는 모습을 본 피터는 불현듯 이 두 사람이 결혼하게 될 것이라고 예감한다. 피터와 달리 리처드는 그녀가 다가갈 여지를 열어 두고 있었다. 결혼 이후에야 클라리사는 리처드와 평생을 함께하기로 한 이유를 더욱 분명히 할 수 있었다. "왜냐하면 결혼해서 날이면 날마다 한집에서 사는 사람들 사이에는 약간의 방임, 약간의 독립성이 있어야 하기 때문이다. 리처드는 그녀에게, 그녀는 그에게, 그런 여유를 허용하고 있었다."[03] 정작 결혼을 결심할 무렵에는 이러한 이유를 정연히 정리할 수 있을 만큼은 아니었고, 그녀는 그 단계에서 무언가 분명치 않은 상황에 자신을 내던지는 용기를 발휘하였다.

분명치는 않지만 자신의 감성적 판단을 믿고 활기차게 뛰어나가는 젊은 시절의 모습은 중년의 말미에 선 댈러웨이 부인이 꽃만

03 13쪽

은 자신이 사겠다며 런던의 상쾌한 아침에 자신을 내던지듯 나서는 모습으로 이어진다. 그 시절처럼 오늘의 파티를 위해 문들도 떼어 내고, 상쾌한 공기와 주변을 받아들인다. 문을 열고 아침 공기에 자신을 내던지듯 나선 런던. 조금은 번잡한 세상사 속을 걸어 나가며 이런 저런 생각 또한 자유로이 이어지는 첫 장면이 보여 준 여러 가지 심상과 사안들은 이후에도 같은 듯 또는 다른 듯 이어진다. 이 가운데 특히 **세계와 삶에 자신을 던지는 모습과 바깥으로 향하는 문과 창문**은 병렬적으로 배치되면서 그 의미의 강도를 높인다.

하지만 이러한 열림과 창문의 배치가 반드시 밝고 긍정적인 면모만을 갖는 것은 아니다. 이 소설의 가장 비극적 장면은 전쟁의 후유증을 안은 채 셉티머스가 창밖의 녹슨 철책으로 자신을 던진 사건이다. 이탈리아 출신의 루크레치아는 낯선 런던에서 향수에 시달리면서도 심신이 병약한 남편을 위로하며 함께 살아가고자 하지만, 격리수용이라는 처방은 셉티머스를 창밖으로 밀어내고 만다. 이 충격적 사건은 클라리사와 이제까지 연계되어 온 창에 다른 차원의 의미를 부여한다. 셉티머스의 창 역시 클라리사의 경우처럼 일정한 해방의 창이라고 할 수 있을지 모르지만, 이는 분명 과도하고 잔인한 해석에 불과하다.

한 청년이 창밖으로 몸을 던진 사건을 들은 클라리사는 파티장을 떠나 잠시 작은 방에 머문다. 여기에서 그녀는 생각을 가다듬는다.

언젠가 서펀타인 연못에서 1실링짜리 동전을 던진 적이 있었다. 그밖에는 다른 아무것도 내던진 적이 없었다. 그러나 그는 자기 몸을 내던진 것이다. […] 중요한 단 한 가지, 그녀의 삶에서는 그 한 가지가 쓸데없는 일들에 둘러싸여 가려지고 흐려져서, 날마다 조금씩 부패와 거짓과 잡담 속에 녹아 사라져 갔다. 바로 그것을 그는 간직한 것이다. 죽음은 도전이다. 죽음은 도달하려는 시도였다. 사람들은 그 중심이 왠지 자신들을 비켜 가므로 점점 더 거기에 도달할 수 없다고 느낀다. 가까웠던 것이 멀어지고, 황홀감은 시들고, 혼자 남게 되는 것이다. 그럴 때, 죽음은 팔을 벌려 우리를 껴안는다.[04]

그녀 스스로는 자신이 이제껏 던진 것이라고는 연못에 던진 동전 정도뿐이었다고 생각한다. 이에 비해 셉티머스는 과거에 묶여 하루하루가 빠져나가는 일상 속에서도 삶의 의미에 대한 애착을 버리지 못하였기에, 그의 죽음은 격리 수용에 대항하여 그 중요한 의미를 확인하고 확보하려는 시도로 읽힌다. 클라리사에게, 더구나 셉티머스에게도 창문은 포획되지 않고 개방된 삶의 중요성을 은유하고 있다고 할 수 있다. 그렇지만 클라리사는 이러한 생각에 이어 "하지만 자살한 청년은 자신의 소중한 것을 꼭 붙들고 뛰어들었을까?"라는 의문을 제기한다. 그의 죽음은 과연 삶의 의미를 확보하는 순간일까? 이러한 질문을 통해 그녀는 죽음이 삶의 의미를 최종적으로 확보한다는 추론에 대해 한발 거리를 두고 물러난다.

클라리사가 이 작은 방의 창문을 통해 얻은 또 다른 깨달음은

창밖 너머로 이웃하는 노부인이 불을 끄고 잠자리에 드는 모습에 의
해서 이루어진다.

> 저기! 노부인이 불을 껐다! 온 집이 어두워졌다. 이 모든 것이
> 여전히 계속되는 가운데, 하고 그녀는 되뇌었다. 그러자 그
> 말이 떠올랐다. 태양의 열기를 더는 두려워 말라. 손님들에
> 게 돌아가야 했다. 하지만 얼마나 특별한 밤인가! 그녀는 왠
> 지 그와—자살을 한 청년과—아주 비슷하게 느껴졌다. 그가
> 그렇게 한 것이, 모든 것을 내던져 버린 것이 기뻤다.[05]

이곳의 와자지껄한 파티와 달리, 이웃하지만 잘 알지 못하는 노부인
이 창 너머로 불을 끄고 평온한 잠의 세계로 들어가는 모습이 그녀에
게 불현듯 어떤 의미로 다가온 것일까? 이를 통해 이제 청년의 죽음
은 어떤 또 다른 의미로 다가온 것일까?

셉티머스의 죽음과 노부인의 저녁 그리고 클라리사의 번민은
창이라는 일상의 구도에 의해 의미적으로 **연계**되어 있지만, 이런 가
운데서도 서로 간의 **차이와 불일치**도 존재하고 또 서로 다른 의미를
형성한다. 분명 이 세 장면은 문학이 자주 동원하는 은유 혹은 상징
을 통해 전체적 주제의 깊이를 더할 수 있다. 여기에서 유의할 점은
은유와 상징이 반드시 유사성에 기초하는 것은 아니라는 점이다. 박
인환의 시를 예로 들어 설명하자면 은유에서 상징에 걸쳐 있는 '목마'

05 242-3쪽

와 '숙녀'는 시인이 그려 내고자 하는 심상에 닮아 있기도 하지만, 여기에는 둘의 일치 못지않게 극복할 수 없는 차이 또한 중요한 역할을 한다. '목마와 숙녀'는 '시인의 심상'을 보여 줄 수 있는 최상의 선택이지만, 전자가 후자를 완전히 표현하고 대체할 수 없다는 아쉬운 여운이 오히려 시를 시답게 작동하도록 하는 기제 가운데 하나인 것이다.

셉티머스의 죽음과 노부인의 일상이 클라리사로 하여금 삶에 대해 새롭게 각성할 수 있는 또 다른 계기로 작용한 것은 그녀가 이들에게서 오직 '일정한' 상징적이자 은유적인 메시지를 읽어 냈기 때문이다. 여기에서 '상징적이자 은유적'이란 대상 사이의 연계 못지않게 거기에 내재한 차이 또한 주목하는 시각을 말한다. 이 작품에서 종이의 앞뒤 면과 같은 연계와 차이의 관계는 창문의 존재로 표상되고 있다. 세 인물은 창문을 통해 연계되어 있지만 딱 그만큼 창문에 의해 차별성을 갖는다. 클라리사는 한 청년의 끔찍한 죽음에 접해 한동안 혼란스러웠다. 그러나 창문 너머로 노부인이 불을 끄고 잠에 드는 모습을 보고 "그가 그렇게 한 것이, 모든 것을 내던져 버린 것이 기뻤다"는 결론에 도달한다. 그녀는 셉티머스의 죽음을 단지 전혀 다른 타자의 죽음으로 여기지도 않고 또한 자신의 삶 가운데 지속적으로 죽음을 되새기게 하는 사건으로 받아들이지도 않는다. **이 모호함이야말로 문학이 담아내는 삶의 진실이다.**

셉티머스의 죽음이 강요 가운데 일어난 사고인지, 스스로의 선택인지, 또는 이 두 측면이 어느 정도 함께하는지는 분명치 않다. 클라리사는 셉티머스가 어떻든 스스로 죽음을 택한 것으로 여기며, 이것이 그의 죽음을 애도하는 방식으로 채택된다. 이후 울프의 또 다른 소설 『파도(*The Waves*)』(1931)의 말미에서 선택된 그녀의 묘비명―"오 죽음! 그대에게, 정복되지 않으며 굴하지 않고 나 자신을 던지리라" ―은 이에 버금가는 것으로, 남은 자들이 그녀의 죽음에 대해 애도하는 한 방식이다. 이러한 논리 역시 삶은 죽음마저 포괄할 수 있다는 능력을 증명하기보다는, 단지 개인적이고도 순간적인 위로의 언명으로 보일 뿐이다. 이들에서 보이듯 울프는 삶과 죽음 사이의 부단한 연계와 함께 그 냉혹한 차이를 끝까지 견지하고자 하며, 이러한 노력의 한 단면이 창문에 의해 표현되고 있다.

창을 뒤로 하고 그녀는 다시 파티장으로 돌아온다. "하지만 가봐야 한다. 손님들과 어울려야 한다. 샐리와 피터를 찾아야 한다. 그녀는 작은 방에서 나와 안으로 들어섰다."[06] 이제는 이 평범한 행동도 어떤 시적 의미를 갖는다. 이 작품은 파티 준비로 시작하고 시끌벅적한 파티 장면으로 끝을 맺는다. 이런저런 사연으로 엮인 사람들이 한동안 모였다가 헤어지는 사건이 파티이다. 여기에서 사람들은 이어지고 또한 차이를 확인한다. 단편적인 삶이 잠시 동안 연계되고 또 차이를 확인하는, 일종의 병렬적 배치의 구도가 파티의 모습이다. 파티에서 어떤 인과관계는 잠시 보류되고, 일정한 섞임과 배치로 삶이 파악된다. 꽃을 사고자 아침 산책에 나서는 그녀의 눈앞에 펼쳐지는 다양한 군상들과 마음에 떠오르는 수많은 기억들은 서로 어떻게 꼬리에 꼬리를 무는지는 알 수 있다. 그러나 이러한 일련의 장면들이 그녀와 우리에게 나름대로 단편적 즉 독립적 파편으로 다가오는 측

06 243쪽

면 또한 부정할 수 없고, 이것이 오히려 삶을 온전히 옮겨 오는 방식으로 느껴진다.

피터와 달리 클라리사의 시선과 사유가 갖는 상대적 우위는 대상과 사태를 인과관계보다는 병렬관계로 설정할 수 있는 능력에서 찾아진다. 그녀는 관념이나 이론이 아닌 **지극히 민감한 감성으로 경험되는 삶**을 살아간다. 그녀에게 삶과 죽음은 인과관계보다는 창의 안과 밖과 같은 병렬적 이면으로 견지되며, 자신과 주변 사람들과의 관계는 파티의 구도와 같이 공유점과 차이점이 교차하고 교호한다. 이러한 삶의 시선과 태도에 문제가 없는 것은 아니다. 분명 그녀가 한 청년의 비참한 죽음과 노부인의 저녁 그리고 파티 모두에서 느끼는 '**공허함**'(hollowness)은 지속된다. 하지만 삶의 공허함에 대한 감각적 인지는 파티에서 기대되고 또 얻어지는 잠시 잠깐의 위로와 중첩되고 또 병렬적으로 배치된다. 울프에 따르면, 이 일목요연한 논리로 정리되지 않는 모순과 이에 따른 긴장감이 우리 삶을 움직이는 진정한 현실적 동력이다.

시간 속의 존재와 그 의미는 이후 『등대로(*To the Lighthouse*)』(1927), 그리고 현실 세계에 대한 울프의 한층 직접적 목소리는 『자기만의 방(*A Room of One's Own*)』(1929)으로 이어진다. 울프가 『댈러웨이 부인』을 쓰는 데 직접적 영향을 준 작품은 조이스(James Joyce)의 『율리시즈(*Ulysses*)』(1922)이지만, 이보다는 쉽게 접근 가능한 그의 단편들과 『젊은 예술가의 초상(*A Portrait of the Artist as a Young Man*)』(1916)을 우선 권할 수밖에 없다.

9. 조지 오웰(George Orwell)(1903-1950)

『1984(*Nineteen Eighty-Four*)』(1949)
— 영국적 개인주의와 자유주의

그의 기억으로 어머니는 비범한 여자가 아니었고 더구나 지성이 있지도 않았다. 그러나 자기 나름의 기준으로 살았기 때문에 고상하고 순결한 기품이 있었다. 자신만의 정신을 지키고 있어 외부의 영향을 받지 않았다. 그녀는 쓸데없는 행동이라 해서 무의미하다고 생각하지 않았다. 사랑을 하면 사랑을 하는 것이고 그에게 줄 것이 없다 하더라도 사랑만을 줄 수 있었다. 동생의 초콜릿을 내게 다 뺏기자 어머니는 동생을 가슴에 꼭 껴안았다. 그래 봤자 아무 소용도 없고 울음을 막을 수도 있는 것도 아니지만 그렇게 하는 것을 당연히 여기는 것 같았다. 보트에 탔던 그 피난민 부인도 총알을 막는 데 종이 한 장만큼의 효과가 없었음에도 어린아이를 팔로 싸안았다. 당이 행하는 무서운 일은 물질세계에 대한 인간의 힘을 모두 빼앗아 가는 동시에 단순한 충동이나 감정은 아무 쓸모가 없다고 설득시키는 것이다. 일단 당의 손아귀에 들어가기만 하면 느낀다든가 못 느낀다는 것, 한다는 것과 못한다는 것이 문자 그대로 아무런 차이가 없게 된다. 당신에게 일어난 일은 사라지고 당신과 당신의 행위도 다시 알 수 없게 된다. 그리하여 역사로부터 깨끗이 지워져 버린다. 그러나 바로 두 세대 이전 사람들은 역사적 사실을 변경시키려 들지 않았기 때문에 이것은 그리 중요할 수 없었다. 그들은 사사로운 충성심으로 살았고 이를 회의하지도 않았다. 중요한 것은 개인적인 관계였고 죽어 가는 사람에게 포옹을 하고 눈물 흘리고 위로를 하는 등 전혀 무익한 행동도 그 자체로 의미를 지닐 수 있었다. 노동자들은 아직 이런 상태 속에 살고 있다는 생각이 들었다.[01]

줄거리

윈스턴의 일상은 커다란 텔레스크린과 빅 브라더(Big Brother, 大兄)의 초상과 함께한다. 세계는 그가 속한 오세아니아와 다른 두 국가로 구성되어 있고, 항상 서로 합종연횡 하는 가운데 전쟁을 계속하는 것으로 홍보된다. 그는 하급 당원으로서 기록 특히 역사적 사실을 관리하고 변경하여 진리를 만드는 일을 맡고 있다. 지금이 1984년인지는 정확지 않지만 자신의 나이는 39살인 것이 분명하다. 전쟁에 덧붙여 골드스타인이 주도하는 것으로 여겨지는 반란 세력 등을 핑계로 생활은 점점 더 곤궁해져 가고, 삶에 대한 불평이나 성욕

01 김병익 역, 문예출판사, 1968년, 172-3쪽

을 포함한 모든 개인적 욕구의 표출은 금기시된다. 더구나 여기에서는 언어를 지극히 단순화하는 작업, 현실과 모순된 생각을 받아들이는 방법 등이 공적 사업으로 진행되고 있다. 윈스턴은 내심 이 모든 것에 대한 의구심과 불만을 금치 못한다.

그는 노동자 계급들이 거주하는 슬럼가에서 우연히 일기장을 사게 되고, 텔레스크린의 감시가 닿지 않은 곳에서 일기를 써 나가다가 급기야 "빅 브라더를 타도하라"라고 적고 있는 자신에게 아찔해 한다. 이어서 그의 일탈은 창작물을 관리하는 하급 당원인 줄리아와 사랑을 나누고, 반란 세력과 연계된 것으로 생각되는 오브라이언의 접선을 받아들이는 것으로 이어진다. 당의 명령에만 복종하면서 성을 오직 생식의 수단으로만 여긴 전 부인과 달리 줄리아는 성에 대해 매우 개방적이고 대담하다. 하지만 이 두 일탈자는 오래지 않아 당국에 의해 체포된다.

두 사람의 사상적, 성적 일탈 모두는 사상경찰의 책임자인 오브라이언의 감시망과 유인 속에 가능한 것이었고, 이제까지 알려진 전쟁이나 반란의 위험 또한 당이 체제 유지를 위해 조작한 것에 불과하였다. 감금 이후 오브라이언이 행하는 고문과 세뇌는 윈스턴을 전적으로 그에게 의존하는 존재로 변형해 나간다. 그가 노리는 최후의 목표 가운데 하나는 윈스턴이 줄리아를 포기하게 하는 것이었다. 자신이 제일 끔찍해 하는 쥐들이 동원된 고문 앞에서 윈스턴은 마침내 이 고문을 줄리아에게 해 달라며 항복하고 만다. 이후 석방된 윈스턴은 카페에서 이제는 깡마른 줄리아와 만나게 되지만 서로가 서로를 배반했다는 사실만을 확인할 뿐 아무런 사랑과 애정을 느끼지 못한다. 윈스턴은 이제 순결한 영혼으로 빅 브라더를 사랑하게 된다.

주인공 윈스턴은 어머니의 모습을 아련하게나마 기억하고 있고, 그 시절의 쓰라린 경험은 꿈에 자주 출몰한다. 아버지의 존재와 소멸은 불확실할 뿐인 가운데, 어머니가 보여 준 모성애는 그에게 안타까운 후회와 함께한다. 곤궁해져 가는 살림 속에서 유난히 식탐을 참지 못한 그는 가족에게 배급된 음식을 독차지한다. 특히 그가 병든 어린 동생의 초콜릿마저 훔쳐 먹은 회한은 지워지지 않는다. 이런 가운데서도 모든 것을 용서하며 그를 언제나 이해하고 감싸는 어머니의 모습은 자식과 사람에 대한 무조건적 사랑의 경험으로 남아 있다. 평범하기만 했던 어머니가 보여 준 사랑은 비정한 환경 속에 아무런 힘을 발휘할 수 없었다. 그래도 그것은 그 무력함 속에 오히려 의미를 더하는 것이었다. 오웰이 여기에서 구하는 가치는 바로 개인의 사사로운 사랑의 경험, 이에 대한 기억, 그리고 이들을 간직하고 있는 일반 대중이라는 존재들이다. 이들은 바로 '1984년의 세계'가 지워 가고 있는 것들이기도 하다.

작품 초반을 감싸는 칙칙한 공기와 냉랭한 비인간적 분위기는 이내 남녀 사이에 성과 사랑에 대한 관심과, 이에 따른 인간적 감정의 교류와 긴장감으로 가득해진다. 1984년의 세계가 완벽히 비인간적인 체제를 구축해 내지 못하고 있음을 보여 주는 틈은 당국의 부단한 의지와 달리 윈스턴과 줄리아의 가장 자연스러운 인간적 감정의 분출에서 나타난다. 오브라이언이 두 사람에게 가하는 지독한 고문의 종착점은 이들을 당의 충실한 노예로 만드는 것이다. 이 과정에서의 결정적 장애물은 인간이 나누는 사랑의 감정이다.

당은 특히 **이중사고**(Doublethink)와 **신어**(Newspeak)를 통해 인간

의 인식 방식을 바꾸고자 한다. '다시 한번 생각한다'는 것은 비록 명백한 사실마저 당이 지시하는 바에 따라 생각하는 '이중사고'의 의미로 변경된다. "전쟁은 평화, 자유는 예속, 무지는 힘"이라고 주장하는 구호는 한 치의 의심 없는 믿음이자 진리로 강요된다. 이중사고가 논리적 모순에 대한 비판적 사고를 제거한다면, 신어는 훨씬 더 근본적 차원에서 인간의 사유와 감정의 차원에 영향을 미친다. 당이 지속적으로 추진하는 신어 프로젝트는 '좋다'(good)가 있으므로 '나쁘다'(bad)는 단지 '안 좋다'(ungood)로 표현하도록 한다. '낫다'(better)나 '최고다'(best)라는 표현 또한 단지 '더 좋다'(plusgood) 혹은 '더더욱 좋다'(doubleplusgood)면 충분하다. '나쁘다'와 '안 좋다'는 논리적 차원에서, 특히 감정적 차원에서 매우 다른 층위의 느낌을 담고 있기에, 이들을 동일시한다는 것은 사유와 감정의 극단적 단순화와 퇴화를 피할 수 없다.

　　윈스턴과 줄리아의 성적 욕망과 애정은 인간의 감정적 차원이 삶에 갖는 의미를 강조한다. 이들이 당의 기율에 따르지 않고 그 구조에 전적으로 동화되지 않았다는 것은 아직 자신들만의 감정적 느낌을 기억하고 있다는 점에서 찾아진다. 이러한 감정적 차원은 그 자체로 당의 공적 체계에 균열을 일으키는 틈새이다. 당의 입장에서는 이 두 사람이 여전히 이러한 차원을 간직하고 있다는 것, 즉 기억하고 있다는 것이 더욱 문제시되는 사안이다. 윈스턴이 꾸는 꿈을 꾸는 장면은 그의 뇌리에 아련하지만 아직도 매우 사적인 기억이 상존하고 있다는 점을 의미한다. 이런 점에서 그는 여전히 자신만의 사적인 정체성을 갖는 존재로 남아 있다. **개인적 사유와 감정 그리고 기억에 따**

론 정체성을 부단히 지우고 왜곡하면서, 오직 새로운 공적 정체성만을 기입하고자 하는 것이 당의 목표이다. 이런 까닭에 윈스턴과 줄리아에 대한 당의 모든 조치들은 매우 사적인 사유와 감정을 기억하는 개인들을 비인간적 전체 또는 구조로 대체하고자 하는 프로젝트의 일환이다.

　　이 작품에서 오웰이 경고하고자 하는 것은 전체주의적 체제와 사고임에 분명하다. 전체주의 또는 파시즘은 극단적 수준에서 집단의 가치를 개인의 자유보다 우위에 두고자 한다. 윈스턴이 처한 상황은 한 개인에 의해 작동되지 않는다. 이 체제에서 골드스타인은 분명 구성원의 이념을 관리하는 실질적 인물이지만, 그 위에는 빅 브라더가 최고 수장으로 군림하고 있다. 그러나 윈스턴이 분명히 하고 있듯이, 어느 누구도 그를 목격한 적이 없다. 여기에서 우리는 그가 무소불위의 힘을 발휘하고 또 삶의 모든 공간에 편재할 수 있는 것은 그가 인간이기보다는 체제라는 점에 있음을 알 수 있다. 그야말로 그것은 인간이 부재하는 자기 충족적 체제로서, 골드스타인이 단지 이를 중재할 뿐이라는 사실은 윈스턴에게 가장 결정적인 좌절감을 안긴다. 참을 수 없는 고통과 치욕을 동원함으로써 개인의 최소한의 품위를 위협하는 체제와 구조는 우리로 하여금 인간적인 것이 갖는 가치를 절감하게 한다.

　　윈스턴이 일기장을 구할 수 있었고 또 줄리아와 사랑을 나눌 수 있던 곳은 노동자들이 거주하는 슬럼가였다. 그가 속한 하급 당원을 비롯한 모든 당원들은 철저한 감시와 훈육의 대상이지만, 노동자계급은 이러한 대상마저 되지 못하는 존재로 취급된다. 이들은 단지 잡범 수준의 일탈만 가능할 뿐 의식 있는 반란은 불가능한 계층으로 여겨진 것이다. 그러나 윈스턴은 "희망이 있다면 노동자층뿐이다"[02] 라고 적는다. 그의 이러한 판단은 여러 가지를 고려한 직감인 것으로 보인다. 우선은 현실적으로 이 집단만이 당이 통제하는 체제에 순치되지 않은 존재이다. 더 나아가 윈스턴이 일기장을 살 수 있었고 개인적 욕망의 존재를 확인하고 또 해소할 수 있는 곳도 이들의 거주 지역이었다. 이 지극히 사적인 차원이야말로 오웰이 일생동안 시선을 놓치지 않고 주목한 영역이기도 하다.

오웰은 무엇보다도 구체적 삶의 모습에 주목해 왔지만, 그의 삶을 일관하는 이념이 없었던 것은 아니다. 『1984』에서 윈스턴이 속해 있고 그를 감시하는 당은 영국사회당이다. 이런 까닭에 이 작품은 영국 혹은 서구의 사회주의에 대한 가차 없는 비판으로 읽힐 수 있다. 그러나 오웰의 사회주의는 이념보다는 자신의 실생활에서의 경험에 의해 동조하고 참여하는 성격을 갖는다. 사회주의에 대한 그의 우려는 당시(1948년)를 전후해 진행되던 이념의 과다와 1인 1당 독재에 대한 것이었다. 그는 이러한 사회주의는 그 체제 성격에 있어 전체주의와 동일한 차원에 있다고 파악한 것이다. 이 작품이 발표된 해의 마지막 숫자를 뒤바꾼 『1984』는 사회주의의 미래에 대한 예측이 아니라 사회주의의 바람직한 진로를 위해 **인간적 삶보다 체제를 우선시하는 이념이 극복되어야만 한다는 경고**에 해당한다.

오웰은 영국의 식민지배하에 있던 인도의 벵갈 지역에서 에릭

02 75쪽

블레어(Eric Arthur Blair)로 태어났다. 어머니와 함께 영국으로 건너와 명문 이튼 스쿨을 졸업하였지만, 옥스퍼드나 케임브리지 대학을 택하지 않고 버마로 돌아와 하급 경찰 생활을 하였다. 이후 런던과 파리의 하층민을 자처하고 이에 대한 르포르타주를 발표하면서 한층 서민적인 이름의 조지 오웰로 개명하였다. 이때부터 그는 버마에서의 생활과 영국의 탄광지대 그리고 스페인 내전 등에 직접 참여한 경험을 생생하게 전달하는 작업을 이어 갔다. 이 과정에서 그는 스스로를 "중상층 가운데 하층민"으로 분류하면서 식민주의, 산업화와 자본주의, 그리고 전체주의 등 체제의 밑바닥에 속한 계층이 겪고 있는 어려움을 대변하는 글의 집필에 주력하였다.

하층민의 현실 상황을 절감한 그는 이에 대한 해결책으로 사회주의에 관심을 갖게 된다. 그의 사회주의는 그것이 표방하는 이념보다는 자신이 경험한 사회적 모순에 대한 하나의 해결책의 관점에서 채택된 것이었다. 그를 대중적으로 널리 알리게 된『동물 농장(Animal Farm)』(1945)은 스탈린식 공산주의에 대한 신랄한 풍자이다. 이에 이은『1984』는 이념과 체제에 봉사하는 사회주의는 정작 하층민과 노동자의 삶에 아무런 도움이 될 수 없다는 우려와 경고를 담고 있다. 이렇듯 오웰의 사회주의는 단지 인간의 곤궁한 삶을 개선하기 위한 방편이었고, 그것은 이론적으로 학습된 것이 아니라 경험적으로 체득된 것이었다.

『1984』의 노동자 계급은 사상과 이념의 주체들과 달리 어떻든 인간적 체취를 간직한 존재들이고, 이를 통해 오웰은 하층 계급에 대한 염려에서 출발하여 **인간 개조가 아닌 실재하는 인간에 대한 애정을**

드러낸다. 윈스턴이 노동자들이 희망이라고 적은 이유는 이들이 계급의식을 갖고 당의 특권을 타파하리라는 전망을 갖기 때문은 아닌 듯하다. 오히려 그는 이들에게서 어떤 자의식보다는 비록 비천하고 비루하지만 끈질긴 생존력을 확인하고, 이를 인간 사회의 근간으로 주목하고 있다. 오웰에게 있어 인간이 인간인 기준은 추상적 개념보다는 일상의 삶에서, 더 욕심을 낸다면 품위 있는 삶에서 찾아진다. 그리고 이러한 모습은 특히 영국의 일상에서 찾아진다.

2차 세계대전이 발발하자 오웰은 「우든 좌든 나의 조국("My Country Right or Left")」(1940)이나 「영국, 당신의 영국("England Your England")」(1941) 등의 글을 통해 **영국적 가치**를 설명하고 있다. 이후 그의 글들은 삶에 있어 특별한 장소와 방식의 중요성을 강조하는 것으로 이어진다. 그는 이전의 글에서도 자주 영국적인 특성으로 안개와 목초지, 완만한 산길, 안락의자와 기호품 등 일상에서 발견되는 것들을 거론한 바 있다. 그는 이러한 애착이야말로 애국심이라고 정의하고, 이는 자신이 속한 환경에 대해 개인이 갖는 자연스러운 성향이라고 말한다. 이와 같은 논리로 그는 애국심은 자신이 속한 집단의 삶의 방식을 보전하고자 하는 수세적 태도라면, 민족주의는 자신의 것이 타 집단의 것보다 우위에 있다는 것을 공세적으로 주장하는 태도라고 구별한다.

일반적으로 사회주의는 국가 체제를 자본가가 노동자를 착취하는 법적 장치에 불과하다고 비판해 왔다. 이러한 사회주의 이념에도 불구하고 오웰은 자신이 속한 영국적 전통에 대한 본래적 애착에서 더 나아가, 일상의 영국에서, 특히 국가로서의 영국에서 희망을 본다. 그 이유는 중산층과 노동자 사이에서 영국적 삶이라는 공통분모가 이들을 상호 투쟁보다는 이해와 통합으로 이끌 수 있을 것이라는 점에 있다. 이로써 한층 엄밀히 보자면 오웰은 스스로의 경험에 기반한 인간적 사회주의로 시작하여 영국적 전통에 대한 재평가로 옮아온 것이라고 할 수 있겠다.

이러한 경향은 『1984』에서도 읽어 낼 수 있다. 당국에 의해 체포되어 끝 모를 고문과 교육이 반복되는 가운데, 오브라이언은 윈스턴에게 엄지손가락을 감추고 네 손가락을 펴며 손가락이 몇 개인가를 묻는다.[03] 오브라이언은 윈스턴이 일기장에 "둘 더하기 둘은 넷이라고 말할 수 있는 것이 자유다"라고 쓴 바 있다고 지적하면서, 이 태도가 얼마나 잘못되었고 취약한 것인지를 승명하려는 교정 작업을 진행한다. 명백히 넷이기 때문에 윈스턴은 넷이라고 답하지만 오브라이언은 "당이 네 개가 아니라 다섯 개라고 말하면 다섯 개"라고 강요한다. 한사코 넷임을 주장해 보지만 끔찍한 고문이 계속되고, 윈스턴은 오브라이언의 뜻대로 하라고 외칠 수밖에 없다. 그럼에도 오브라이언은 윈스턴이 진심으로 이 사실을 믿고 있지 않다면서 이렇게 말한다. "때로는 말야, 윈스턴. 때로는 다섯일 때도 있어, 셋일 때도 있고. 때로는 한꺼번에 세 개도 네 개도, 다섯 개도 될 수 있어. 훈련을 더 해야겠어. 정신을 찾기란 쉽지 않지." 이러한 강요에 대해 윈스턴의 항변은 단순하고 정직하다. "내 눈앞에 보이는 게 그런데 어떻게 해요? 둘 더하기 둘은 넷인데."

03 256-8쪽

둘 더하기 둘이 넷이라는 것은 합리적 판단이다. 오브라이언 의 전략은 합리적 논리를 왜곡하는 것이고, 이는 외부의 강요에 의해 완성될 수 있다는 것이다. 여기에서 중요한 것은 이것이 일반적인 합 리적 판단일 뿐만 아니라 개인의 가장 기본적인 판단이자, 더 나아가 **느낌**으로 남아 있기 때문이다. 이는 윈스턴이 개인적 차원에서의 사 랑의 감정과 사물과 사태에 관한 느낌의 정당성을 인정해 달라는 요 구의 연장선에 있다. 궁극적으로 이러한 입장은 가장 기초적인 합리 적 판단이 공적이기보다는 개인에게 뿌리내리고 있으며, 여기에는 개인의 느낌 또한 함께해야 한다는 주장이 담겨 있다. **개인이 대상과 사태에 대해 개인적 느낌을 가질 수 있는 여지, 달리 표현하자면 그것 은 자유이다.** 이를 강조하는 **자유주의**는 개인의 느낌에 기초한 삶을 중요시하는 경험주의의 정치적 표현이다.

『1984』의 주인공 윈스턴에게서 당시 영국의 정치적 지도자 윈 스턴 처칠을 떠올리는 것은 무리가 아니다. 비록 사회주의자로 출발 하고 이를 포기하지는 않았지만, 오웰의 궤적은 결국 처칠과 같은 지 도자에 의해 대변되는 영국적 전통으로 합류하고 있다. 처칠의 유머 와 오웰의 풍자는 영국적 전통을 위배하는 힘에 저항하는 정치적 역 량을 가장 극적으로 보여 주는 기제이다. 영국 역사에 있어 한 사람 은 정치가이고 한 사람은 작가로 남아 있다. 오웰의 경우를 한층 더 정확히 평가하자면 그는 **영국 산문** 작가로서의 계보를 잇고 있다. 영 국 문학은 정치 사회적 현실에 부단히 개입해 온 긴 역사를 갖고 있 다. 스위프트(Jonathan Swift)의 『걸리버 여행기(Gulliver's Travels)』(1726)에서 시작하여 아놀드(Matthew Arnold)의 『교양과 무질서』(Culture and Anarchy)』

(1869)는 일반적 의미의 문학과는 다른 방식으로 의견을 제시해 온 대표적 예이다. 영국의 산문은 항상 자신들이 처한 현실에 발을 딛고 이에 대해 관심을 기울이면서 영국적 전통을 재구성하여 왔다. 『1984』 역시 정치적 산문의 전통에서도 파악될 필요가 있다. 여기에서 보이는 아이러니와 풍자, 그리고 이를 통해 현실을 부단히 개량해야 하며 또 할 수 있다는 의지는 영국 산문의 사명이자 특징이기도 하다. 마치 예레미야의 예언은 예측이기보다는 경고이듯, 1984년의 디스토피아에 대한 오웰의 전망은 표면적으로는 비관적이지만 그 내면에는 이와는 다른 의지를 담고 있다. 오웰의 이 작품이 그의 다른 산문과 달리 시간을 넘어 널리 읽히는 이유는 이러한 의지가 소설 형식을 취하면서 시대를 넘는 사회문화적 은유로 작동해 온 것에서도 찾을 수 있을 것이다.

오웰은 영문학에서 대표적인 산문 작가이다. 영국 산문 전통에 대한 이해는 아놀드(Matthew Arnold)의 『교양과 무질서(Culture and Anarchy)』(1869)와 밀(John Stuart Mill)의 『자서전(Autobiography)』(1873)에서 출발할 수 있을 것이다. 영국 산문의 시작점이자 오웰의 디스토피아와 반대항을 이루는 작품으로는 모어(Thomas More)의 『유토피아(Utopia)』(1516)가 있다. 오웰의 작품 가운데 『동물 농장(Animal Farm)』(1945)은 『1984』와 쌍을 이루고 있다. 그의 다큐멘터리 산문으로는 『위건 부두로 가는 길(The Road to Wigan Pier)』(1937)과 『카탈로니아 찬가(Homage to Catalonia)』(1938)를 권한다.

10. J. M. 쿳시(J. M. Coetzee)(1940-)

『추락(*Disgrace*)』(1999)
— 개인과 인간 너머의 세계, 그리고 문학의 미래

"그런데 어떻게 그렇게 대단한 사람이 추락(fallen)하셨죠?"
추락했다? 그래 추락(a fall)이 있었다. 그건 의심할 여지가 없
다. 하지만 '대단하다'? '대단하다'는 말이 그에게 맞는 말인
가? 그는 자신을 모호하고, 점점 더 모호해져 가는 사람으로
생각한다. 역사의 변방에 속한 인물.

그는 말한다. "어쩌면 가끔 추락하는 것도 우리에게 좋은
일인지 모르지요. 부서지지만 않는다면요."

[…]

"하지만 나는 이런 생각을 해 봅니다. 우리는 발각이 되면
미안해 합니다. 그리고 나서야 아주 미안해 하는 것입니다.
중요한 것은 미안해 하는 것이 아닙니다. 중요한 것은 우리가
거기서 어떤 교훈을 얻었느냐 하는 것입니다. 중요한 것은 미

안하다면 우리가 어떻게 해야 하느냐 하는 것입니다."[01]

줄거리

유색인종에 대한 편견과 차별이 극심한 남아프리카 공화국 케이프타운. 데이비드 루리는 두 번의 이혼 경력이 있는 교수이다. 원래 그가 속해 있던 학과는 고전문학과와 현대문학과였지만 실용적인 커뮤니케이션학과로 명칭이 바뀌었다. 이제 그는 '커뮤니케이션 기술'을 주로 가르쳐야 하지만 이번 학기에는 영국 낭만주의 시 강의를 개설하였다. 하지만 워즈워스나 바이런 같은 시인에게는 더 이상 흥미를 느끼지 못하는 학생들 속에서 그는 자신이 교수가 아닌 사무원처럼 느껴진다. 52세인 그는 자신의 성적인 문제를 매주 목요일 오후에 정기적으로 은밀한 거래를 통해 잘 해결해 나갔지만, 이내 수강생 가운데 하나인 멜라니를 상대로 성적 일탈에 빠지고 만다. 급기야 학내 조사위원회에 회부된 그는 모든 것이 자신의 책임이라고 인정하고 교수직에서 해고된다.

모든 것을 잃은 데이비드는 케이프타운을 떠나 딸 루시가 거주하는 시골의 농장을 찾는다. 이곳에서 루시는 농사를 지으면서 개들을 위탁 관리하는 일도 함께하며 생활해 나간다. 원주민인 페트루스는 그녀의 농장 일을 도와주고, 이웃인 베브 쇼는 개를 치료하거나 불가피한 경우 안락사를 시키고 소각하는 일을 한다. 데이비드는 바이런의 생애 마지막 몇 년에 관한 작은 오페라를 만드는 작업을 하고자 하지만, 자신의 수치심을 씻는 한 방법으로 병든 개들을 돌보거나 소각하는 일을 돕게 된다. 어느 날 낯선 원주민 셋이 농장에

01 왕은철 역, 동아일보사, 2017년, 252 & 261쪽

침입해 데이비드를 때려눕히고 화장실에 가둔 채 루시를 강간하는 일이 벌어진다. 사건을 경찰에 신고하는 과정에서 루시는 모든 것을 털어놓지만 범인들의 신변에 관한 사항을 언급하지 않으면서, 이 사태를 자신이 이 땅에 발붙이고 사는 데 있어 지불해야 할 대가로 여기고자 한다.

딸의 처사를 이해할 수 없던 데이비드는 페트루스의 파티에서 범인 가운데 하나인 소년을 만나게 되고 그를 경찰에 넘기고자 하지만, 페트루스는 이를 거절한다. 루시는 자신과 농장 모두를 페트루스의 관할에 두면서 신변의 안전을 도모하고, 데이비드는 전혀 매력을 느끼지 못하던 베브와 무덤덤하게 성관계를 갖는다. 케이프타운으로 돌아가는 길에 데이비드는 멜라니의 가족을 찾아 사과하지만, 이들은 내심 그가 다른 생각을 갖고 있다고 의심한다. 케이프타운으로 돌아온 그는 자신의 바이런 프로젝트에 매달지만 난관에 이르고, 멜라니의 연극을 관람하고자 하지만 이내 그녀의 애인에 의해 쫓겨나 다시 농장으로 돌아온다. 그를 기다리는 것은 강간으로 인해 임신한 아이를 낳고자 할뿐만 아니라 마침내 완전히 페트루스의 보호하에 들어가려는 루시의 결심이다. 이제 그는 루시의 농산품을 시장에 내다 파는 일과 개들의 시신을 소각하는 일에 전념한다.

쿳시는 영국 작가는 아니다. 남아프리카 공화국 작가로서 그의 원어는 이곳의 식민지배자였던 네덜란드계 후손들의 언어인 아프리칸스어이지만 주로 영어로 작품 활동을 하고 있다. 케이프타운 대학의 교수직에서 은퇴한 2002년 이후 현재는 호주에 거주하고 있다. 영국 문학을 소개하는 작업에서 쿳시를 선택한 이유는 영문학의 현

상황을 보여 줄 수 있는 적절한 작가이기도 해서이다.

이제 영어는 단지 영국이나 미국의 언어라고 하기에는 지구상에 걷잡을 수 없이 널리 퍼져 있는 언어이다. 물론 이는 영국의 광범위한 식민주의 역사와 오늘날 미국의 정치·경제적 영향력이 낳은 결과이다. 이러한 사정에 따라 현재 인도와 아프리카, 그리고 서인도제도 등에서 영어를 원어로 사용하는 작가들이 다양하게 배출되고 있다. 예전에는 이들의 작품에 '영연방 문학'이라는 명칭을 부여하기도 하였다. 하지만 이들이 단지 영국의 정치적 잔재인 '영연방' 지역이나 그러한 성향에 한정되지 않는 까닭에, '영어권 문학' 또는 최근에는 이에서 더 나아가 **영어 문학**으로 불리기도 한다. 그 생성 상황에서부터 이러한 '영어 문학'은 영문학의 일부이기보다는 지리적으로 영국의 외부에 위치하면서 영문학의 정체성을 비판하는 사례들이기도 하다.

쿳시의 『추락(*Disgrace*)』의 원 제목은 '수치'에 더 가깝다. 개인적으로는 이 소설을 대학원 강의에서 함께 읽은 적은 있지만, 학부 강의에서는 가르치지 못했다. 아마도 용기가 없어서일 것이다. 물론 이보다 훨씬 더 파격적인 내용의 문학 작품은 많다. 하지만 이 소설이 다루는 스캔들이 대학 내에서 교수와 학생 사이에서 발생한 사건인 데다, 중년을 넘긴 교수의 성적 욕망과 그의 딸이 겪는 끔찍한 경험을 학부생들과 함께 읽고 논의하기에는 용기가 필요했다.

이 소설이 문제적인 것은 단지 성적 차원의 사안들을 가감 없이 드러내고 있기 때문만은 아니다. 그것은 이러한 충격적 소재를 동원하여 제기하는 문제들의 스펙트럼으로 인해서이다. 이는 상당 부분이 영문학의 전통과 관련된 사안이어서 더욱 그렇다. 쿳시는 1983

년에『마이클 K의 삶과 시대(*Life & Times of Michael K*)』와 1999년에『추락』
으로 영국의 부커상을, 그리고 2003년에는 노벨 문학상을 수상하였
다. 이는『추락』의 내용으로 인해 그의 명성이 깎이기보다는 더 높아
졌다는 것을 말해 주며, 그 문학적 가치를 어느 정도 가늠할 수 있는
잣대이기도 하다.

콧시의 작품 세계를 설명하자면 그것은 **모든 것의 문제화**
(problematization)로 요약할 수 있을 것이다.『추락』을 비롯한 그의 많은
작품은 남아프리카 공화국의 현실을 다루고 있고, 악명 높았던 인종
차별정책인 아파르트헤이트(Apartheid)(1948년 법제화, 1994년 폐지)의 문제가
원근에 자리하고 있다. 이를 통해 그는 유럽 이주민들 그리고 그들의
체제가 원주민들에게 가하는 물리적이자 정신적인 폭력을 고발하고
있다.『추락』은 비록 아파르트헤이트가 공식적으로 폐지되었음에도
일상 속에서 지속되는 편견과 폭력 그리고 이에 이어서 야기될 문제
들을 담아내고 있다.

이 소설과 영문학적 전통이 연계되는 면모에 대한 논의는 주
인공인 데이비드 루리가 대학에서 가르치며 자신의 삶과 깊이 연관
시키는 영국의 낭만주의에서 시작할 수 있을 것이다. 초반에 제시된
그의 일상은 그의 성생활과 낭만주의에 대한 강의가 두 축을 이룬다.
워즈워스와 바이런으로 대표되는 19세기 초반의 낭만주의 시문학은
근대적 공간 속에서 왜소화하는 개인의 복권을 추구하였다. 데이비
드가 특히 관심을 갖고 있는 바이런은 단지 문학 작품으로만이 아니
라 현실 세계의 삶에 있어서도 낭만적이고 영웅적인 에너지를 발산
하고자 한 시인이었다. 그는 귀족 가문에서 태어나 뛰어난 외모와 괴

팍한 성격, 끊임 없는 성적 편력으로 세간의 화제가 되었으며, 그리스 독립전쟁에 참여하여 질병으로 숨을 거둘 만큼 현실에서도 자신을 불사른 인물이었다.

데이비드는 "어린이는 어른의 아버지"라고 노래한 워즈워스의 순수성을 간직한 채 바이런의 삶을 그리워하는 인물이다. 대학은 아무런 열정을 담아내지 못해 "거세를 당한 상황"이고, 두 번의 이혼으로 성생활이 "가장 뜨거울 때조차 추상적이고 다소 메마른" 상태이지만, 그래도 그는 대체로 만족하고자 스스로를 위로한다. "그래, 이게 행복이야! 엠마(보바리)는 거울에 비친 자기 모습을 보고 놀라며 말한다. 그래, 이게 시인들이 말하는 행복이란 거야! 만약 가엾은 유령 같은 엠마가 케이프타운에 온다면, 그는 목요일 오후 그녀를 데리고 가서 행복이 무엇인지 보여 주리라. 적당한 만족감, 적당해진 만족감."[02] 하지만 그에게 성적 만족감을 제공하던 여인이 평범한 가정을 꾸려 나가는 여성이라는 것을 알게 되면서 상황은 변한다. 급기야 그는 학생인 멜라니와 부적절한 관계에 접어들고 만다.

그는 자신의 잘못을 심문하는 학내 위원회에 선다. 그리고 "나는 내 자신이 아니었습니다. 나는 더 이상, 인생의 막바지에 이른 50대 이혼남이 아니었습니다. 나는 에로스의 노예가 되었습니다"[03]라고 답한다. 이는 매우 '낭만적인' 자기변호로 들릴 수 있다. 그러나 여기에는 반드시 그렇지는 않은 결심이 전제되어 있었다. 그는 애초부터 자신의 행동이 갖는 의미와 예상되는 결과를 충분히 의식하고 있

02 9-13쪽
03 81쪽

는 것으로 보인다. 자신이 '에로스의 노예'가 된 것은 책임의 전가이기보다는 단지 이 상황을 스스로에게 납득시키고 설득하는 과정으로 이해된다. 그는 잘못을 인정하고 책임을 지는 방식이 여전히 자신만의 방식이길 바란다. 그는 동료에게 자신의 잘못을 이렇게 인정한다. "나는 세속적인 위원회 앞에서 세속적인 유죄를 인정했어. 유죄 인정만으로 충분해야 해. 참회는 여기서도 아니고 저기서도 아니야. 참회는 다른 세계, 다른 담론의 세상에 속하는 거야."04 자신의 잘못에 대해 책임을 지되 사죄와 참회는 할 수 없다는 논리 속에는 그것이 개인의 영혼과 관련된 문제이기 때문이라는 결단이 담겨 있다. 한편으로 이러한 그의 방식은 이 비관적 상황에서도 개인의 존엄을 지키는 것이기도 하지만, 다른 한편으로 그것이 과연 진정한 책임감에 닿아 있는 것인가 의심하지 않을 수 없다.

그는 대학에서 해고되어 도시를 떠나 딸의 농장으로 향한다. 그에게 농장은 도시에 비해 비록 척박하지만 어떻든 한가하고 유혹으로부터 자유로운 곳으로 보인다. 그는 페트루스에게, "오늘날에는 모든 것이 위험하지요. 하지만 내 생각에 이곳은 괜찮아요"05라고 자신의 판단을 언급한다. 이러한 판단이 어떠한 오류를 범하고 있는지는 이내 분명해진다. 최소한 페트루스의 묵인하에 행해진 것인지는 분명치 않지만, 루시가 겪은 집단 성폭행은 데이비드로 하여금─특히 자신이 이런 가운데 아무런 힘도 발휘하지 못했다는 자괴감 속에─바야흐로 한층 냉혹한 현실을 직시하게 한다. 딸에 대한 끔찍한

04 89쪽
05 98쪽

범죄를 접한 이 지점에서도 데이비드는 이전에 자신이 범한 성적 일탈이 갖는 진정한 의미를 스스로 파악해 내지 못한 것으로 보인다.

도저히 용서할 수 없는 폭력을 과소평가하는 듯 보이는 딸을 데이비드는 참으로 이해할 수 없다. 마냥 보호받아야 할 것 같았던 루시는 자신에게 가해진 폭력의 의미를 달리 부여한다. 그녀는 폭력에 대해 철저한 법적 응징을 주장하는 아빠 데이비드를 이렇게 설득한다. "만약 … 만약 그것이 제가 여기에 머무는 것에 대한 값으로 지불해야 하는 것이라면 어떻게 될까요?"06 그로서는 아무런 변명 없이 대학을 떠난 것으로 자신은 죗값을 치렀다고 생각되고, 딸에 대한 폭력 또한 그에 버금가는 책임을 물어야 한다는 것은 지극히 합리적인 요구이다. 하지만 루시는 자신의 시련을 이 땅에 정착하는 한 과정으로 여기고자 한다. 이는 사태에 대해 일반적 생각과는 다른 자신만의 의미를 부여하려는 것으로, 특히 데이비드의 경우와 같이 자기 나름의 방식을 고집하는 것이기도 하다.

루시의 이러한 태도의 근저에는 이제까지 이곳에서 백인 지배계급이 원주민에게 가해 온 폭력적 역사에 대한 참회의 차원이 포함되어 있음을 느낄 수 있다. 데이비드의 경우와 달리 루시의 결정은 자신의 입장보다는 일정 정도 타자의 지평에서 사태의 의미를 부여하고자 한 것으로 읽힌다. 데이비드의 삶에 대한 '낭만주의적' 해석과 차별성을 갖는 루시의 해석은 현실 사태에서 새로운 의미를 창출하고자 한다. 데이비드가 현실을 기존의 해석적 틀에 의해 해석해 왔

06　238쪽

다면, 루시는 **현실에 의해 기존의 해석적 틀 자체를 변경**하고 있는 것이다.

데이비드와 루시의 견해 차이를 극적으로 보여 주는 예는 **동물의 지위**에 관한 것이다. 낭만주의의 근본 신념은 생명현상의 가치에 대한 존경이라고 해도 과언이 아니다. 애초 데이비드의 경우 이는 단지 인간의 경우에 한정된다. 이러한 그의 모습은 결국 그가 인간 내의 다양한 집단 사이에도 일정한 획을 긋고 있는 것이 아닌가 의심케 한다. 동물을 관리하고 보호하는 일에 최선을 다하고자 하는 루시에게 그는 점잖은 논리를 내민다. "교회 목사들은 그들에 관해 오랫동안 토론을 하다가, 결국 그들에게는 바른 영혼이 없다는 쪽으로 결론을 내렸단다. 그들의 영혼은 몸에 밀착되어 있기 때문에, 몸이 죽으면 같이 죽는다는 거지."[07] 동물에게 영혼이 있느냐 없느냐의 문제는 이후 『동물로 산다는 것(*The Lives of Animals*)』(1999), 그리고 그 일부가 포함된 『엘리자베스 코스텔로(*Elizabeth Costello*)』(2003)에서 더욱 자세히 다루어지고 있다. 서양 철학사에서 영혼과 이성은 인간 고유의 영역이자 최후의 보루로 사유되어 왔다. 데이비드의 동물에 대한 견해 또한 이러한 논지에서 멀지 않다. (이 두 작품은 소설과 산문 그리고 논평이 혼재되어 있다. 쿳시는 자신이 생각하는 바를 밝히기 위해, 그러면서도 동시에 이것이 개인적 의견임을 담보하기 위해, 장르의 벽을 넘나든다. 인간과 동물의 구별에 동의하지 않는 자신의 견해를 전할 수만 있다면 굳이 장르 또한 구별할 필요가 없다는 판단인 것이다.)

이와 달리, 루시는 인간의 잣대로 동물을 판단하고 대우하는 것은 부당하다고 말한다. 그녀와 베브 쇼는 개가 이성이나 영혼을 가지고 있느냐에 대해서는 분명치 않다고 하더라도, 인간과 감정을 교감한다는 것을 거듭해서 강조한다. 특히, 이들은 늙고 병들어 죽어 가는 고통에 직면한 개들이 자신들의 자존감을 지키지 못하는 것에 대해 느끼는 자괴감을 공유한다. 이러한 감정의 공유가 이들로 하여금 개들에 대한 치료와 안락사 그리고 소각 등 일련의 과정에 임하게 한다. 물론 두 사람이 동물의 감정을 공유할 수 있다는 믿음은 잘못된 것일 수 있다. 하지만 이들은 동물에 대한 판단에 있어 이성 못지 않게 **감정적 판단** 또한 유효성을 갖는다고 생각한다.

두 사람의 견해와 달리 데이비드가 개를 돌보기 시작한 것은 단지 루시의 부담을 덜어 주기 위한 것에 지나지 않았다. 그가 이러한 상황에 대해 굴욕감을 토로하자 루시의 대답은 차분하고도 분명하다. "그래요, 저도 같은 생각이에요. 굴욕적이죠. 그러나 어쩌면 다시 시작하기 좋은 지점일 거예요. 어쩌면 저는 그것을 받아들이는 걸 배워야 할 거예요. 밑바닥에서 출발하는 걸 배워야죠. 아무것도 없이. 어떤 것밖에 없는 상태가 아니라, 아무것도 없이. 카드도 없고, 무기도 없고, 재산도 없고, 권리도 없고, 위엄도 없고." 그가 결론적으로 "개처럼" 살아가는 것이냐고 되묻자 루시는 "그래요, 개처럼"[08]이라고 대답한다.

데이비드는 이러한 일을 해 나가고 루시와 베브 쇼의 견해와 헌신을 접하면서, 자신의 생각을 점차 수정해 나간다. 그는 개들이 죽음을 앞둔 모습 앞에서 점차 생명과 삶에 대한 어떤 깨달음을 얻어 간다. 개들은 단지 이성이나 영혼이 없이, 그래서 삶과 죽음에 대한 의식도 없이 사라지는 것이 아니었다. 이제 죽음을 앞둔 개들은 자신의 죽음을 부끄러워하고 비루함과 열패감을 느끼는 것으로 보인다. 이는 생명체가 죽어야 한다는 상황에 대해 느끼는 거부감이나 슬픔을 의미하는 것이 아니라, 단지 **삶에서 죽음으로 가는 터널 또한 최소한의 체면과 존엄성이 유지되는 과정이기를 바라는 마음**으로 다가온다. 작품의 도입부에서 그는 인간의 죽음이 삶의 모습을 최종적으로 결정한다는 명제를 언급한 바 있다.

> 그의 몸은 건강하고 정신은 맑다. 직업상, 그는 학자다. 혹은 그래 왔다. 가끔씩 그의 중심부는 학문적인 일에 관련돼 있다. 그는 그의 수입과 기질과 감정의 반경 내에서 살아간다. 그는 행복한가? 대부분의 척도로 보자면 그렇다. 그는 그렇다고 믿는다. 그러나 그가 『오이디푸스 왕』의 마지막 후렴구를 잊은 건 아니다. 죽기 전에 누구도 행복하다 말하지 말라.[09]

그는 이제 그 의미가 진정으로 느껴지는 지점에 도달한 듯하다. 인간의 위상이 개의 위치와 다르지 않다면 그것은 인간으로서는 지위의 추락이고, 인간과 개는 동일하게 죽음이라는 비굴한 나락으로 끌려갈 수밖에 없다. 이러한 사태의 직접적 체험은 데이비드로 하

09 9쪽

여금 멜라니의 부모에게 진정으로 사죄해야겠다는 느낌에 이르게 한 것으로 보인다. 서두의 발췌는 그가 멜라니의 아버지와 나누는 대화 가운데 자신의 심경을 토로하는 부분이다. "어쩌면 가끔 추락하는 것도 우리에게 좋은 일인지 모르지요." 그리고 그는 또 이렇게 덧붙인다. "중요한 것은 미안하다면 우리가 어떻게 해야 하느냐 하는 것입니다." 실제로 그 자신이 이에 버금가는 어떤 구체적 답을 찾고 이를 실천하고 있는지는 분명치 않다. 그럼에도 비록 수치스런 추락에 의해 겪는 경험의 의미는 분명치 않지만, 그가 마침내 그 의의를 실천하는 첫발을 내디딘 것으로 추측된다.

　　데이비드와 루시가 함께 도출한 의미 혹은 의의가 무엇인지는 아마도 작품의 제목이 제시하는 바일 것이다. 수치, 아빠와 딸이 감내하는 수치, 개와 동물들이 겪는 수치, 이제까지 남아프리카 공화국의 원주민들이 느꼈고 여전히 지속되는 수치. **수치심**은 이 작품의 모두를 연결하는 고리 역할을 하고, 이러한 연계에 의해 일정 부분 이해되고 해소되었다고 할 수 있다. 애초부터 데이비드는 시대의 변화와 함께 자신이 속한 고전문학과와 현대문학과가 실용적인 커뮤니케이션학과로 변경된 것에서부터 또 하나의 근본적 회의를 느꼈을 수밖에 없다. 그는 인간 사회에서의 소통은 손쉽게 가르치거나 배울 수 없는 것임을 잘 알고 있었을 것이다. 그가 루시 그리고 베브 쇼와 소통하고 개와 동물과 소통해 가는 모습은 설부른 노력보다는 오히려 완벽한 소통은 불가능하다는 것에서 출발하고 있다. 어떻든 **타자는 내가 아니라는 것에 대한 절감이 가장 진솔한 소통의 한 시작점**이 되고 있는 것이다. 그럼에도 이제 데이비드 그리고 더 나아가 이 작품 자체가 제시하는 이러한 소통의 틀이 살피지 못하는 부분을 지속적으로 탐문하는 것은 우리의 과제로 남는다. 그 가운데 하나를 언급하자면, 자신의 과오에 대한 데이비드의 수치심과 노력에도 불구하고 그를 이러한 과정으로 이끈 사건의 주요 당사자인 멜라니에 대한 그의 책임은 과연 적절히 인식되거나 이행되고 있는 것인가의 문제일 것이다.

소설은 어떻든 누군가의 목소리가 이야기를 전하는 형식의 문학이다. 이렇게 목소리를 갖는 인물이 있다면, 목소리를 내지 못하는 인물 또한 있어 왔다. 쿳시의 많은 작품은 이렇게 침묵하고 침묵당하는 존재에 대한 성찰을 담아내고자 한다. 구체적으로 그것은 영문학과 유럽의 문학이, 더 나아가 문학 자체가 간과하고 침묵을 강요해 온 존재들에게 목소리를 부여하는 작업이다. 쿳시의 『추락』은 영국의 낭만주의를 강의하는 한 교수의 개인주의와 자유주의가 어떠한 과정을 거쳐 주변 세계의 강요된 침묵을 이해하고 이들과 연대하는 모습으로 나아갈 수 있을지를 탐문한다. 여기에는 낭만주의로 대변되는 영문학에 대한 비판적 시각이 담겨 있는 것이 분명하다. 하지만 현재 소위 대영제국의 식민 체제를 벗어난 세계 곳곳에서 출판되는 수많은 영어 문학은 영문학을 전복하는 만큼, 또다시 영문학의 외연을 확장하는 결과를 초래하고 있는 것이 현실이다. 쿳시는 이러한 상황 속에서 글을 쓰는 대표적 작가이다. 어쩌면 그마저도 영어로는 표현하지 못하고 침묵당하는 개인적 내면의 그 무엇에 대해 수치심을 느끼고 있을지 모른다. 또한 그의 문학적 고심은 단지 영문학의 내면과 외연만이 아니라 현대 사회 속에서 문학은 어떠해야 하고 과연 지속될 수 있을까라는 문학의 가장 근본적 문제에도 이르고 있다. 주제와 형식에 있어 요란하지 않게 **자기 점검과 새로운 시도**를 지속해 온 쿳시에 대한 우리의 기대는 여기에서부터 다시 출발한다.

최근의 영국 소설가 가운데 쿳시에 버금가는 작가인 이시구로(Kazuo Ishiguro)의 『우리가 고아였을 때(When We Were Orphans)』(2000)와 『나를 보내지 마(Never Let Me Go)』(2005)를 권한다. 세계 각지에서 산출되는 영어 문학의 대표적 예로는 나이지리아 출신인 아체베(Chinua Achebe)의 『모든 것이 산산이 부서지다(Things Fall Apart)』(1958)가 있다. 나보코프(Vladimir Nabokov)의 『롤리타(Lolita)』(1955)와 더불어 나피시(Azar Nafisi)의 『테헤란에서 롤리타를 읽다(Reading Lolita in Tehran: A Memoir in Books)』(2003) 또한 권한다.

Ⅳ. 미국 문학 10선

1. 너대니얼 호손(Nathaniel Hawthrne)(1804–1864)

『주홍 글자(*The Scarlet Letter: A Romance*)』(1850)
—신학에서 문학으로

가장 대담한 사색을 하는 이들이 종종 가장 조용히 사회의 형식적인 규범을 따르는 것은 주목할 만한 사실이다. 그들은 사상에만 안주한 채 그 사상을 피와 살을 갖춘 행동으로 전환하지 않는다. 헤스터도 그런 경우에 해당하는 듯했다. 그러나 만약 어린 펄이 영적 세계로부터 그녀에게 오지 않았다면 상황은 전혀 달라졌을는지 모른다. 그랬다면 헤스터는 앤 허친슨과 손을 잡고 어떤 종파의 시조로서 역사에 이름을 남겼을지도 모른다. 예언자로 자신의 위상을 세웠을지도 모른다. 청교도의 토대를 뒤엎으려 했다는 이유로 그 시대의 준엄한 법정에서 사형을 선고받았을지도 모를 일이다. 아니 당연히 받았을 것이다. 그러나 어미의 사상적 열의는 아이의 교육에서 어떤 돌파구를 발견했다. 하늘은 이 아이의 기질로부터 여

성의 싹과 꽃을 피우는 일을 헤스터의 손에 맡기고서 무수한 역경 속에서도 소중히 키우게 했다.[01]

줄거리

소설은 본격적 이야기에 앞서 「세관: 『주홍 글자』에 붙이는 서문」으로 시작한다. 여기에서 화자는 자신이 보스턴의 북쪽에 위치한 세일럼의 세관에서 근무하면서 겪은 여러 가지 새로운 경험과 불합리한 행태들을 길게 언급한다. 그는 세관 2층에서 대문자 'A'를 수놓은 빛바랜 고급스런 주홍색 천 조각과 「주홍 글자」라는 제목으로 두루마리에 적힌 사연을 접하게 되었다고 밝힌다. 이후 정권이 바뀜에 따라 세관을 그만둔 그는 그 이야기에 자신의 상상력을 더해 쓴 것이 바로 이 로맨스라고 소개한다.

1640년대, 청교도들이 대서양을 건너 정착한 보스턴의 이른 여름 아침, 마을 사람들이 감옥 바깥으로 모여들었다. 오늘은 간통을 범한 여인 헤스터 프린이 처형대 위에 3시간 동안 서 있는 벌을 받는 날이었다. 이제부터는 그녀가 평생 가슴에 달고 살아야 할 간음녀(Adultress)를 뜻하는 'A'자, 간통의 결과물인 갓난 딸아이, 그리고 그녀의 표정, 이 모두는 위축되고 암울하기보다는 담담하고 오히려 화려한 모습을 띤다. 촉망받는 젊은 목사 아서 딤즈데일의 간곡한 요청에도 불구하고 그녀는 끝내 불륜 상대를 자백하지 않고 대중 앞의 모욕과 3년의 감옥 생활을 택한 것이었다.

공적 모욕이 진행되는 동안 마을 사람들의 뒤편에 무척이나 나이가 들어 보이는 한 사람이 인디언과 함께 이 장면을 구경하고자 등장한다. 헤스터

01 곽영미 역, 열린책들, 2012년, 205쪽

가 곧바로 알아보는 그는 신대륙으로 오기 전에 결혼한 남편이었다. 나이 차이가 많이 나는 학자 남편은 헤스터를 먼저 신대륙에 보내고 곧 뒤를 따르고자 하였지만 그렇게 되지 못한 것이었다. 그간 인디언들의 의술을 익힌 그는 자신을 로저 칠링워스라고 소개하면서 마을 사람을 치료하는 의사 역할을 한다. 헤스터의 감옥을 방문한 그는 스스로 간통의 상대를 찾아낼 것이며 그녀에게 자신들의 관계를 밝히지 말라고 한다.

형기를 마친 헤스터는 딸 펄과 함께 마을 외곽의 한적한 곳에 거주하면서 바느질로 생계를 꾸려 간다. 그녀는 형벌인 'A'자를 감추기보다는 오히려 어두운 색깔의 옷 위에 밝고 화려하게 장식하여 드러내고, 펄은 행동과 생각 모두가 순진무구하기만 하다. 그녀의 바느질 솜씨는 마을 유지들의 선망의 대상이 되면서, 생계에 아무런 지장을 받지 않게 된 그녀는 주변에 물심양면으로 베푸는 삶을 이어 간다. 칠링워스는 육체적으로나 정신적으로 마냥 쇠약해져 가는 딤즈데일 목사의 주치의가 되어 그와 함께 살면서, 마침내 그의 가슴에 새겨져 가는 무늬를 확인하고 헤스터의 간통과 관련된 모든 사실을 파악하게 된다. 자신의 죄와 이를 고백하지 못하는 위선에 괴로워하는 딤즈데일은 어느 날 저녁 헤스터가 서 있었던 처형대에 오르고, 이어 마을에서 돌아오던 헤스터와 펄 또한 함께 오르게 하는 장면이 칠링워스의 눈에 띈다.

피폐해져만 가는 딤즈데일의 모습에 충격을 받은 헤스터는 칠링워스를 만나 모든 것을 고백하고 그를 용서해 줄 것을 간청하는 한편, 딤즈데일을 만나 자신과 칠링워스의 관계를 알린다. 여기에서 그녀는 자신들의 행동은 순수했으며 함께 유럽으로 돌아갈 것을 제안한다. 딤즈데일은 새로운 총독의 취임을 축하하는 연설을 마치고 그녀의 뜻에 따르고자 하였지만, 청중 가운데 헤스터와 펄을 보자 이들을 연단에 오르게 한 다음 자신의 가슴을 헤쳐 보이며 죽음을 맞는다. 목격자들은 그의 가슴에 'A'자가 새겨져 있었다고 전한다. 이후 칠링워스가 죽으면서 펄에게 남긴 많은 재산으로 모녀는 유럽으로 이주한 듯 했지만, 이내 헤스터는 다시 돌아와 가슴에 'A'자를 달고 많은 이에게 친절과 선행을 베푼다. 헤스터의 헌신적인 삶은 주홍글자를 멸시가 아닌 공감과 존경의 상징으로 만들었다.

일반적으로 미국의 역사는 **청교도**(淸敎徒, Puritans)와 함께 시작하는 것으로 알려져 있다. 이는 미국이라는 국가 역사의 관점에서는 타당성이 있겠지만, 단순히 미국이라 지칭되는 아메리카 대륙의 역사의 관점에서는 그렇지 않다. 그곳에는 참으로 오래전부터 원주민들이 이미 정착하여 살고 있었고, 1492년의 콜럼버스, 그리고 그에 이어 아메리고 베스푸치와 에르난 코르테스 등이 소위 '신대륙'을 원정하면서, 1507년부터 프랑스의 지도 제작자들은 이를 아메리카로 통칭하였다.

이 대륙에 영국인이 본격적으로 도착하는 역사는 1607년 존 스미스(John Smith) 등이 버지니아 지역에 당시의 영국 왕 제임스 1세의 이름을 딴 제임스타운을 세우고 정착을 시도하면서부터이다. 그와 인디언 추장의 딸 포카혼타스와의 관계는 전설에 가까운 이야기 속에 전해 온다. 그가 버지니아 북쪽을 탐험하면서 명명한 뉴잉글랜드 지역은 1620년부터 청교도들이 정착하기 시작하였다. 청교도라는 명칭은 이들의 신조가 너무 편협하고 고지식하다는 생각에 따라 세간에서 붙인 비하 섞인 호칭이었다. 이들은 기존의 가톨릭에 대해 루터와 칼뱅의 프로테스탄트 운동이 요구한 만큼의 정화(淨化, purification)가 지속되어야 한다고 주장하였다. 비록 헨리 8세(재위 1509-1547)가 1534년 로마 교황 체제에서 벗어나 영국 성공회(Church of England)를 공식화하였지만, 청교도들은 한층 더 실질적인 교회 제도의 개혁을 요구하였다.

엘리자베스 1세 여왕의 재위기간(1558-1603) 동안 점진적으로나마 진행된 교회 개혁은 그 이후 오히려 옛 모습으로 되돌아가려는 추세를 보였다. 이에 청교도들은 이제 영국을 떠나 자신들의 신념에 맞는 공동체를 구축하겠다는 열망 속에 신대륙으로의 이주를 결심하게 된 것이었다. 1620년 102명의 분리파(Seperatists)는 메이플라워호를 타고 뉴잉글랜드 플리머스에 도착하였고, 미국의 역사는 이들을 필그림 파더스(Pilgrim Fathers)라 부르고 있다. 이후 1630년에는 이들과 달리 영국 성공회 내에 머물면서 개혁을 추구한 7백여 명의 비분리파(Nonseperatists) 또한 플리머스 북쪽 매사추세츠만 지역에 이주해 온다. 이들의 이주를 주도한 존 윈스롭(John Winthrop)은 아라벨라 선상에서 "언덕 위의 도시"(City upon a Hill)를 세우는 것이 자신들의 목표임을 강조하였다.

청교도가 미주 지역에 정착하는 과정은 집단 내외의 관계 모두에 있어 수많은 모순과 한계로 점철되었다. 이들은 외적으로는 원주민들과 수많은 전쟁—피쿼드 전쟁(1636)과 필립왕 전쟁(1675) 등—을 치러야 했고, 내적으로는 신앙과 양심의 자유를 둘러싼 갈등과 그에 따른 희생이 계속 이어졌다. 후자의 대표적 경우가 1638년 신과의 직접적 교감을 주장하는 앤 허친슨(Anne Hutchinson)이 재판을 받고 매사추세츠만 정착지로부터 추방된 사건, 그리고 1692년 세일럼에서 마녀 혐의로 재판에 회부되어 25명이 죽고 수많은 사람이 도주한 사건 등을 들 수 있다. 청교도가 가톨릭의 번잡함을 폐하면서 제시한 지향점은 외적 생활에 있어서는 최대한 검소한 생활 태도를 견지하고, 내적 생활에 있어서는 여타 의례에 의존하지 않고 신의 뜻에 따르는 정신적 능력을 신뢰하는 것이었다. 특히 이 정신적 능력은 신의 전지전능함에 대한 이해와 접근에 있어 인간의 이성이 갖는 힘을 높이 평가하고 있다는 점에서 청교도 신앙은 자못 근대적 성격 또한 갖는 것이었다.

청교도의 이와 같은 이주사가 미국 역사의 첫머리에 위치하게 된 것은 매우 **인위적인 역사 세우기**의 일환이었다. 이러한 계보는 미국이라는 대륙과 국가의 역사가 갖는 복합성을 극히 단순화하면서 사상적 일면성을 강조하기 위한 의도적 기획이었다. 예를 들어 필그림 파더스의 첫 수확을 기념하면서 이들이 원주민들과 평화롭게 어울리는 추수 감사절(11월 넷째 목요일)의 이미지는 재고되어야 한다는 주장이 계속되고 있다. 더 나아가 매년 10월 12일 콜럼버스의 신대륙 도착이 원주민들에게는 축복이기보다는 재앙이 되었던 까닭에 최근 미국 일부 도시에서는 오히려 이를 '원주민의 날'(Indigenous Peoples' Day)로 정해 나가고 있다.

호손의 『주홍 글자』는 초기 청교도를 중심으로 하는 미국사를 배경으로 하면서, 이에 대한 고뇌와 재고를 담고 있다. 서두에 발췌한 부분은 청교도 사회의 권위에 도전한 점에서는 헤스터를 앤 허친슨과 비교할 수도 있겠지만, 궁극적으로 그녀가 다른 평가를 받고 있는 이유를 설명한다. 앞서 언급한 바와 같이, 허친슨이 청교도 사회를 당혹스럽게 한 것은 일반 신도들을 신의 뜻으로 인도하는 데 있어 성직자들이 차지하는 위상에 대해 도전하였기 때문이다. 이러한 그녀의 그림자가 헤스터에게 드리워져 있는 것으로 읽히는 것은 당연하다. 하지만 그녀와 달리 헤스터의 경우는 애초 신학적 차원보다는 한 젊은 여성과 남성의 **자연스런 본능에 대한 수긍**이 있었을 뿐이다. 본능에 수긍하고 복종하는 자신에게 사회적 규범이 가하는 처벌 앞에서도 헤스터는 떳떳할 수 있었다. 그녀는 단지 성적 본능의 권리만을 대변하는 것은 아니다. 그녀가 제기하는 또 다른 타당하고 자명한 인간적 권리는 부모가 자식을 양육할 수 있는 한층 '자연스런' 권한에 관한 것이다. 이를 통해 그녀는 청교도 사회 내에서 **새로운 가치와 삶을 창출한 인물**로 기억된다.

힘 있는 입법자들은 딸인 펄이 지금보다 더 바람직한 환경에서 키워져야 한다고 주장한다. 이에 대해 헤스터는 자신이 확신하는 인간의 권리를 주장한다. 그녀의 이러한 주장은 딤스데일로 하여금 "그녀가 품게 된 그 감정에도 진실이 담겨 있습니다!"[02]라고 총독을 설득하는 조언에 이르도록 한다. 이로써 펄은 "자신의 법칙대로 살수 있도록 해 주어야 할 것 같은 아이"[03]로 인정받게 된다. 인간 본연의 욕망에 대한 주장은 우리 내면의 수긍을 이끌어 내고 상당한 설득력을 갖기에 충분하다. 사회 구성원들은 그녀의 간음에 대한 부정적 판단에 동참하면서도, 본능을 실행하고 그에 따른 수모를 견뎌 내는

02 143쪽
03 169쪽

그녀의 용기에 대해 은연중에 두려움과 시기심을 갖는다.

헤스터의 용기는 인간의 본능적 차원에 대한 긍정과 그것이 갖는 신성함에 대한 믿음에서 출발하였다. 하지만 이러한 행동이 사회적 규율 속에서 개인적 시련을 낳으면서 그녀는 자신만의 견고한 논리를 세워 나간다. 달리 말하자면, 그녀는 이러한 논리로 자신이 당면한 어려움을 정리하고 해소해 나간 것이다. 이 모든 시련을 거치면서 헤스터는 '대담한 사색'을 하는 이들과 유사한 인물로 변모한다. 헤스터의 사색과 이에 대한 당대의 판단은 자세하고도 엄정하게 설명된다.

> 세상의 법은 그녀가 생각하는 법과 맞지 않았다. 당시는 이제 갓 해방된 인간의 지성이 지난 세기보다 더욱 활기차고 더욱 광범위한 영역을 점하고 있던 시대였다. 검을 든 자들이 귀족들과 왕들을 무너뜨렸다. 이들보다 더 대범한 자들은 낡은 원리와 밀접하게 결부되어 있는 낡은 편견의 지배 체제를 뒤집어 엎고 재정비했다. 실제로 그랬다는 것이 아니라 그들의 진짜 보금자리였던 이론의 영역 안에서 그랬다는 것이다. 헤스터 프린은 이런 정신을 흡입했다. 그녀는 당시 대서양 건너편에서 볼 수 있었던 사색의 자유를 당연한 것으로 여겼는데, 만약 우리 조상들이 그 사실을 알았다면 주홍 글자의 낙인보다 더한 죽을죄로 간주했을 것이다.[04]

04 204-5쪽

이렇듯 헤스터는 '대담한 사색' 자체의 '형식적 규범'에 치중하는 '사상에만 안주'하면서 '그 사상을 피와 살을 갖춘 행동으로 전환하지 않는' 인물이 될 수도 있었다. 하지만 그녀가 '피와 살을 갖춘' 현실 세계의 인물이 될 수 있었던 계기는 딤스데일과의 불륜에 의해 태어났지만 이름처럼 보석과 같은 존재인 펄에 있었다. 그녀는 인간의 본능과 종교적 헌신 사이에서 끝없는 번민의 나락에 빠지는 딤스데일에게 이렇게 묻는다. "우리가 저지른 일에는 그 나름의 신성함이 있었어요. 우린 그걸 느꼈어요! 서로에게 그렇게 말했잖아요! 당신은 잊으셨나요?"[05] 그녀의 항변은 두 사람이 사랑을 나누던 시기에 대한 생각을 담고 있지만, 그 이후 수많은 경험을 거친 시점에서의 판단이기도 하다. 이 시점에서 자신들의 행동의 '신성함'은 바로 펄이라는 존재가 포함된 결과에 대한 평가이다. 헤스터와 딤스데일은 비정한 청교도의 교리와 달리 '피와 살을 갖춘' 인간으로서 이념의 과다에 대한 반성과 함께, 새로운 세계 속에서 새로운 삶을 모색하고자 한다.

　　앞서 살핀 바와 같이, 청교도는 외적 환경에 있어 모든 형식적 폐습을 일소하려는 의지와 함께, 내적으로는 각 개인이 신의 뜻을 충분히 헤아릴 수 있는 정신적 능력이 있다는 자신감에서 출발하였다. 초기 신대륙 시대에는 생존의 문제 등으로 집단의 결속을 강조하면서 언덕 위에 신의 도시를 세우기 위한 프로젝트가 유효하였다. 하지만 어느 정도 생존의 문제가 해결되어 가자, 신도 각자가 **스스로의 삶을 결정해 나가는 자유의 폭을 확대**하려는 경향의 출현은 당연한 수순

05　243쪽

이었다. 게다가 청교도의 정신주의적 일면은 제도로서의 종교적 결사체에 대해 점차 그 신뢰를 철회하는 과정을 걷게 된다. 이런 측면에서 헤스터의 일탈은 한편으로 청교도 이념에 대한 거부이면서도, 다른 한편으로 청교도의 논리를 한층 더 진척시켜 마침내 그 모순이 드러날 정도로 첨예화하는 행동으로 해석될 수 있다.

청교도 운동은 르네상스와 종교개혁 그리고 이후 사회사상 분야에서의 대범한 사색 가운데 하나로 시작하였다. 그러나 이들 사상 역시 스스로의 '형식적 규범'을 구축하고 이를 강요하는 모습을 보였고, 신대륙의 청교도 이념 또한 예외가 아니었다. 헤스터의 현실 경험은 개인이 이러한 역사적 궤적으로부터 벗어날 수 있다는 것을 증언하고 있다. 『주홍 글자』는 '피와 살을 갖춘' 현실 삶에 의해 사상과 이념의 형식성을 극복한 사례를 단순히 예시하는 것에 머물지 않는다. 그것은 제목이 제시하는 주홍 글자 'A'에 당면하여 독자로서의 우리는 이 작품의 의미를 파악해야 한다는 부담감이 있기 때문이다. 애초 'A'는 단지 '간음'(Adultery)이나 '간음녀'(Adultress)를 지칭하는 기호였지만, 이후 그것은 헤스터의 행실에 따라 뭇 사람들에게 '유능함'(Able)에서부터 '천사'(Angel)까지도 상징하게 된다. 더 나아가 비평가들은 그것이 매사추세츠만에 정착하고자 청교도들이 타고 온 선박 아라벨라(Arabella)호 또는 '아메리카'(America) 자체를 뜻하기까지 한다고 설명한다.

『주홍 글자』의 주제는 결국 'A'라는 상징이 의미하는 바의 스펙트럼 그 자체라고 할 수 있겠다. 이는 가장 기본적인 문학적 첫 걸음을 보여 주는 측면을 갖는다. 헤스터는 자신의 가슴에 표시하는 'A'를 단죄의 증표이기보다는 하나의 예술품으로 만들고 있다. 그것은 "붉고 고급스러운 천에 금실로 정교하게 수를 놓고 화려하게 장식한" 것으로, "너무나 예술적으로, 게다가 너무나 풍부하고 화려한 상상력"이 함께하는 것이었다.[06] 이는 1차적으로 청교도의 금욕주의에 반하는 것이고, 더 나아가 현실 세계를 도발하는 예술적 상상력의 출현이기도 하다. 그것은 단지 청교도적 이념의 폐기를 주장하기보다는, 그러한 과거를 어떻게 이해하면서 오늘과 내일을 열어 갈 것인가 하는 의문과 제안을 담고 있는 것으로 보인다. **대상에 대한 다양한 함의와 해석 가능성은 한 사회 내에서 개인이 확보할 수 있는 정신적 자유의 폭과 깊이를 가늠한다.**

헤스터는 공적으로 부여된 상징 'A'의 의미를 개인이 변형하고 변용해 나가는 용기를 보여 주는 주인공이다. 그 근본에 있어 공적 상징 기표인 'A'는 고정된 것일지라도, 그 기의(의미)는 사회 구성원이 시간과 조건의 변화 속에서 확정해 나가는 유동적 상태에 있는 대상이다. 그녀는 주어진 기표에, 그리고 청교도 전통에, 복종하기보다는 이를 개인적 현실 차원에서 부단히 재평가하고 재설정하는 작업을 수행한다. 그녀의 진정한 매력은 어떻든 대범하고 반항적인 면모이다. 딤스데일은 본인의 이상과 현실, 잘못과 고백 사이에서 망설임과 고뇌를 계속하면서 육체와 정신 모두 피폐해져 간다. 반면 그녀는 모든 틀을 버리고 새로운 시작이 가능하다고 역설한다.

"모든 걸 새로 시작해요! 한 번 실패했다고 가능성을 잃은 건

06 70-1쪽

가요? 그렇지 않아요! 미래는 아직도 시도와 성공으로 가득
해요. 누릴 수 있는 행복도 있어요! 베풀 수 있는 선행도 있어
요! 당신의 거짓된 삶을 참된 삶으로 바꿔요. […] 설교를 해
요! 글을 써요! 행동해요!"[07]

　　『주홍 글자』는 청교도 사회와 그 내면의 갈등과 한계를 보여
주고 있는 것이 사실이다. 그것은 단지 당대 사회의 모습을 보여 주
는 '반영'에 머무는 것이 아니다. 이에 못지않게 작가는 이러한 모습
에서 개인과 사회를 움직이는 힘에 더 주목하고 있는 것으로 읽힌다.
또한 청교도 시대를 그리고 있지만 이는 일종의 '소재'로서 작가의 궁
극적 지향점은 작가 당대에도 있다고 해야 할 것이다. 그것은 단지
청교도적 전통만이 아니라 유럽 대륙과 영국 그리고 미국의 여러 '전
통'이라 할 수 있는 것을 어떻게 평가하고, 오늘과 내일의 삶을 기획
해 나갈 것인가에 대한 고민을 담고 있다. 호손의 이 소설은 단순히
청교도 사회를 반영하는 문학이기보다는 **새로운 삶과 세계를 위한 실
천적 힘과 행동**으로 작동한다.

　　예전에는 대다수 번역에서 불필요한 것으로 제외해 버린 「세
관: 『주홍 글자』에 붙이는 서문」은 최근에는 첫머리에 함께 번역되고
있다. 그 내용은 호손이 일종의 호구지책으로 일한 세일럼 세관의 내
키지 않는 모습, 그리고 빛바랜 채 남아 있던 주홍색 천으로 만든 글
자 'A'와 그에 관한 문서를 발견하게 된 경위를 담고 있다. 여기에서

07　247쪽

작가의 목소리는 소설적 화자의 목소리와 분간될 수 없도록 겹쳐 있다. 소설의 말미에서 화자는 서문의 목소리와 엇비슷한 어조로 이 이야기의 전체적 교훈을 이렇게 요약한다. "이 가엾은 목사의 비참한 경험이 우리에게 각인시켜 주는 많은 교훈들 가운데 이것 하나만 말하고자 한다. '참되어라! 참되어라! 참되어라! 네 죄악 중의 죄는 아닐지라도, 그 죄악 중의 죄를 추측할 만한 어떠한 특징은 세상 사람들에게 거리낌 없이 내보여 주어라!'"[08]

호손은 세관에서의 경험을 이야기하는 가운데 돌연 자신의 작품을 "현실 세계와 동화의 나라 사이 어디쯤, 현실의 것과 상상의 것이 만나 서로의 성질에 물드는 중립지대로 변모하는" 로망스로 규정하고자 한다. 이 로망스론에 관해 이후 다양한 평가가 이어진 바 있다. 그 기원에 있어 로망스는 중세의 세속적 사랑 이야기를 소재로 한다. 종교적 배경과 주인공들의 내밀한 사랑 이야기를 담고 있다는 점에서 『주홍 글자』는 일종의 로망스라고 부를 수 있었을 것이다. 하지만 작가는 이러한 문학적 '위장'을 통해 자신의 개인적 의견을 개진하고자 한 것으로 보인다. 호손은 미국 문학이 모든 문화적 프레임에 구애되지 않고 **스스로에게 '참된' 견해**를 내놓기 시작한 서두에 서 있다. 더 나아가 이 작품은 개인적 차원에서만이 아니라 사회적 차원에서도 진실과 진리를 재설정하고 이를 통해 현실을 새롭게 구축하는 과정을 보여 주는 하나의 지표이기에 충분하다.

장편 작가들의 문학적 능력은 단편 소설에서 더 잘 확인되는 경우가 많다. 호손의 『단편집』(또는 『단편선』)에서 특히 「목사의 검은 베일("The Minister's Black Veil")」(1832), 「반점("The Birthmark")」(1843), 「라파치니의 딸」("The Rappaccini's Daughter")」(1844) 등을 권한다. 밀러(Arthur Miller)의 희곡 『시련(The Crucible)』(1953)은 청교도 사회와 오늘의 사회에 대한 의견을 담고 있다. 『주홍 글자』와 도스토옙스키의 『죄와 벌』(1867)의 비교 또한 권한다.

2. 허먼 멜빌(Herman Melville)(1819-1891)

『모비딕(*Moby-Dick; or, The Whale*)』(1851)
―실패의 비극, 의미의 포획과 창조

육지 사람들이 고래 먹기를 꺼리는 이유가 지나치게 기름기가 많기 때문만은 아닐 것이다. 그것은 어떤 면에서는 앞에서도 말했듯이 인간이 갓 살해된 바다짐승을, 더구나 그 동물의 기름으로 켠 등불 아래에서 먹는 데 대한 거부감의 결과로 보인다. 하지만 소를 최초로 죽인 자는 살인자로 여겨졌을 게 분명하고, 아마 교수형에 처해졌을 것이다. 만일 소들이 그를 고발하여 재판에 회부했다면 틀림없이 교수형을 당했을 것이 분명하다. 그리고 살인자가 사형을 당해 마땅하다면, 소를 죽인 최초의 인간도 사형당해 마땅했다. 토요일 밤에 고기 시장에 가서, 두발짐승인 인간이 길게 늘어선 네발짐승의 시체를 쳐다보고 있는 꼴을 보라. 그 광경을 보면 식인종도 놀라서 입을 딱 벌리지 않겠는가? 식인종이라고? 식인종이 아닌 사람이 누구인가? 다가올 기근에 대비하여 말라빠진 선교사를 소금에 절여 지하실에 넣어 둔 피지섬 사람들이, 최후의 심판 날에, 여러분처럼 개화되고 문명화한 식도락가들—거위를 땅바닥에 못 박아 놓고 그 간을 비대하게 부풀려 파테 드 푸아그라를 즐기는 사람들보다 관대한 처벌을 받을 것이다.

그런데 스터브는 고래 기름으로 켠 등불 밑에서 고래고기를 먹고 있다. 그것은 고래를 학대하고 모욕하는 짓이 아닐까? 그렇다면 묻겠는데, 개화되고 문명화된 식도락가여, 당신이 지금 로스트비프를 먹으면서 사용하고 있는 나이프의 자루를 보라. 그 칼자루는 무엇으로 만들어져 있는가? 그것은 바로 당신이 지금 먹고 있는 소의 형제의 뼈가 아니고 무엇인가? 그리고 당신은 지금 그 기름진 거위를 실컷 먹고 나서 무엇으로 이를 쑤시는가? 바로 그 거위의 깃털이다. 또 '거위학대방지협회' 간사는 전에 어떤 깃털 펜으로 회람장을 썼는가? 그 협회가 철제 펜 외에는 사용하지 말자는 결의안을 채택한 것은 불과 한두 달 전의 일이다.[01]

줄거리

이슈메일은 학교 선생이었지만 우울함을 떨구고자 선원이 되었다. 그는 이번에는 포경선을 타고 다시 바다로 나가려고 뉴베드퍼드로 향한다. 이곳에서 남태평양의 왕자이지만 기독교 세계를 보고자 포경선의 작살잡이가 된 퀴

---

01 김석희 역, 작가정신, 2011년, 375–6쪽

퀘그와 함께하면서 그는 이교도에 대한 선입관을 버리게 된다. '고래잡이 예배당'에서는 고래 속에 갇힌 요나의 경우에서 회개의 필요성에 대한 설교를 접하게 된다. 둘은 낸터켓에 도착하여 포경선 피쿼드호와 승선 계약을 맺는다. 이 낡은 배의 선장 에이해브는 이전 항해에서 모비딕에게 한쪽 다리를 잃은 폭군에 가까운 인물인데다 주변의 경고 또한 감지된다.

크리스마스에 피쿼드호는 족히 3년이 넘을 항해를 시작한다. 선장 아래로 배의 1등 항해사로는 건실한 가장이자 매우 이성적이고 유능한 인물인 스터벅, 2등 항해사로는 낙천적인 스터브, 삼등 항해사로는 젊고 호전적인 플래스크가 있고, 이들 각각에는 작살잡이로 퀴퀘그와 인디언 타슈테고 그리고 흑인 다구가 배치된다. 출항 후 간혹 그 존재만을 알 수 있었던 에이해브 선장은 한쪽 다리를 향유고래의 뼈로 의족을 한 채 모든 선원들 앞에 나타난다. 그는 주 돛대에 금화를 박고 흰고래 모비딕을 맨 처음 발견하는 자에게 하사하겠노라 선포한다. 이에 대해 스터벅은 한사코 에이해브에게 이는 단지 동물에 지나지 않는 대상과 그 행동에 심각한 의미를 부여하는 비이성적 행위일 뿐이라고 설득하지만 아무런 효과를 발휘하지 못한다.

항해가 계속되는 동안 이슈메일은 뭇 선원들을 소개하고 또한 '고래학'이라 할 수 있을 정도로 고래에 대해 폭넓고 깊이 있는 생각을 제시한다. 선원으로는 에이해브가 남몰래 태운 또 다른 이방인인 페달라 등 다섯 명이 더 승선하고 있었다는 것이 첫 추적에서 밝혀진다. 고래학은 고래의 역사와 해부 및 분류에서부터 포경선과 포경업 그리고 포경 방법은 물론 고래 요리까지 망라된다. 피쿼드호는 아프리카의 카나리아제도, 남미 연안, 세인트 헬레나섬을 지나 대서양과 인도양을 거쳐, 보르네오 북부를 통해 태평양에 접어들어 일본 연해의 남쪽에서 다시 적도 방향으로 옮아가는데, 그것은 모비딕에 대한 에이해브의 복수심이 향하는 방향이었다. 항로 가운데 만난 다른 포경선에 대해서도 에이해브는 오직 모비딕의 향방만을 묻는다. 추적이 본격화됨에 따라 선원들의 긴장감은 고조되고, 퀴퀘그는 심한 열병을 앓게 되자 목수에게 관을 마련해 줄 것을 부탁한다. 해도 상에서 모비딕의 위치를 정확히 추측해 나가던 에이해브는 이제 그 어떤 관측기보다도 자신의 열정을 믿으면서 앞으로 나아간다. 그는 레이첼호의 선장이 모비딕으로 인해 실종된 두 아들의 수색을 부탁하지만 냉정하게 뿌리치고 오직 자신의 목표를 향한다.

마침내 본격적인 추격 첫날 아침 에이해브는 몸소 보트를 내려 모비딕에 다가가지만 공격을 받아 간신히 구조된다. 둘째 날 정오 그는 페달라를 잃고 복수의 증표인 의족 또한 잃는다. 마지막 셋째 날에는 얽힌 밧줄에 페달라의 사체를 매단 채 나타난 모비딕에게 그는 자신의 저주를 모아 버리고 벼른 작살을 꽂는다. 하지만 모비딕은 그 밧줄에 목이 말린 에이해브를 바닷속으로 끌고 들어가고, 피쿼드호 또한 침몰시키고 만다. 오직 이슈메일만이 퀴퀘그의 관을 구명보트 삼아 살아남아 이틀을 버틴 다음 레이첼호에 구출되어 이 이야기를 전한다.

스터브는 피쿼드호의 2등 항해사로, 이슈메일이나 에이해브 그리고 스타벅만큼 주요 인물은 아니다. 그는 일상이나 위기 상황 속에서도 긍정적이고 유쾌한 심성을 잃지 않는 인물이다. 135장으로 구성된 이 긴 소설의 중간쯤인 65장은 고래고기 요리에 대해 이야기한다. 고래를 맨 처음 만나고 추적하는 장면은 48장에서 펼쳐진다. 이 장에서는 에이해브가 숨겨 둔 비장의 무기라 할 수 있는 페달라와 그

무리들이 정체를 드러내고 고래를 추격하지만 실패하고 만다. 이어지는 장에서 이슈메일은 포경선이 서로 만났을 때 친교하는 방식이나, 다른 곳에서 들은 이야기들, 터무니없는 오류로 점철된 고래 그림들, 향유고래의 먹이라고 생각되는 대왕오징어와의 조우 등을 설명한다. 이후 스터브가 어떻게 첫 고래를 잡게 되었고, 포경용 작살의 모양새와 그것을 던지는 방법, 그리고 그가 즐기는 육즙이 있는 고래고기 스테이크를 조리하는 방법 등이 설명된다.

포경업은 고래를 죽이는 것이고, 무엇보다도 그것은 험하고 잔인한 일이라는 생각이 앞선다. 그래서 힘 있고 단순하기 그지없는 스터브에 딱 어울리는 일이기도 하다. 이것은 이슈메일이 스터브에 대해 갖는 첫인상이기도 했다. 이슈메일은 고래를 찾고 추격하며 죽이고 해체하여 요리하는 과정을 겪으면서 점차 이 모든 것에 대해 숙고를 거듭한다. 스터브는 자신이 잡은 고래를 요리사에게 육즙이 살아 있게 제대로 요리하라고 윽박지른다. 그러나 이슈메일은 일반적으로 사람들은 고래고기를 즐겨하지 않는데, 그것은 아마도 고래 기름을 사용하는 등잔불 밑에서 고래고기를 먹어야 하는 상황에 대한 일말의 거부감 때문이라고 설명한다.

이러한 설명이 당대로서도 어느 정도 설득력이 있을지는 확실치 않다. 여기에서 더 나아가 그는 사실 우리 모두가 먹고사는 문제는 스터브가 고래와 고래고기를 대하는 방식과 멀지 않다는 인식에 이른다. 농사를 위해 수고를 아끼지 않은 소를 도살하거나 미식으로 즐기기 위해 거위의 간을 부풀리는 행위와 식인의 풍습은 얼마나 차이점이 있을까? 더구나 이를 고발하고 방지하고자 하는 모든 문명 행위들

역시 식인의 풍습에 버금가는 과정에서 얼마나 벗어날 수 있을까?

　　이슈메일의 이러한 의구심 제기는 우리가 당연시하는 뭇 사물과 사태에 대해 그가 사유하는 한 방식이다. 『모비딕』은 **사건의 전개와 더불어 이에 대한 깊이 있는 사유**로 구성되어 있다. 양적 방대함에 비해 작품의 줄거리는 의외로 간단하다. 이슈메일이 포경선을 타고, 그 포경선에서 만난 선장과 선원들과 함께 거대한 흰고래 모비딕을 포획하려는 무모한 시도 끝에 모두 파멸하고, 우연히 그 홀로 살아나와 그간의 일을 전해 준다. 이것이 이야기의 골자이다. 하지만 이러한 사건의 전개를 설명하는 부분은 넉넉잡아야 반을 넘지 않는다. 그외의 대부분은 사족으로 간주될 수 있다. 아마도 괜한 지식의 나열에 지나지 않는 부분이 독자의 읽기를 버겁게 하고 방해하고 있다고 여길 수도 있다. 그러나 실제 읽기에 돌입하면 오히려 이러한 부분이 더 의미 있고 흥미롭게 다가온다. 이 거대한 사족들은 앞으로 읽어 나아가는 것을 부단히 방해한다. 이 소설을 읽는 것은 포경선의 항해, 길게는 3년여가 걸리는 여정을 닮았다. 아마도 이것은 독자라는 우리에게 이 이야기의 내용이 일직선적으로 파악되는 사건의 전개 못지않게 오히려 '산만하게' 널린 사족들에 있다는 것을 알려 주는 것 같다.

　　멜빌이 이슈메일의 설명을 통해 제시하는 이야기들은 마치 고래의 살이 아닌 거대한 기름덩이로 보일지 모른다. 그러나 고래에서 정작 필요한 것은 고기가 아니라 기름덩이인 것도 이 상황을 잘 설명하는 구도이다. 이 소설의 정수는 그만큼 이야기의 줄거리 사이에 낀 수많은 곁가지 설명일 수 있다. 그것은 단지 고래는 크기가 어떻게 되고, 물을 뿜는 신체적 구조는 어떤 모양이고, 포경업이 얼마나 어려운지 등에 머물지 않는다. 그것은 고래의 해부학적 특성이나, 이에 따른 분류 방법, 이동 경로, 고래잡이 방법, 작살이 꽂힌 고래의 소유권에 관한 법률 체계, 고래 화석과 신화, 포경의 역사, 고래에 관한 문헌 기록들, 포경과 관련된 수많은 관례들, 고래 기름을 짜는 방법과 보관법 그리고 그 발달사 등등으로 망라되어 나간다.

이렇게 방대하게 확산되어 나가는 '**고래학**'은 다만 호기심을 해소해 주는 역할을 하는 것으로 읽히지 않는다. 이는 오히려 독자로 하여금 수많은 사안에 대해 호기심을 일으키는 역할을 한다. 고래는 바다에 사는 거대한 포유류이고, 고래를 잡는 포경업은 지극히 위험하고 고된 일이라는 독자의 단순한 의식으로 하여금 이 사태들의 세밀한 사안에 주목하게 하고, 호기심을 갖도록 유도한다. 스터브가 고래고기 스테이크를 먹는 장면은 이에 대한 숙고와 사유 못지않게 그 세부 사항에 대해 호기심을 유발하는 측면 또한 갖는다. 고래에 관한 세세한 사항이 거론되면 될수록 고래에 대한 우리의 호기심이 증대되고, 고래 자체에 대한 평가 또한 범상치 않게 격상된다. 실제로 이 장면에 이어지는 고래의 해체, 특히 이 과정에서 관찰되는 두터운 가죽에 대한 장면은 이렇게 마무리된다.

바로 여기에 고래 특유의 강한 생명력, 두꺼운 벽과 널찍한 내무 공간의 보기 드문 효력이 나타나 있는 듯하다. 오오, 인간들이여! 고래를 찬미하고, 그들을 본받아라! 그대들도 얼음 속에서 따뜻한 체온을 유지하라. 그대들도 이 세상의 일부가

되지 말고 이 세상 속에서 살아라. 적도에서는 시원하게 지내
고, 극지에서도 피가 계속 흐르게 하라. 오오, 인간들이여! 성
베드로 대성당의 거대한 돔처럼, 그리고 고래처럼, 어떤 계절
에도 그대 자신의 체온을 유지하라.[02]

스터브와 그의 행동에 대한 관찰은 그 내면에 잠재된 의미의
모색으로 이어지고 또 다른 의미 층위에 대한 여운을 산출한다. 이슈
메일의 이렇게 종횡무진 하는 사유는 고래라는 굳건한 현실 조건 위
에 행해지고 있다. 그것은 단지 고래를 관찰하는 것에서가 아니라,
고래에 대한 **노동**을 통한 거의 물리적인 교류와 함께하는 사유이기
에, **구체적 현실성과 물질성**을 갖는다고까지 말할 수 있다. 『모비딕』
그리고 이슈메일은 청교도적 정신주의를 이어받고 있다는 평가와 함
께 무엇보다 인간 노동의 측면에서 주목받지 않을 수 없다.

이는 멜빌의 삶을 잠시 들여다보아도 이해되는 사안이다. 멜
빌은 서른하나의 나이에 이 소설을 출간하였다. 그는 좋은 가문에서
태어났지만 가세가 기울어 교사가 되었고 이내 이 또한 계속할 수 없
게 되어, 집안의 도움이 되고자 스물한 살이 되던 해에 포경선에 올라
우여곡절 많은 4년 남짓이 지나서야 고향으로 되돌아 올 수 있었다.
이후 주로 그 경험을 바탕으로 다섯 권의 장편을 발표하였지만, 『모
비딕』을 집필할 무렵에는 늘어나는 식구를 감당해야 할 쉽지 않은 형
편이었다. 이 작품 이후엔 경제적 사정이 더욱 좋지 않아 세관의 일

02 383쪽

용직 정도로 삶을 꾸려가면서도 소설과 시 창작에 대한 애정을 멈추지 않았다.

『모비딕』에서 행동하는 인물은 단연 에이해브임을 부정할 수 없다. 에이해브의 편집광적 태도에 이견을 보이면서 끊임없이 다른 논리를 제시하는 인물로는 스타벅이 있다. (사족: 그의 이름을 딴 커피 전문점이 있다. 『모비딕』에는 커피가 언급되는 몇 장면이 있지만 스타벅이 특별히 커피를 즐기는 인물로 묘사되고 있지는 않다. 그가 이렇게 호출된 것은 단지 그 이름이 멋있어서이지 않았을까?) 건장한 이국적 남성미의 퀴퀘그 또한 빼놓을 수 없는 인상적인 인물이다. 여기에 자신들만의 개성을 갖춘 작살잡이들에서부터 목사와 대장장이 그리고 흑인 소년 핍에 이르는 모든 선원은 고래를 잡기 위한 노동이라는 네트워크를 이루는 집단이다. 이슈메일 또한 예외가 아니다. 다만 이슈메일은 이들의 행동에서 그 의미 또한 추출하고 엮어 내면서 이들에 대한 애정을 북돋운다.

이런 점에서 이슈메일은 단지 서술자가 아니라 행동과 사색의 균형을 갖춘 주인공임을 말할 수 있을 것이다. 실제로 그는 삶에 있어 현명한 균형 감각을 유지해야 한다고 하면서, 이는 마치 머리 한쪽에는 경험주의자 로크를 두고 다른 한쪽에는 관념주의자 칸트를 두어야 하는 것과 같다고 설명한다.[03] 이 또한 작살잡이 플래스크가 배의 한쪽에만 고래의 머리를 매달기보다는 양쪽에 매달아 균형을 유지해야 한다는 조언을 접하고, 이를 자신의 방식으로 풀어낸 것에 지나지 않는다.

03 405쪽

이러한 균형 감각으로 인해 그를 작품의 절대적 주인공으로 생각해야 한다는 주장에는 미진한 면이 있다. 애이해브는 자신의 생각을 모두에게 강요하는 폭군인 것이 사실이지만, 인간의 한계를 뛰어넘고자 하는 그의 열망은 반드시 부정적으로만 다가오는 것은 아니다. 그는 선원들에게 강압적으로 군림하면서 자신의 목표인 모비 딕에만 몰두하도록 한다. 이에 대해 이슈메일은 그가 지상의 권력보다는 다른 차원의 높이와 깊이를 가져야 한다고 평한다. "오, 에이해브여! 당신을 위대하게 하는 것은 하늘에서 따야 하고, 깊은 바닷속에서 구해야 하고, 형체 없는 공기 속에서 그려야 한다!"[04] 누구보다도 그와 정면으로 대치할 자격을 갖고 그를 달리 설득하고자 하는 스타벅은 처음부터 끝까지 이 "미친 늙은이"가 한사코 "절대 명령에 절대 복종"을 강요하면서 "선원을 몽땅 자신과 함께 파멸로 끌고 가도록 내버려 두어야 하나?"라고 자문한다.[05]

에이해브는 스타벅이 항의하는 바와 같이 "바람을 거슬러, 녀석의 벌린 아가리를 향해 달리고 있는" 것만은 아니다. 그는 인간과 세계의 의미를 현실적으로 존재하는 물자체에서 찾기보다는 그 너머를 향한 부단한 추구와 도전에서 찾고자 하는 인물이다. 항구에 도착했다 해도 또다시 항해를 떠나고자 할 것이 분명한 그는 이렇게 말한다. "우리가 더 이상 닻을 올리지 않을 마지막 항구는 어디에 있는가? 아무리 지친 사람도 싫증내지 않을 세계는 어떤 황홀한 창공을 향해

04 197쪽
05 610쪽

하고 있는가?"[06] 추격 마지막 날 그는 "인간을 가장 화나게 하고 약 올리는 것은 모두 몸뚱이가 없다. 하지만 물질로서는 몸뚱이가 없지만, 힘으로는 실체를 갖고 있다"[07]고 되새긴다. 에이해브는 단지 자신의 한쪽 다리를 가져간 모비딕이라는 실체에 보복하고자 하는 왜곡된 이성과 열정의 소유자만은 아니다. 그의 신념에는 동의하지 않고 또한 그의 복수는 비록 잘못된 논리 속에 있을지라도, 그가 보여 주는 열정에 무관심할 수 없는 것이 독자의 느낌일 것이다. 이와 동일한 차원에서 스타벅의 일관된 이성적 사유와 함께하는 그의 망설임은 독자의 호감을 끌어내지 못하고 있다는 느낌 또한 지울 수 없다.

『모비딕』을 움직이는 주체들은 에이해브와 모비딕 그리고 이슈메일이다. 이들 가운데 그 실체적 힘의 존재를 거론할 때 그것이 모비딕이라고 하면 과도한 것일까? 이 작품은 이슈메일이 에이해브와 피쿼드호의 모든 선원들을 함몰시키는 존재로 모비딕을 기록하고 사유하고자 한 기념비적 작품으로 평가할 수는 없을까? 만약 그렇지 않다면, 최소한 **모비딕과 에이해브 그리고 이슈메일을 잇는 일종의 네트워크**가 이 작품의 얼개로 작동하고 있는 것으로 보인다. 이슈메일은 이러한 네트워크의 주도자가 아니라 단지 일부로서 그 힘과 작동을 전하는 인물이다.

"내 이름을 이슈메일이라고 해두자"("Call me Ishmael"). 신화적 여운이 있는 이 말로 『모비딕』은 시작한다. 형식 논리로만 따져서 피쿼드호에서 누군가가 살아남아야 이 이야기를 전할 수 있어서, 이슈메

06 585쪽
07 669-70쪽

일이 홀로 살아남아 이야기의 화자가 된 것만은 아닐 것이다. 이슈메일이 특히 주목받은 이유는 미국 문학에서 이 소설이 바야흐로 존재감을 드러낸 20세기 초반의 문학 비평계가 주로 문학의 형식적 완성미에 역점을 둔 것에서도 찾을 수 있다. 이슈메일에 대한 이러한 평가가 일정한 적실성을 갖는 것은 그만큼 이 이야기가 단지 모험 소설의 수준에 머물지 않기 때문이다. 이렇게 문학적 차원을 높일 수 있었던 주요 계기들에는 이슈메일의 균형 잡힌 섬세한 사유 과정이 기여하고 있는 바가 크다.

이슈메일이라는 이름에서 성경적 울림은 배제할 수 없다. 그는 아브라함의 여종의 아들로 내쳐진 존재이다. 이슈메일은 피쿼드호의 명멸을 거쳐 홀로 살아남은 존재이기도 하지만, 자신이 한때 속했던 **신화적 네트워크로부터 내쳐진 존재**라는 회한이 오히려 더 크게 작동한다. 에이해브와 피쿼드호의 사건은 분명 비극이었다. 이로부터 살아남은 자는 자신의 처지를 행운이지만 어떠한 성취로 여기지는 않는다. 그것이 이 비극적 상황의 희생자를 애도하는 차원에서 생성된 느낌만은 아닐 것이다. 그는 이 비극으로부터 자신이 소외되고 내쳐진 것에 대한 회한을 더 깊이 간직한 존재로 남는다.

피쿼드호의 이슈메일은 바다의 깊이와 하늘의 높이 사이에 위치한 현실 세계에서 노동하며 그로써 사유하는 개인이었다. 이제 그는 험난한 노동과 신화적 해석이 엮어 낸 비극적 숭고함의 세계로부터 현실 세계로 내쳐진 존재로 되돌아왔다. 살아남은 자는 뭍의 세계와 인간 삶의 의미 부재를 확인하고, 이 깊은 비극적 인식은 단지 **의미의 발견이 아닌 또 다른 의미의 포획과 창조**를 암시한다. 인간은 최선의 삶을 지향하지만 항상 실패와 회한을 낳고, 이는 상념과 의구심으로 이어져 왔다. 하지만 고전적 서사시에 버금가는 이 비극적 여정과 귀향은 깊은 좌절에 이어지는 삶의 잠재력을 가늠할 수 있도록 한다. 미국 문학사에 있어 이슈메일과 피쿼드호의 비극에 내재한 상징적 의미의 외연은 한층 넓어진다. 이제『모비딕』은 미국의 국가 형성과 전개, 그 의의와 한계, 그리고 반성과 새로운 모색 등, 이 모두와 관련되면서 그 공적 차원의 의미 또한 지속적으로 재창조되고 있다.

끝으로 이 번역본의 역자에 대해서 경의를 표하지 않을 수 없다. 직접 읽어 본다면 이 경의의 의미가 실감될 것으로 믿는다. 더구나 다른 번역들이 두 권으로 나뉘어 있는 반면 이 번역본은 하나의 책으로 묶여 있다. 임의로 한가운데가 나뉜 고래가 아닌 하나의 살아 있는 두터운 고래여서 더욱 좋다.

멜빌은 매우 중요한 단편들을 남겼다. 그 가운데 특히 「필경사 바틀비("Bartleby, the Scrivener: A Story of Wall Street")」(1853)는 현대 사회 속 개인의 의지와 좌절을 보여 주는 작품으로 지속적인 해석의 대상이 되고 있다. 휘트먼(Walt Whitman)의 시집 『풀잎(*Leaves of Grass*)』(1855)이 문학사적 의의가 크고, 중고서점에서 롱펠로우(Henry Wadsworth Longfellow)의 시 「인생 찬가("A Psalm of Life")」(1838)나 「에반젤린("Evangeline, A Tale of Acadie")」(1847)이 실린 시집을 발견하는 즐거움이 있길 바란다.

3. 헨리 데이비드 소로(Henry David Thoreau)(1817-1872)

『월든(Walden; or, Life in the Woods)』(1854)
—개인적 실천이 낳는 진리

나이를 먹으면 얻는 것보다 잃는 것이 많은 법이다. 따라서
단지 연륜이 있다고 해서 반드시 젊은이들에게 좋은 스승이
되는 것은 아니다. 혹자는 현인은 삶을 통해 어떤 절대적 가
치를 깨닫게 되지 않느냐고 생각할지도 모른다. 그러나 실제
로 노인들이 젊은이들에게 줄 수 있는 아주 중요한 충고는 없
다. 노인들 자신의 경험도 아주 부분적인 것에 불과하고, 그
들의 삶도 개인적인 이유로 비참하게 실패한 삶이기 때문이
다. 예전보다 나이가 들고 실패를 겪었어도 그들에게 일말의
믿음은 남아 있을지 모른다. 나는 이 세상에서 삼십 년 남짓
살아왔지만 연장자들로부터 가치 있거나 진정한 충고를 아
직 한마디도 들어본 적이 없다. 그들이 내게 해 준 충고는 아
무것도 없다. 아니, 충고를 할 수 없다는 표현이 더 정확할 것

이다. 나의 여생은 내가 지금까지 시도해 본 적이 없는 실험
이다. 그들이 그들의 삶을 살아 보았다는 사실은 나에게 아무
런 도움이 되지 않는다. 만약 내가 가치 있는 경험을 하게 된
다면, 훗날 나는 분명 내가 그런 경험을 하는 데 있어서 나의
멘토가 아무런 도움도 주지 않았음을 회고하리라.[01]

줄거리

『월든』은 소로가 1845년 3월부터 1847년 5월까지 메사추세츠주 콩코드
의 월든 호숫가에 오두막을 짓고 살면서 겪고 느끼며 생각한 바를 정리하고
있다. 그가 이러한 생활을 결심한 것은 지나친 노동과 번잡한 사회를 떠나 자
신의 삶을 온전히 보듬는 생활이 무엇인지를 알고 실천하고자 실험하기 위
해서였다. 봄이 시작되며 손수 4개월에 걸친 노동으로 오두막을 완성한 그는
우연히도 미국 독립기념일인 7월 4일에 본격적으로 그곳에서 거주하는 삶을
시작한다. 그가 거처를 마련하는 데 든 비용을 계산해 보니 일 년 동안의 집
세보다 적은 비용이었다. 근처 농장에서 일용직으로 일하거나 자신이 기른
농산물을 판 금액은 풍족하지는 않아도 생활비로는 충분하였다. 그는 소박하
고 현명하게 산다면 사회 속에서도 지나친 노동으로 인한 지친 삶에서 벗어
날 수 있다는 교훈을 확인한다.

한가로운 시간에 그는 자신의 오두막에서 독서를 하기보다는 오히려 자
연의 소리에 귀 기울이고 그 모습에 더 눈길을 준다. 문자 언어보다 자연의
언어는 훨씬 흥미롭고 유익하다. 오두막에서 스스로의 삶에 몰두하는 고독을

01 홍지수 역, 펭귄클래식코리아, 2010년, 46쪽

즐기는 그이지만 이웃하는 농부들과 대화하고 자신을 찾아오는 방문객을 마다하지 않는다. 특히 오두막 주변의 농부들은 노동에서 비록 널리 알릴만큼의 철학을 이루지는 못했지만 나름의 깊이를 이루고 있었다. 이후 그는 점차 월든호수 주변의 다른 호수들 또한 방문하면서, 하늘과 땅 사이의 호수와 인간 영혼과의 은유적 관계에 대해서도 생각해 본다. 이는 인간의 동물적인 본성만이 아니라 한층 고차원적인 영혼 또한 관리하는 삶의 필요성을 생각하는 단계로 나아간다. 이런 가운데도 그는 주변 세계에 대한 애정 어린 관찰을 게을리하지 않는다. 특히 겨울이 다가옴에 따라 오두막의 난방을 준비해 가면서 동물들은 또 어떻게 대처해 나가는지를 눈여겨본다.

모든 것이 그 실체를 드러내는 겨울이 되자 그는 월든호수를 직접 측량하는 작업에 착수한다. 그 둘레는 물론 이제까지 추측에 불과했던 그 깊이를 호수의 여러 곳에서 직접 측정하고 기록해 나간다. 이렇듯 겨울을 나고 다시 봄을 맞는 일 년을 지내고, 이후의 한 해 역시 유사한 경험이 반복되었다. 책의 말미에 그는 이러한 경험이 남긴 삶의 교훈을 정리한다. 그것은 단지 이제까지 주어진 삶의 방식에 무조건적으로 순응하기보다는 자신만의 삶을 부단히 실천해 나가는 것의 중요성이었다. 그는 이 개인적 체험의 교훈이 미국의 사회문화적 전통과 제도의 재점검에도 적용되어야 한다는 제안을 덧붙인다.

무소유의 삶을 실천한 법정(法頂) 스님은 소로가 통나무로 오두막을 짓고 삶의 근본을 파악하고자 했던 월든호수를 두 번이나 찾은 것으로 알려져 있다. 간소한 삶을 추구한 이들만이 아니라 부당한 권력에 대한 저항 운동가와 무정부주의자 그리고 환경 운동가 등 수많은 인물들에게 소로와 월든호수는 깊은 영감을 부여해 왔다.

『월든』은 격리된 삶을 실험한 『로빈슨 크루소』의 일종으로 보일 수 있다. 하지만 여기에서의 격리는 생활인의 강제적 격리이기보다는 지식인의 자발적 격리이며, 이를 통해 생존의 문제보다는 삶의 관리의 문제를 거론하고자 한다. 소로의 실험이 관심을 두고 있는 것은 호숫가에서 홀로 생존해 나가는 것 못지않게, 개인이 어떻게 오롯이 자신의 삶을 충실히 살아갈 수 있을까라는 문제이다. 여기에서 더 나아가 하버드 대학을 졸업한 그가 거리를 두고자 하거나 개인적 차원의 실천을 통해 재점검하고자 한 것은 기존의 지적 체계였다.

19세기 전반기 미국의 지성계를 대표하는 인물은 단연 에머슨(Ralph Waldo Emerson)(1803-1882)이었다. 그는 철학과 에세이 그리고 시를 망라하는 폭넓은 저술과 강연 활동을 이어 간 그야말로 당대 최고 사상가로서, 그의 사상은 특히 **초월주의**(Transcendentalism)로 지칭된다. 초월주의가 무엇인지를 정의하고 이해하기는 쉽지 않다. '치아'(dental) 와는 무관한 모든 것이 아니겠느냐는 농담마저 있을 정도이다. 미국에서 '초월주의'라는 용어가 본격적으로 사용되기 시작한 것은 1830년대 중반이었다. 이 무렵부터 에머슨은 초월주의 클럽(Transcendental Club)을 구성하고, 『자연(Nature)』(1836)이라는 미국 지성사의 한 장을 형성하는 에세이에서 그 이념을 구체화하는 한편, 이후 「초월주의자("The Transcendentalist")」(1842)라는 강연에서 그 틀을 한층 면밀히 제시하고 있다.

초월주의자들이 지향한 초월의 대상은 세계에 대한 단순한 경험이나 이해이다. 에머슨은 당대까지의 철학자들을 물질주의자

(Materialist)와 이상주의자(Idealist)로 나눌 수 있다고 말한다. 그가 강조하고자 하는 바에 따라 이를 달리 표현하자면, 그것은 영국의 경험주의와 대륙의 관념주의라 할 수 있다. 서두에서 설명한 바와 같이, 전자가 인간의 인지를 물질세계에 대한 구체적 감각 차원에서 파악해 나간다면, 후자는 인간의 추상적 즉 초월적 관념이 오히려 감각적 인지를 가능하게 하며 또한 인간의 감각적 인지는 이러한 초월적 차원에 의해 결집되고 고양되어야 한다고 믿는다.

이어서 에머슨은 이 두 사조가 반드시 이분법적으로 유지될 수 있는 것은 아님을 설명하는 논의로 나아간다. 경험주의자는 분명 계산 가능한 사실에 신뢰를 보낸다. 관념주의자는 인간이 가지고 있는 이성적 능력이 원초적 감각 경험들을 의미 있는 사태로 인지하고 이들을 재구성해 나간다는 측면을 강조한다. 하지만 경험주의자 역시 지속적으로 사실에 기초한 사유만을 하는 것이 아니라, 이들 사실에 대한 경험을 통해 일정한 법칙을 추출해 낸다. 이런 점에서 그 역시 궁극적으로는 관념주의자의 차원으로 수렴해 나간다는 것이 에머슨의 주장이다. 그에 따르면 경험주의자는 관념주의자가 될 수 있지만, 관념주의자는 경험주의자가 될 수는 없다.

이와 같이 요약한다면 초월주의는 매우 관념주의적인 사유로 보일 수 있다. 그러나 에머슨의 사유 방식은 기존 영미의 경험주의를 거슬러 대륙의 합리주의나 관념주의에 도달하고 있는 것만은 아니다. 에머슨의 사상은 상당 부분 청교주의가 갖는 정신주의적 측면을 갖고 있는 바, 오히려 그의 종착점인 인간의 높은 정신과 영혼은 신과 교감하는 지점으로까지 나아간다. 순수하고 면밀한 논리적 사유를 통해 신의 뜻에 다가갈 수 있다는 청교도의 믿음과 실천은 시간의 경과와 함께 뉴잉글랜드에서 다양한 형태로 분기되었다. 한편으로는 매우 공고한 청교주의와 다른 한편으로는 이단에 가까운 분파들 사이에서 매우 다양한 신앙과 실천이 전개된 것이다.

이에 덧붙여 대륙으로부터도 청교주의와는 다른 이념의 분파들이 미국으로 유입되었는데, 그 가운데 하나로 유니테리언주의(Unitarianism)를 들 수 있다. 이는 18세기부터 본격화된 신앙으로 기존 기독교의 삼위일체—성부(聖父), 성자(聖子), 성령(聖靈)이라는 세 인격의 본질은 하나님이라는 교리—등을 번잡한 논리로 여기면서, 이를 넘어 인간의 순수한 이성에 의해 신적인 차원을 접할 수 있다고 주장하였다. 에머슨은 이러한 유니테리언주의의 훈련을 받았지만 이후 영국과 대륙의 사상 또한 받아들이는 과정을 거친다. 이를 통해 그의 사상은 인간의 이성과 상상을 넘어 영혼의 존재와 그 잠재력을 탐문하고자 하였다. 이렇게 상정된 **인간 일반의 초월적 잠재력에 대한 신뢰는 개인의 능력에 대한 신뢰를 이끌어 내고, 이러한 '자아 신뢰'(Self-Reliance)는 인간 개개인이 자신만의 방식으로 스스로의 삶을 고양할 수 있다는 자신감**으로 이어진다.

매우 간략한 이 설명만으로도 초월주의에서 당대의 다양한 사상과 사유방식이 병렬적으로 연계되어 있음을 알 수 있다. 이러한 **병렬적 연계성**은 초월주의의 복잡다기한 면모와 함께 **개방적 자세** 또한 말해 준다. 더 나아가 초월주의는 단지 여러 사상에 대해 열린 것만은 아니었다. 에머슨은 인간을 넘어 자연 세계와의 교호가 인간 영혼에 미치는 긍정적 영향력을 강조한다. 그의 자연은 한편으로는 일반적 자연 세계이자 다른 한편으로는 사물과 사태의 본질적 핵심을 가리키는 은유이다. 에머슨과 초월주의에서 인간이 자연에 충실한다는 것은 실제 자연 세계 속에서 거주하는 것 못지않게 문명의 허식을 벗어나 사물과 사태의 본령에 천착하는 것을 지칭한다. 이러한 제안을 담은 수많은 에세이와 강연을 통해 그는 미국의 사회와 문화에 있어 사상적 일신을 기하고자 한 것이었다. 사실 여기에 제시된 이러한 구도는 초월주의가 다양한 그리고 다수의 상호 모순된 생각들이 교차하면서 일정한 완성된 체계에는 이르지 못하고 있다는 것을 이해하기 위한 수단에 불과하다. 이런 까닭에 초월주의는 일정한 체계를 지향하기보다는 오히려 부단히 **체계를 초월하려는 사유 방식**으로서 더 의의를 갖는다고 평가해야 할 것이다.

에머슨은 소로의 사상적 지도자였다. 소로는 에머슨의 사상을 충실히 수행하였다. 여기에서 '충실히'란 그야말로 그의 사상이 부여한 조언을 있는 그대로 받아들여 그의 사상을 '초월'하면서, 이를 몸소 행동으로 실행하는 삶을 살고자 한 것을 말한다. 이보다 더 정확히 평가하자면, 소로는 에머슨이 염두에 둔 여러 이상적 자질을 스스로 구현하고 있는 인물인 점 못지않게, 에머슨의 사상을 기반으로 자신만의 세계를 창출해 나간 인물이다. 『월든』은 그의 이러한 면모를 보여 주는 대표작이다.

앞의 발췌 부분에서 소로는 인간 모두는 스스로의 삶에 관해서는 유경험자가 아니라 무경험자라고 강조한다. 모두에게 자신의 일생은 항상 '실험'의 수준을 면할 수 없고, 그는 이를 삶의 논리로 받아들이는 용기를 보여 준다. 특히 이 지점에서 그가 "단지 연륜이 있다고 해서 반드시 젊은이들에게 좋은 스승이 되는 것은 아니다"라고 하면서, "만약 내가 가치 있는 경험을 하게 된다면, 훗날 나는 분명히 그런 경험을 하는 데 있어서 나의 멘토가 아무런 도움이 주지 않았음을 회고하리라"고 말한다. 이러한 거침없는 판단에는 에머슨 또한 예외로 두고 있지 않다고 느껴진다. 정치적으로 부당하다고 생각되는 권위에 대한 소로의 도전 역시 일생 동안 지속되었다. 이 번역본에 함께 수록된 「시민 정부에 대한 저항("Resistance to Civil Government")」 [또는 「시민 불복종("Civil Disobedience")」](1849) 역시 그의 저작 가운데 가장 잘 알려진 글로서 정치적 권력에 대한 도전을 담고 있다면, 앞의 발췌는 『월든』이 당대의 문화적, 사상적 차원의 권위에 도전하고 있다는 것을 말해 준다.

앞서 살핀 바와 같이 이 시대에 미국의 문화와 사상이 어떤 견고한 체계를 구축하고 있었다고는 할 수 없다. 초월주의 또한 일정한 사상적 권위를 발휘할 수준에 이르렀다기보다는 미국 나름의 문화와 사상을 모색하는 과정이라고 해야 하기 때문이다. 소로 역시 미국은 그 외적 성취에 비해 내적 면모가 아직 갖춰지지 못했다는 것을 지적하고 있다. 그는 "나는 호화로운 주택을 하나 구입할까 하는 생각이 들 때마다, 이 나라가 외관이 화려한 저택에 상응하는 만큼 내적으로도 화려하고 인격적인 문화(human culture)를 아직 갖추지 못했다는 사실을 상기하고는 그런 집을 장만하는 것을 주저하게 된다"[02]고 고백한다. 에머슨의 이론을 몸소 실천함으로써, 또는 에머슨과는 다른 방

02 78쪽

식과 내용으로, 소로는 초월주의의 정신을 설득하고 있다.

소로가 갖는 설득력은 월든호수의 이미지에 의해서도 높아지는 듯하다. 호수에 비친 자신의 모습에서 빠져나오지 못한 나르키소스와 달리, 소로는 현실적 자연 세계인 월든호수에서 더 많은 것을 배운다. 그가 음미하는 호수의 모습은 참으로 인상적이어서 긴 인용의 지면이 아깝지 않다.

> 맑은 가을날 따사로운 햇빛을 한껏 음미하면서 높은 언덕 위의 나무 그루터기에 걸터앉아, 호수를 굽어보며 하늘과 나무가 비치는 매끈한 수면 위에 끊임없이 새겨지는 동심원을 바라보고 있노라면 마음이 평온해진다. 마치 물병을 흔들면 파문이 일다가 다시 잔잔해지듯이 이 넓은 호수의 매끄러운 수면은 아무것도 방해받지 않고 방해받는다고 해도 곧 잦아들어 고요해진다.03

그는 이러한 호수에서 성급하지 않은 잔잔한 교훈을 전한다.

> 호수는 대기에 떠다니는 영혼을 비추고 하늘로부터 끊임없이 새로운 생명과 움직임을 받아들인다. 호수는 땅과 하늘을 연결해 준다. 땅 위에 바람이 불면 풀과 나무만 흔들리지만 호수에 바람이 불면 호수 자체도 동요한다. 수면에 한 줄기의

빛이 비치거나 빛의 입자가 흩어지면 그곳에 바람이 스치고
지나갔음을 알게 된다.[04]

여기에서 마치 호수는 천상과 지상의 차원 모두에 접속하는
중간 어디쯤에 위치해 있는 듯하다. 잔잔한 호수가 우리를 명상의 세
계로 인도하는 것은 자주 있어 온 일이다. 규모가 큰 종교 시설의 경
우 호수를 고요한 명상의 장소로 배치해 오고 있다. 여담이지만, 일
상에서 경험한 무척이나 인상적이었던 호수로는 삼육대학교와 목원
대학교의 교정 위쪽에 위치한 한가로운 호수가 떠오른다. 월든호수
에 비할 바가 되지 못할 터이지만, 예상치 못한 곳에서 만난 이들 작
은 호수는 저절로 걸음을 멈추게 하고 벤치에 앉아 잔잔한 물을 바라
보게 했다.

월든호수가 소로의 명상에 설득력을 더하는 것은 단지 사유의
높이에만 있지 않다. 오히려 그것은 호수와 함께하는 주변 이웃들은
물론 야생 동식물들의 모습을 관찰하고 이들이 계절을 나는 방법을
기록한 것에 있다. 특히 그는 겨울과 더불어 호수가 더욱 잘 드러나
자 호수의 둘레는 물론 깊고 낮은 곳을 찾아 수심을 잰다. 그는 이렇
게 해서 얻은 수치를 지도로 만들고, 일반의 인식과 달리 월든호수가
유달리 깊기는 해도 터무니없이 깊지는 않다는 사실을 밝히면서, 뭇
사람들의 지나친 신비화에 반론을 제기하기도 한다. 그가 몸소 실질
적 측량으로 수집한 수치와 과학적 증거들은 초월적 사유의 추상성

04 242쪽

을 넘는 설득력을 발휘하기에 충분하다.

　그는 월든호수에서의 생활을 하나의 실험이라고 했고, 그래서 이를 2년 2개월만에 마감하고 있다. 그것은 한편으로 그의 실험 정신이 여기에 안주하지 않고 또 다른 차원으로 옮아간 것이라 할 수 있고, 다른 한편으로 이러한 삶이 녹록지 않다는 것을 말해 줄 수도 있겠다. 여기에는 인간이 자연 세계에 자신을 완전히 내맡기는 것이 쉽지 않을 뿐만 아니라 자연 속에서 행해야 할 노동 역시 만만치 않다는 깨달음이 있다. 그가 지나친 노동을 경계하는 것은 그것이 자연만이 아니라 인간의 삶 자체도 일방적 방향으로 경도되게 하면서, 인간과 자연 사이의 상호 균형과 교호를 즐길 여지를 주지 않기 때문이다. 소로의 실험을 요약한다면 그것은 인간과 자연 세계의 병치와 지속적인 교호 과정이다. 보편적이고 추상적인 사유와 개인적이고 구체적인 시도가 병치되고 엮이는 일반적 실험에서처럼, 그것은 인간과 자연이 병렬적으로 이어진 모습을 보여 준다.

　소로는 자신의 기록이 자연과 인간의 교호에 관한 일반적 모습이기보다는 단지 **한 개인이 한 시점에서 행한 실험**인 것을 잊지 않도록 한다. 그는 일찌감치 이를 경고했다.

　　나는 어느 누구도 나의 생활 방식을 따르라고 권하고 싶지 않다. 내 생활 방식을 좇아 살기로 한 사람이 그것에 익숙해지기도 전에 나는 이미 다른 방식을 선택할지도 모른다. 나는 가능한 한 이 세상 사람들이 각양각색의 서로 다른 삶을 살기를 바란다. 그리고 개개인은 자기 부모나 이웃이 간 길이 아

니라 자신만이 갈 길을 신중하게 선택하라고 권하고 싶다.[05]

그 어떤 어른이나 현자도, 또한 어떤 지혜나 고전도 결국 새롭게 인생을 시작하는 사람들에게 도움이 되지 못한다는 것은 지나친 경고일지 모른다. 하지만 이것이 소로와 이 책이 보여 주는 겸손함에 기인한 것만은 아닐 수도 있다. (그리고 이 자기전복적 조언은 지금 바로 이 책의 경우에도 적용될 수 있다.)

『월든』은 미국적 개인주의를 확립하는 책이기도 하다. 글을 마무리하면서 소로는 자신의 실험이 준 교훈을 이렇게 정리한다. 이 또한 긴 인용의 가치가 있다.

216

나는 내가 행한 실험을 통해 최소한 다음과 같은 교훈을 얻었다. 자신이 품은 꿈을 향해 당당하게 나아가고 자기가 꿈꾼 삶을 살려고 노력하는 사람은 자기도 모르는 사이에 꿈을 달성하게 된다. 꿈을 추구하자면 포기해야 할 것도 있고 눈에 보이지 않는 한계도 극복해야 하리라. 꿈을 추구하면 새롭고 보편적이고 보다 진보적인 법칙이 자신의 주위와 내면에서 형성되기 시작한다. 혹은 기존의 법칙이 더 진보적인 의미에서 자신에게 적합하게 확장되고 해석된다. 그리하여 그는 한층 더 숭고한 존재의 법칙을 따를 권리를 지니고 살게 된다.[06]

05 112쪽
06 392쪽

겉으로 보면 이러한 요약은 우리에게도 널리 읽힌 바 있는 프랭클린(Benjamin Franklin)의 『자서전(The Autobiography of Benjamin Franklin)』 (1791)이 권하는 현실주의, 그리고 자기 계발서적에서 자주 접하는 개인주의와 유사하다. 사실, 에머슨과 초월주의는 청교주의가 세속적 모습으로 전회한 프랭클린식의 간단명료한 사고방식을 넘어 좀 더 폭과 깊이를 갖는 사상을 산출하고 실천하기 위한 노력이기도 했다. 이러한 시점에서 소로의 개인주의는 개인의 삶의 지평을 단지 현실에 적응하는 차원에서만이 아니라, **'한층 더 숭고한 존재의 법칙'을 찾아 나서고자 하는 개인주의**였다. 그의 『월든』 또한 크게는 미국적 개인주의의 한 표현임을 부정할 수는 없을 것이지만, 이와 함께 현실 세계 속의 개인적 실험과 실천이 산출할 수 있는 내적 수준을 대변하고 있다는 의의 또한 크다.

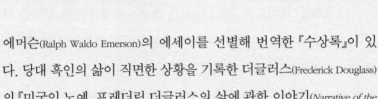

에머슨(Ralph Waldo Emerson)의 에세이를 선별해 번역한 『수상록』이 있다. 당대 흑인의 삶이 직면한 상황을 기록한 더글러스(Frederick Douglass)의 『미국인 노예, 프레더릭 더글러스의 삶에 관한 이야기(Narrative of the Life of Frederick Douglass, An American Slave)』(1845)를 함께 추천한다. 오늘의 소로라 불리기도 하는 스나이더(Gary Snyder)의 산문집 『야성의 실천(The Practice of the Wild)』(1990) 또한 권한다.

4. 마크 트웨인(Mark Twain)(1835-1910)

『허클베리 핀의 모험(*The Adventures of Huckleberry Finn*)』(1885)
—변경으로부터의 외침, 그 미국적 목소리

일을 제대로 한다는 것이 나에게 쉽지 않다는 것을 알았다. 특히 어릴 때부터 제대로 일하는 법을 못 배운 애들은 커도 뭔가 보여 줄 수가 없었다. 위기가 다가와도 자기를 지탱하면서 일에 전념하도록 도와주는 것이 없기에 결국 위기에 굴복하게 되는 것이다. 하지만, 잠시 생각해 보니, 만약 내가 짐을 고발하고 바른 일을 했다고 해도 지금보다 느낌이 나아질 것 같지는 않았다. 아마 지금처럼 느낌이 안 좋았을 것이다. 그렇다면 올바른 일을 하는 게 문제가 되고 나쁜 일을 하는 것이 문제가 되지 않아서, 둘의 부담이 똑같다면, 대체 올바른 일을 하도록 배우는 게 무슨 소용이 있는가 하고 생각해 보았다. 생각이 꼭 막히고 대답도 안 떠올랐다. 결국 더 이상 신경 쓰지 않기로 하고 앞으로 때에 따라 편하게 생각하기로 마음먹었다.[01]

소설의 배경은 미국의 남북전쟁(1861~65) 이전인 1850년대 미국 중서부 미주리주 미시시피강 근처 마을이다. 주인공 헉 핀은 앞선 이야기인 『톰 소여의 모험(The Adventures of Tom Sawyer)』(1876)에서 강도들이 동굴에 숨겨 둔 돈을 톰과 함께 찾아 나눠 갖게 된 후 자신이 어떻게 살게 되었는지를 이야기한다. 그 돈은 대처 판사가 관리하고, 헉은 왓슨 아줌마와 함께 살면서 더글러스 아줌마의 교육을 받게 된다. 이 정갈한 분위기는 그의 체질에 맞지 않고 지루하기만 했기에 그는 톰이 주도하는 터무니없는 갱단에 가입한다. 하지만 죽은 줄로 알았던 아버지가 나타나자 헉은 다시 폭력에 시달리고 집안에 갇히는 신세가 된다. 그는 꾀를 내어 집을 탈출해 들멧돼지를 잡아 피를 뿌려 마치 자신이 살해당해 강에 버려진 것으로 위장한 다음, 강 한가운데 위치한 잭슨섬으로 도망간다.

며칠 후 헉은 이곳에서 왓슨 아줌마의 노예인 짐과 마주친다. 짐은 남부로 팔려 갈 처지가 된 것을 알고 탈출한 것이었다. 그는 이런저런 미신에 빠져 있지만 삶의 지혜 또한 갖춘 진실된 노예로서, 헉은 그를 고발하지 않고 동고동락하는 사이가 될 것을 약속한다. 헉이 여자아이로 위장해 마을을 살펴보니 사람들은 짐이 헉을 죽이고 도망친 것으로 알고 있었다. 이내 자신의 시체와 짐을 찾으려는 손길이 다가오자, 헉은 그와 함께 미시시피강을 뗏목을 타고 카이로(cairo)까지 내려간 다음 그곳에서 증기선을 타고 북쪽 오하이오주로 올라가 그를 노예에서 해방시키고자 한다.

강을 내려가면서 여러 폐선을 만나는 가운데 짐은 헉의 아버지가 죽은 모습을 보게 된다. 뗏목 위의 생활은 한가하기도 하지만, 주로 밤에 이동해야 하고 안개 또한 이들의 항로를 방해하고 헉과 짐은 헤어지고 만나고를 반복한다. 헉은 그랜저포드 가문과 셰퍼드슨 가문 사이의 뜻 모를 잔인한 대결을 경험하고, 영국의 공작과 프랑스의 쫓겨난 왕을 자처하는 사기꾼들이 펼치는 다채로운 사기 행각에 휘말리지만, 이들을 징벌하고 선의의 피해자를 구하는 기지를 발휘한다. 이후 점차 카이로에 가까워지자 헉은 자신이 괜히 착한 왓슨 아줌마의 노예인 짐을 빼돌리는 것이 아닌가 고민하게 된다. 하지만 곧 그는 제도권 교육에 의한 양심보다는 내면의 소리에 귀 기울이면서 이런 일로 지옥이라도 가게 된다면 기꺼이 감내하겠노라 결심한다.

이후 또다시 짐을 잃은 헉은 그가 잡혀 있다는 펠프스 집안을 찾게 된다. 이곳에서 뜻하지 않게 샐리 아줌마는 헉을 톰 소여로 오인하여 집에 머물게 한다. 이내 톰이 도착하자 샐리 아줌마는 사실 톰의 이모인 것이 밝혀지고, 톰은 헉을 자신의 동생이라고 소개한다. 톰은 이미 왓슨 아줌마가 죽으면서 짐을 해방시켰다는 사실을 알고 있지만, 모험 소설의 과정에 따르는 매우 복잡한 방식을 기획한 다음 헉과 함께 짐을 탈출시킨다. 이 과정에서 톰은 부상을 당하고 짐 또한 발각되어 붙잡히는 신세가 되고 만다. 이어서 톰의 또 다른 이모인 폴리 아줌마 역시 이곳에 도착하여, 짐과 헉의 아버지에 관한 소식 모두를 전하면서 모든 사건이 마무리된다.

『월든』이 잔잔한 호수라면, 『허클베리 핀의 모험』은 굽이치는 미시시피강이다. 호수가 한 자리에 머물며 수직의 사색을 이끈다면, 강은 흘러내리는 물과 함께 수평 이동을 낳는다. 헉은 이러한 수평

---

01 윤교찬 역, 열린책들, 2010년, 142쪽

이동의 가능성을 최대화하고 터무니없이 과장해 나가지만 밉지 않은 인물이다. 제목이 말하고 있듯이, 이 소설은 주인공의 '모험'을 다루고 있고, 이러한 모험은 주로 아동문학의 소재에 해당한다. 사실 헉은 순진한 10대 초반의 어린이이다. 하지만 그가 목격하고 경험한 모험들에 대한 이 보고서는 분명 아이들을 상대하기보다는 어른들을 상대한다. 동화를 가장하여 어른들의 세계가 얼마나 위선과 부조리 그리고 폭력과 부패로 가득한지를 고발하고 있는 소설인 것이다.

앞서 디킨스에서 살핀 바와 같이, 냉혹한 현실 세계 속에서 어린이가 성인이 되어 가는 과정을 다루는 소설은 일반적으로 교양소설로 분류된다. 그러나 헉은 무수한 경험을 거치면서 주어진 현실 세계를 더 잘 이해하고 성숙해지지는 않는다. 강을 따라 다채로운 모험이 줄줄이 엮이는 까닭에, 이 이야기는 일종의 피카레스크(picaresque) 소설로 분류될 수도 있다. 하지만 16세기 이래 유럽에서 악한이나 건달을 뜻하는 '피카로'(picaro)에서 유래한 피카레스크 소설 역시 주인공의 뉘우침과 성장을 동반하는 경우가 지배적이다. 이들 기존 형식에서와 달리 헉은 거의 피터팬과 유사하게 어린 시절에 머물고자 하는 인물로 평가되기도 하지만, 동화적 인물도 아니다. 이 소설이 미국의 사실주의를 대변한다면 그것은 부단히 현실 세계와 사실을 추구한다는 의미에서이고, 그것이 추구하는 사실은 항상 미시시피강과 그에 접한 마을을 따라 전개되고 있다.

이 작품이 아동문학이나 교양소설 그리고 피카레스크 소설 등으로 정확히 분류되지 않는다는 것은 단순히 그 문학적 장르를 확정하기 위해 제기된 문제는 아니다. 여기에서 풍자와 비판의 대상이 되는 다양한 대상 가운데 하나는 익히 알려진 이야기나 진지한 문학이다. 톰 소여가 현실에서 실행하고자 하는 모험 이야기들이 그 대표적 예이다. 소설의 첫머리에서 그가 갱단을 조직하여 노상강도에 나서고자 한다거나, 마지막 부분에서 짐을 탈출시키는 과정에서 '철가면'의 경우는 이렇고 저런 방식을 택했다거나 하는 등등은 이들 기존의 이야기가 유치하고 터무니없는 차원을 갖는다는 것을 비꼬고 있다. 한층 더 압권인 장면은 세익스피어와 관련되는 사건들이다. 『로미오와 줄리엣』을 현실에서 재현하듯이 실행되는 그랜저포드 가문과 셰퍼드슨 가문 사이의 부질없는 대결 관계와 두 가문의 소피아와 하니의 사랑과 도주, 『햄릿』이나 사극을 공연한답시고 벌이는 자칭 공작과 왕의 무궁무진한 사기극 등은 문학과 현실을 혼동하는 터무니없는 행태들이다.

문학과 현실 세계를 견주어 본 결과는 '**책대로' 되지 않는 현실의 확인**이다. 이는 헉이 몸담고 있는 현실 세계는 문학 세계를 담아내기에는 너무나 척박하다는 지적이기도 하다. 그것은 실제 세계와 문학 세계가 상식에 맞지 않게 혼동되는 부조리하고 무지한 상황에 대한 비판 또한 담고 있다. 헉의 이러한 관찰은 무엇보다도 변방 세계의 문화적 궁핍함과 척박함을 보여 주고, 덧붙여 이를 극복할 수 있는 여유를 촉구하고 있는 것으로 읽힌다. 이에 따라 기존의 구태의연한 문화적 틀이 아닌 구성원들의 진솔한 마음가짐에 의해 내려진 판단들의 가치를 인정하고, 이를 실제 생활 세계에서 부단히 실천할 것이 촉구된다.

헉이 미시시피강을 따라 이동하고 끊임없이 마을을 오가는 움직임은 **현실에 안주하지 않는 '탈주'의 전형**으로서, 미국 문학에서 가장 빈번하게 등장하는 주제의 기원으로 평가받는다. 이러한 탈주에 대해 우리는 어떻든 '어디로부터 어디로' 향하는 것인지 그 방향성을 묻지 않을 수 없고, 이에 대해 '변경에서 변경으로'라고 대답할 수 있을 것이다. 역사적으로 미국의 19세기는 부단히 서부로 그 변경을 넓혀 가는 시기였다. 헉의 경험은 이 시대의 한가운데에 위치하고 있다. 이 시대의 현상은 이후 미국 역사가 터너(Frederick Jackson Turner)에 의해 주로 '프런티어'(Frontier)라는 논제로 그 의미가 확대되었고, 소위 '개척 정신'(Frontier Spirit)은 미국적 정신의 한 유형으로 정초되었다. 이 논제는 그 '개척'의 대상이 사실 황무지가 아니라 원주민과 그들의 거주지였다는 점을 부각하지 않은 채 그 근간으로 주로 개인의 진취적 용기와 자유를 거론하였다.

224

헉이 경험하는 변경에서 개인적 자유의 모습은 이러한 이론적 프레임과는 차이를 보여 준다. 그가 마주하는 것은 지리적이고도 문화적인 고립 속에서 만연한 개인과 소집단의 편협함과 진부함이다. 허무맹랑한 셰익스피어 공연을 기획하여 마을 사람들을 농락한 왕과 공작의 행태가 가능했던 것은 이들이 후안무치한 사기범이었고, 마을 주민들의 상황 역시 이들에게 속아 넘어갈 여지를 보여 주었기 때문이다. 그 책임 소재를 차치하고, 헉이 이 사기꾼들이 이르게 된 결말을 전하는 장면 또한 인간의 비인간적 면모에 관한 절절한 보고서이다.

> 마을에 도착해 한복판으로 들어가 봤더니, 한 여덟 시 반경이
> 되었는데, 한 무리의 성난 군중들이 횃불을 든 채 소리와 고

함을 지르면서 오는 모습이 보였다. 이들은 냄비를 두드리고 호각을 불고 있었다. 이들이 지나는 것을 비켜 주기 위해 한쪽으로 물러섰다가, 우리는 장대에 태운 채 끌려가는 왕과 공작의 모습을 보았다. 타르 칠을 하고 깃털로 덮여 있었지만 분명 그들이었다. 도저히 사람으로 보이지 않았고 마치 군인들의 모자에 장식하는 한 쌍의 깃털 같아 보였다. 처다보기에도 역겨울 정도였다. 나는 이 불쌍한 악당들이 애처로워 보였다. 이제 더 이상 이들에 대한 섭섭한 감정도 느낄 수 없었다. 보기도 끔찍했고, 인간이 인간에게 이렇게 할 수 있다는 것 자체가 무서웠다.[02]

왕과 공작의 악행은 분명 엄중히 처벌받아야 할 사안이었다. 그러나 이들이 몸에 타르 칠을 하고 깃털을 뒤집어 쓴 닭 취급을 당하며 끌려 다니는 모습은 단순한 유머를 넘어 피해자나 가해자 모두의 비인간적 폭력성을 적나라하게 고발하고 있다.

이러한 경험의 충격은 이 비참한 느낌을 산출하는 기준인 양심에 대해 불만을 갖게 한다. 헉은 이러한 장면이 자신에게 끼친 영향과 그 의미의 상세한 논리를 이렇게 정리한다.

나는 이전의 자신감 넘치던 생각은 다 없어지고, 내가 아무 짓도 하지 않았지만 나 자신이 비열하고 초라하다는 생각이

들었다. 인간은 늘 이런 식이다. 내가 잘했든 못했든 그건 상
관도 없다. 양심은 분별력이 없어서 무엇을 따지기 전에 그저
사람의 마음을 짓누르기만 할 뿐이다. 인간의 양심이라는 놈
보다 더 분별력이 없는 잡종견이 있다고 한다면 잡아다 그냥
독살시킬 것 같은 기분이었다. 양심이란 건 인간의 오장육부
보다 더 큰 공간을 갖고 있으면서도 아무런 쓸 데가 없다.[03]

그에게 양심이란 우선적으로 그의 마음을 짓누르는 존재로 느껴진
다. 이는 어린 그가 어른들의 세계에서 할 수 있는 일에 한계가 명확
해서이지만, 이에 못지않게 그러한 양심이 현실 세계의 수동적 규범
에 지나지 않기 때문이다. 그것은 그가 견디기 힘들어 하는 종교와
교양에 버금가는 구태의연한 틀이다.

혁이 사회적 양심의 문제를 가장 극적으로 직면하는 장면은
서두의 발췌 부분이다. 노예 해방구인 북쪽으로 가는 배를 탈 수 있
는 목적지에 접근함에 따라 혁은 정말로 짐의 도주를 도와줘야 할
지 여부를 심각하게 고민하게 된다. 짐은 어찌 되었든 왓슨 아줌마의
소유인데 자신에게 큰 손해를 끼친 적이 없는 사람에게 이렇게 손해
를 끼쳐도 되는 것인지에 대해 혁은 확신이 서지 않았던 것이다. 짐
을 이렇게 도와주어도 양심의 가책을 받고, 이와 반대로 짐을 고발해
도 또한 기분이 좋지 않을 것을 생각하니, 진퇴양난의 상황에 처한 것
으로 느껴진다. 사회적 기준에 따라 행동해도 문제이고, 이를 어겨도

03 315쪽

또한 문제인 상황에서 그는 결국 "앞으로 때에 따라 편하게 생각하기로" 결정한다. 이러한 느낌이 그가 마지막 순간에 왓슨 아줌마에게 짐의 소재를 알려 주는 편지를 썼다가 찢으면서 **"좋아, 난 지옥으로 가겠어"**[04]라고 결심하는 장면을 낳는다.

그의 결정의 근간을 따져 본다면, 그것은 이제껏 올바른 것과 올바르지 않은 것을 구별하는 기준으로서 습득된 양심이 아니라, 사안과 사안에 대한 자신의 감성이었다. 헉에게 양심은 사회적 교육에 의해 형성된 도덕적 기준이고, 감성은 인간의 가장 기초적 **느낌에 따른 판단**이라고 할 수 있다. 느낌이 양심보다 더 근저에 있는 판단력이라는 것이다. 우리로서는 헉의 이러한 구분이 과연 얼마나 타당한 것인지는 의구심을 갖지 않을 수 없다. 양심과 느낌이 이렇듯 이분법적으로 구분될 수 있는 것인지? 양심 또한 인간 내면의 한 근저가 아닐지? 게다가 느낌 역시 궁극적으로는 어느 정도 교육과 문화의 소산이 아닐지? 이러한 질문 앞에 우리는 어떻든 그가 아직 10대이고 적절한 교육 또한 받지 못한 소년임을 감안할 필요도 있다.

하지만 이는 헉의 선택만은 아니다. 그것은 작가 마크 트웨인 특유의 태도이자 지향점이기도 하다. 그가 책의 첫머리에 경고한 바처럼 헉과 이 작품을 어떤 정교한 체계 속에 이해하고자 할 때는 여러 가지 논리적 난관에 빠진다. 작품이 시작하기 전에 일찌감치 우리는 마크 트웨인 특유의 「경고문」을 먼저 만난다. "이 이야기에서 동기가 무엇인지 알려고 드는 자는 처형될 것이며, 도덕적 교훈은 무엇인지 찾으려는 자는 추방될 것이며, 작품의 플롯은 있는지 찾으려는 자는 총살당할 것이다. 지은이의 명령에 따라 군수부장 G. G."

혁의 '느낌'에 따른 결정 즉 "때에 따라 편하게 생각"하려는 태도는 그야말로 **실용주의의 본격적 시작점**으로 읽히기에 충분하다. 혁이 노예인 짐을 해방시키는 일은 그가 속한 집단의 현재 도덕 체계로는 정당화할 방법이 없었다. 또한 그는 미국의 독립선언이 거론하는 '자명한 진리'(self-evident truths)에 기대거나, 자신의 결정을 어떤 항구적이고 체계적인 진리로 설정하고 있지도 않다. 다만 이러한 현실적 결정들만이 실질적 진리일 뿐이다. 짐의 문제는 미국의 중요한 근본적 문제로 이어져 오는 **인종차별의 문제**를 가장 전형적으로 보여 주고 있다. 짐과 인종차별의 문제는 기존의 법이나 도덕 체계로는 해소할 수 없는 별도의 문제를 안고 있었다. 당대의 사회 체계를 벗어나 사건에 충실하는 개인적 탈주가 인종 문제와 같은 사회의 근본적 모순을 해결하였다고는 할 수 없다. 이것은 혁의 건전한 마음의 결정과 실용주의가 갖는 의의이자 한계임이 분명하다.

혁의 결정이 시사하는 바는 일차적으로 지리적이고도 문화적인 변경 지대의 삶이 개척이나 용기 그리고 개인적 자유의 추구와 그다지 관련이 없다는 것이다. 하지만 혁 역시 변경의 인물이다. 혁은 변경의 현재를 진단하고 그에 필요한 개인적 마음가짐과 행동 그리고 문화에 대한 진정한 재점검을 촉구하는 존재이다. 미국 문학에서의 주인공의 탈주는 항상 당면한 현실로부터의 도주이면서도, 떠나오거나 떠나고자 하는 현실에 대한 비판과 함께 그 갱신을 촉구하는 움직임이라는 것을 알 수 있다.

뉴욕과 유럽을 주 무대로 하고 있는 제임스(Henry James)의 『여인의 초상(*The Portrait of a Lady*)』(1881)과 워튼(Edith Wharton)의 『순수의 시대(*The Age of Innocence*)』(1920)는 사실주의 문학의 넓은 폭을 보여 준다. 제임스의 소설은 그 스타일과 분량에 있어 부담스러운 것이 사실이어서, 중편 『데이지 밀러(*Daisy Miller*)』(1879)를 먼저 권하고 싶다. 사실주의에 이어지는 자연주의는 인간의 삶이 주체적이기보다는 단지 냉혹한 환경 조건과 자연에 의해 좌우되는 모습을 그려 낸다. 드라이저(Theodore Dreiser)의 『시스터 캐리(*Sister Carrie*)』(1900)와 잭 런던(Jack London)의 단편들을 추천한다.

5. 로버스 프로스트(Robert Frost)(1874–1963)
「눈 오는 저녁 숲가에 멈춰 서서("Stopping by Woods on a Snowy Evening")」(1923)

월러스 스티브즈(Wallace Stevens)(1879–1955)
「아이스크림의 황제("The Emperor of Ice-Cream")」(1923)

—냉혹한 자연과 물질 세계, 그리고 인간

230

「눈 오는 저녁 숲가에 멈춰 서서」	"Stopping by Woods on a Snowy Evening"
이 숲 누구 것인지 나는 알 것 같네.	Whose woods these are I think I know.
그렇지만 그의 집 마을에 있어,	His house is in the village though;
자기 숲이 눈 덮이는 것 보려고	He will not see me stopping here
내가 여기 멈춰 선 것 알지 못하리.	To watch his woods fill up with snow.
내 순진한 말은 분명 이상히 여기리,	My little horse must think it queer
한해 중 가장 어두운 날 저녁	To stop without a farmhouse near
숲과 얼어붙은 호수 사이	Between the woods and frozen lake
근처 농가 하나 없는 곳에 멈추는 것을.	The darkest evening of the year.

뭐가 잘못되었나 묻기라도 하듯   He gives his harness bells a shake

말은 몸 흔들어 종소리 내고,   To ask if there is some mistake.

들리는 것이라곤 무심히 지나는 바람과   The only other sound's the sweep

솜털 같은 눈송이 스치는 소리뿐.   Of easy wind and downy flake.

숲은 사랑스럽고, 어둡고, 깊지만,   The woods are lovely, dark and deep,

내게는 지켜야 할 약속이 있네   But I have promises to keep,

잠들기 전 가야 할 먼 길이 있네   And miles to go before I sleep,

잠들기 전 가야 할 먼 길이 있네.   And miles to go before I sleep.

「아이스크림의 황제」   "The Emperor of Ice-Cream"

큼직하게 여송연 마는 자,   Call the roller of big cigars,

근육질 남자를 불러   The muscular one, and bid him whip

부엌 들통에 호색적 응유(凝乳)를 휘   In kitchen cups concupiscent curds.

젓게 하라.

계집애들은 늘 입는 옷 입은 채   Let the wenches dawdle in such dress

빈둥거리게 놔두고, 사내 애들에겐   As they are used to wear, and let the boys

지난달 신문으로 꽃을 싸 오게 하라.   Bring flowers in last month's newspapers.

있는 것이 보이는 것을 끝장내게 하라.   Let be be finale of seem.

유일한 황제는 아이스크림의 황제이니.   The only emperor is the emperor of ice-

cream.

유리 손잡이가 세 개나 빠진

싸구려 서랍장에서

그녀가 한때 공작 꼬리 수놓은 이불 꺼내

그녀의 얼굴 위로 펼쳐 덮어라.

뿔같이 굳은 발은 비어져 나와

그녀가 얼마나 말도 없이 싸늘한지

보여 주겠지.

등잔을 켜 이 모든 걸 비춰라.

유일한 황제는 아이스크림의 황제이니.

Take from the dresser of deal,

Lacking the three glass knobs, that sheet

On which she embroidered fantails once

And spread it so as to cover her face.

If her horny feet protrude, they come

To show how cold she is, and dumb.

Let the lamp affix its beam.

The only emperor is the emperor of ice-

cream. [01]

「눈 오는 저녁 숲가에 멈춰 서서」

수많은 영미 시 가운데 1923년에 발표된 두 편을 선택하였다. 영국 문학이 세계 문학에서 차지하는 일정한 비중이 있다면, 영국 시가 이에 기여하는 바는 상대적으로 크다고 할 수 있다. 특히 워즈워스 등으로 대표되는 영국 낭만주의 시는 세계 문학사에 가장 뚜렷한 위치를 갖고 있다. 이에 비해 상대적으로 미국과 같은 국가에서 문학의 위상, 특히 시의 존재는 일반인에게는 매우 생소한 것으로 여겨질 것이다. 하지만 미국에서 단지 실용적 분야만 활발한 성취가 있는 것

01 로버트 프로스트 외, 『가지 않은 길: 미국 대표 시선』, 손혜숙 편 및 역, 창비, 2014년. 77 & 89-90쪽.

은 아니다. 미국의 인구 대비 시인의 숫자는 여느 나라에 못지않으며 이들이 특히 20세기에 이룬 성과는 세계 문학에서 점점 더 그 가치를 인정받고 있다.

시가 일반인의 문화생활에서 차지하는 비중이 점차 축소되고 있는 것이 사실이다. 미국에서 2015년도에 행해진 한 조사에 따르면, 일반인이 1년에 한 번이라도 접한 문화 매체로는 단연 영화가 전체의 약 60%를 기록하고 있다. 그 다음으로는 소설로 45%였지만, 시는 10% 미만에 위치하고 있고 더구나 지속적으로 감소하고 있다. 문학 가운데 이렇듯 소설에 비해 시가 일반인의 관심을 끌지 못하는 이유는 분명한 것 같다. 시는 항상 우리에게 쉽게 다가오기보다는 생경하고 이해하기 쉽지 않다는 점이 그것이다.

앞에 선택한 두 편의 시 역시 쉽지 않다. 그래도 프로스트의 시는 이해하기 쉬운 편으로 우리가 접할 기회가 더 많은 경우이다. 그의 시가 쉽다는 것은 표면적 내용에서이고, 그 내면에 담겨 있는 메시지를 생각해 보기 시작하면, 그의 시 역시 결코 녹록지 않다는 것을 절감하게 된다. 프로스트의 경우와 달리 스티븐즈 시는 표면적 차원에서도 그 의미를 헤아리기가 쉽지 않다. 하지만 스티븐즈 시에 보이는 단어들의 이 낯선 배치는 막연하게나마 어떤 느낌으로 다가오는 것 또한 사실이다. 시는 읽는 이의 매우 의식적인 시간과 노력을 요구하지만, 그 질적 깊이로 인해 시의 양적 부피는 무게감을 더하고 읽기에 소요되는 수고에 보답하는 장르이다.

프로스트의 「눈 오는 저녁 숲가에 멈춰 서서」는 시인이 어느 겨울 저녁에 말을 타고 어딘가에서 집으로 향하는 길에 잠시 멈추어

눈 덮인 경치를 바라보는 경험을 전한다. 그가 멈춰 선 곳은 자신의 소유가 아니라 마을의 다른 사람의 것이다. 그렇다고 하여 이 숲의 주인은 자신이 이렇게 잠시 멈추어 눈 덮인 숲을 감상하는 것을 탓하지 않을 것이고, 아마도 그는 자신의 소유지를 이렇듯 감상하지도 않는 사람인 것으로 여겨진다. 깊어 가는 밤 추운 눈송이가 스쳐 내리는 숲과 얼어붙은 호수 사이를 지나가던 중, 그는 문득 말을 멈춘 것이다. 아직 갈 길이 멀고 인가도 없는 이곳에 발을 멈춘 주인의 행동이 의아해 말은 몸을 흔들어 종을 울린다. 이 추운 한밤에 그가 잠시 말을 멈춘 것은 숲이 사랑스럽기 때문이었다. 하지만 그는 무심한 바람과 눈 내리는 소리만이 들리는 숲의 아름다움을 잠시 감상할 수 있을 뿐, 더 이상 지체하거나 머물지는 못하고 다시 마을로 향한다. 밤은 더 깊어 가고 갈 길은 멀기 때문이다.

일반적으로 도시 문명의 화려함으로 더 잘 알려져 있지만, 미국을 처음 방문한 사람들 가운데는 의외로 자연을 더 인상적인 것으로 언급하는 경우가 많다. 미국은 인구에 비해 상대적으로 매우 넓은 대지와 자연을 갖는 국가이고, 자연은 특히 잘 보전되고 있다. 물론 여기에도 원주민들의 슬픈 역사와 고난이 새겨지는 과정이 함께 했다는 점을 놓칠 수는 없다. 이는 자연 또한 자연스러운 것이 결코 아니라는 교훈을 되새기게 한다.

프로스트는 주로 자연 세계 속에 거주하면서 자연의 순환과 그 교훈을 노래하는 소위 '자연 시인'으로 알려져 있다. 그러나 그의 자연은 전 시대 낭만주의 시인들이 동경하고 귀의하고자 한 자연과 차이를 갖는다. 그는 비록 자연을 노래하고 있지만 20세기의 시인이다. 이런 점에서 "이 숲 누구 것인지 나는 알 것 같네"라고 시작하는 시의 첫머리는 낯설지만 큰 의미를 담고 있다. 과장해서 말하자면 그는 자연 또한 인간관계, 구체적으로 소유관계, 속에 있음을 무엇보다 먼저 확인하고 있다. 이런 까닭에 그는 이곳을 무단횡단 하고 잠시 머무는 것을 망설이며 이를 변호하는 모습을 보이고 있는 것이다. 그역시 이러한 사회 구도에서 완전히 예외적인 존재가 아닌 것을 항상 기억하고 준수하고자 하면서, 잠시 동안 자연의 장엄함을 감상한다. 그러나 이내 그가 스스로에게 촉구하는 것은 어떻든 이 자연 세계는 단지 다른 사람의 소유여서만이 아니라 그 냉혹함으로 인해 오래도록 머물 수 있는 공간은 아니라는 점이다.

　　프로스트의 자연은 인간이 마주하는 공간으로 그것은 주로 인간과의 상호관계에서 파악되고, 특히 이는 교감의 차원보다는 상호 침투 또는 인간적 노동의 대상의 성격을 갖는다. **자연은 분명 깊이를 알 수 없는 무심함 속에 매혹적인 존재이지만 동시에 두려운 존재이다.** 인간 세계에 최대한 순치되었지만 그래도 자연 세계의 원리를 더 잘 알고 있을 말마저 종소리를 내며 이러한 풍경에 매혹되는 주인에게 경고를 보낸다. 시인이 '지켜야 할 약속'은 구체적이기보다는 인간 세계가 우리에게 부여한 원칙들 즉 삶에의 의지일 것이다. 또한 그가 약속을 거론하는 것은 더 이상 멈춰 서 있지 않고 자신의 갈 길을 가기 위해 소환한 핑계일 것이다. "잠들기 전에 가야 할 먼 길이 있네"라는 후렴은 분명 서정시적인 운치를 산출한다. 이는 단지 우리의 삶과 시에 자연스러운 리듬감을 회복하기 위한 장치만은 아니다. 그것은 자신의 마음을 다잡기 위해 이러한 서정적 조건을 불러들이고 강조하고 있는 것으로 읽힌다. 프로스트에게 자연은 가까이 할 수도 또 멀리 할 수도 없는 존재이다. 시인이 먼 길을 가 자야 할 집과 그곳에서 약속된 일상이 구체적으로 무엇일까는 이 번역본에 실린 프로스트의 다른 시들이 전하고 있다.

「담장 고치기("Mending Wall")」와 「사과 따기 끝낸 후("After Apple-Picking")」는 겨울 동안 무너져 내린 담장을 고치고, 가을철 사과를 수확하는 모습을 이야기한다. 그것은 단지 담과 사과를 노래하기보다는 담을 고치고 사과를 수확하는 노동의 수고가 갖는 의미를 그려 내고자 한다. 봄날에 담장을 고치는 일은 매년 반복되어야 할 노동이다. 자연은 땅을 부풀리고 녹여 담장을 무너뜨리고 시인과 그 이웃은 정례적으로 담을 수리하러 나서야 한다. 여러 모양의 돌들을 균형을 맞춰 쌓아야 하는 일은 힘이 들고, 손가락은 거칠게 닳아 간다. 그럼에도 그의 이웃은 조상 대대로 내려오는 가훈인 양 "좋은 담이 좋은 이웃을 만들죠"라는 말을 반복한다. 이러한 조언은 시인을 더욱 고심하게 한다. 이웃의 우직한 말은 인간 사회의 진실을 담고 있다. 최소한 담을 쌓는 일로 인해 두 이웃은 겨울을 잘 지냈는지 서로의 안부를 확인하고 잠시나마 마주할 수 있는 기회를 갖는다. 담이 반드시 사람과 사람 사이를 갈라놓는 것만은 아니라는 것 또한 알려 준다. 사람 사이의 적절한 거리감이 오히려 친밀감을 침해하지 않고 유지하는 기제이기도 하다는 지혜가 그것이다.

시인은 이웃의 지혜에 동의한다. 하지만 이런 일을 반복하게 하는 자연과 인간 세계를 이렇게 받아들일 수밖에 없는 상황에 대해 자기 위로가 필요하다는 느낌은 피할 수 없다. 인간이 결국 자연의 일부라는 인식과 자연으로부터 벗어날 수밖에 없다는 인식 사이의 갈등과 망설임 속에 이 시는 자연에 대해, 그리고 그에 대처하는 인간의 지혜에 대해 느끼는 무기력과 무의미를 드러낸다. 이런 가운데 인간은 자신의 삶을 영위하기 위해 힘든 노동을 해 나가야 하고, 시인은 그러한 고단한 노동에 대해 자신만의 의미와 최소한의 위안을 모색한다. 「사과 따기 끝낸 후」에서도 시인은 수확 작업의 고단함을 위로하는 휴식이 과연 진정한 위로일지 다시금 의문에 직면한다. 그럼에도 그는 다음 봄이 오면 담장을 고치고 사과나무를 살피러 나설 것이 분명하다.

우리에게 가장 잘 알려진 프로스트의 시는 단연 「가지 않은 길 ("The Road Not Taken")」이다. 표면적으로 이 시는 숲속에 두 갈래 길이 있었고 자신은 어떻든 한쪽 길을 택할 수밖에 없었지만 이후 그 선택으로 삶의 모든 것이 달라졌다는 내용을 담고 있다. 숲속의 두 길은 인간 삶의 여정과 그것이 항상 직면하는 필연적 선택을 보여 주는 은유이다. 숲으로 난 길이 적절한 은유일 수 있는 것은 일차적으로 인간의 삶이 여행에 비유될 수 있기 때문일 것이다. 더 나아가 자연 세계 속 숲길에 비유되는 인간의 삶은 자연의 원리 가운데 능동적으로 하나를 선택할 수 있는 모습과 함께 그러한 선택의 폭이 지극히 한정되어 있다는 관찰 또한 담아내고 있다. 인간의 삶은 자연으로부터 벗어나 나름의 자유로운 선택을 구가하고자 하지만, 자연의 조건으로부터 완전히 벗어나는 것은 불가능하다는 인식인 것이다. 따라서 이 시의 제목을 달리 표현하자면 그것은 "가지 못한 길"이라고 할 수 있다. 여기에서의 자연은 인간에게 주어진 세계이자 한정된 선택지이고,

이런 가운데 인간이 비록 선택하였다고는 하지만, 그러한 선택의 힘을 명백히 가늠하거나 확정할 수 없다는 느낌은 지워지지 않는다. 그렇다 해도 인간의 삶이 전적으로 자연에 종속되어 있다고 말하는 것 또한 아니다. 프로스트의 인간은 이렇듯 자연의 원리와 스스로의 원리가 서로 맞닿은 경계선 위에 있는 존재로 파악된다.

그래서 또 다른 시에서 프로스트는 인간이 단지 사물의 흐름에 따르는 것은 스스로의 마음에 역행하는 것일 수 있다고 말한다. 자신은 비록 자연 속에서 노동을 해야 하는 존재이지만 "나의 두 눈이 하나의 시선으로 모아지듯이 나의 삶에 있어 목표는 나의 소일과 소명을 하나로 모으는 것이다"("My object in living is to unite / My avocation and my vocation / As my two eyes make one in sight")라고 말한다. 달리 말하자면 자신이 **하고자 하는 일**(avocation)**과 해야 할 일**(vocation)**이 일치하도록 노력**하는 것이다. 이는 손쉽게 성취될 수 있는 목표는 아니다. 프로스트는 인간과 자연 세계 사이의 만남과 괴리에서 기쁨과 위로 그리고 우수와 고뇌의 지속을 전하고 있다.

「아이스크림의 황제」

「아이스크림의 황제」는 매우 구체적인 주문으로 시작한다. 쿠바 등 남미에서 시가(여송연)를 마는 사람의 이미지는 대개 민소매 차림에 땀을 흘리며 일하는 모습이다. 더위 속에서 시가를 마는 일은 의외로 힘든 일이지만, 근육을 드러낸 채 큼직하고 향기로운 시가를

마는 남자는 성적 호감을 불러일으키기에도 충분하다. 응고된 우유
는 이런 남자를 불러 저어야 할 정도로 두텁고 그 양 또한 많다. 전체
적으로 이 시는 그 소리 자체에도 귀 기울이게 되고, 특히 일련의 거
친 소리("In kitchen cups concupiscent curds") 또한 이 힘센 남자의 울퉁불퉁
한 근육과 그 힘 그리고 노동의 진면목을 더한다.

　　이런 가운데 여자 아이들은 내버려 두고 사내 아이들에게는
꽃을 들고 오도록 한다. 그것은 날짜가 지난 신문에 싸인 것이어서
어떤 초라함과 씁쓸함이 위로와 함께한다. 이 모든 것의 맥락은 분명
치 않다. 이 구체적 모습들이 어떤 분위기를 전하는 데 기여하고, "있
는 것이 보이는 것을 끝장내게 하라"는 주문이 이 모습들의 의미를
정리하고 있지만, 그 추상적 수준으로 인해 전체적 맥락은 여전히 쉽
게 파악되지 않는다. 이에 덧붙여 "유일한 황제는 아이스크림의 황제
이니"는 우리의 이해와 당혹감을 반분한다. 이것이 구체적으로 더해
주는 정보는 앞의 근육질 남자가 힘들게 만들고 있는 것이 아이스크
림이라는 정도이다.

　　두 번째 연으로 이어지면서 당면한 사안은 조금 더 가늠이 가
능해진다. 낡고 초라한 서랍장과 이불은 빈곤한 살림을 짐작하게 하
더니, 마침내 이들은 싸늘한 시신으로 변한 여인의 소유였고, 이 모든
일은 그녀의 장례식을 준비하기 위한 첫 모습이라는 것을 알게 한다.
시인은 우리로 하여금 이불이 그녀의 몸을 가릴 정도의 길이도 되지
못한 곤궁함과 시신의 싸늘함을 환한 등불 아래 보고 느끼도록 하면
서 "유일한 황제는 아이스크림의 황제"라는 명제를 다시 한번 되새기
도록 한다.

이 시는 한 여인의 죽음과 그 장례식을 준비하는 장면으로 파악된다. 우리는 이 시가 "있는 것이 보이는 것을 끝장내게 하라"는 주문과 "유일한 황제는 아이스크림의 황제"라는 확인을 통해 삶에서 장식적인 모든 것이 제거되는 죽음에 주목하고 있음을 알게 된다. 권위 높은 황제 또한 죽음과 함께 사그라질 존재에 불과하다. 아이스크림의 황제는 세계의 원리가 모든 허상을 끝장내는 모습을 보여 주고 있는 것인가? 이러한 결론이 죽은 여인에게 어떠한 위로가 될 것인가? 우리는 그녀의 죽음에서 인간의 죽음에 대한 일반적 교훈을 이끌어내는 것에 그치는 것인가? 결국 모든 권력자나 시 역시 아이스크림의 황제나 아이스크림의 시에 불과한 것인가?

스티븐즈는 프로스트에 비해 우리에게 생소한 시인이다. 자신들의 생각을 담아내는 데 있어 프로스트가 서정시 형식 속에 일상적 언어를 구사하고 있다면, 스티븐즈는 훨씬 더 현대적인 형식 속에 매우 감각적인 언어와 추상적 사유를 교직한다. 사실, 스티븐즈는 스스로의 삶에 있어서도 매우 다른 양상을 병행한 시인이었다. 그는 오랫동안 보험회사에 근무하면서 부사장까지 오르는 가운데 계속 시집을 출간하였지만, 주변의 지인들은 그가 시인인 줄은 전혀 모를 정도였다. 생활인으로서의 모습과 달리 그의 시는 모더니스트 가운데서도 유독 더 난해하기로 유명하다.

시의 소재와 주제 측면에서도 프로스트에 비해 스티븐즈는 자연 세계에 인접한 생활보다는 도시를 포함한 세속의 대상과 사태를 관찰하면서 사물 세계의 면모를 궁구하고자 노력한다. 특히 스티븐즈의 시는 평범한 사물에 상상력을 동원하여 그 의미를 창출하는 한편, 그럼에도 끝내 범접할 수 없이 엄존하는 사물 세계의 논리 또한 확인하는 모습을 보여 준다. 그것은 시가 상상력을 통해 척박한 인간의 삶에 기여할 수 있다는 믿음을 실천하면서도, 당면한 세계의 냉혹한 존재 논리를 지속적으로 재확인한다. 이 번역본에 함께 실린 「검은 새를 보는 열세 가지 방법」("Thirteen Ways of Looking at a Blackbird")은 그가 관심을 갖는 인식론적 측면을 대표하는 시이다. 결코 쉽지 않은 이 시는 인간의 인식이 사물과 사태를 다양하게 변주할 수 있다는 점을 강조한다. 이를 통해 인간은 외부 세계를 자신이 인식론적으로 거주할 수 있는 편안한 문화적 공간으로 부단히 변모시키며 살아간다. 인간의 문화적 행위들은 모두 이러한 인식론적 변주 행위이고, 시는 이러한 변주의 대표이자 가장 높은 단계로 파악된다. 이런 까닭에 시는 주로 세계 내에 위치한 인간의 마음의 움직임을 포착한다.

매우 거칠게 개괄하자면, 그의 시는 **사물 세계에 대한 인식론에서 물자체로서의 존재론으로** 옮아가고 있다고 할 수 있다. 스티븐즈는 자신의 시가 갖는 인식론적 작업을 '**최상의 허구**'(a supreme fiction)를 구축하기 위한 것이라고 설명한 바 있다. 이는 주어진 물자체적 현실 세계에게 인간적 의미를 부여하려는 노력을 요약한다. 여기에서는 비록 그러한 작업의 결과물로 얻어진 의미가 허구에 불과할지라도, 인간의 문화는 이를 정교하게 구축하고 그것에 의존해 살아 나갈 수밖에 없다는 것이 강조된다.

그는 이와 동등한 차원에서 인위적으로 착색되지 않은 견고한 사물 자체의 엄존함을 망각하지 않으면서 이를 "**사물에 대한 관념이 아닌 사물 자체로**"(not ideas about the thing but the thing itself)라고 설명한다. 그의 생애 마지막 순간에 일생 동안의 시를 간추려 모은 전집(*The Collected Poems of Wallace Stevens*)(1954)의 큰 목차는 주로 그동안 발표된 시집의 순서와 제목을 사용하고 있는데, 그 흐름은 그의 관심사의 추이를 보여 준다. '손풍금'(Harmonium), '질서의 관념'(Ideas of Order), '세계의 파편'(Parts of a World), '가을의 여명'(The Auroras of Autumn), 그리고 '바위'(The Rock) 등으로 이어지는 순서는 일상적 사물 세계를 상상을 통해 변주하고 질서를 부여하려는 노력과 함께, 이러한 인식론적 노력에도 불구하고 남아 있는 파편, 그리고 여름이 지나 가을이 다가오면 드러나는 견고한 바위와 같은 사물의 세계로 이어지고 있다.

　　이는 물론 스티븐즈의 일생에 있어 시의 무게중심이 인식론적 차원에서 존재론적 차원으로 이동하고 있다는 것은 아니다. 오히려 더 정확한 진단은 그 상대적 무게 정도라 할 수 있을 뿐, 이 두 측면은 그의 전후기 시 모두에서 부단히 함께하고 있다. 가장 초기 시에 해당하는 「눈사람("The Snow Man")」[02]에서 시인은 겨울 소나무와 서리를 응시하려면 "겨울의 마음"을 가져야 한다고 하면서, 우리의 상상력을 작동시킬 것을 주문하고 있다. 인간의 마음은 단지 있는 것만이 아니라 "거기 없는 무(無), 거기 있는 무(無)" 모두를 상정해야 한다는 것이다. 하지만 이러한 주문은 단지 상상력의 작동만을 요구하고 있는 것 같지는 않다. 그것은 이와 동일한 차원에서 그 배면에 우리의 사유 작업으로는 닿지 않는 곳에 대한 겸손한 인정 또한 동반해야 한다는 주문이기도 하다. 이러한 차원은 최종적으로 그의 마지막 시로 여겨

02　87-8쪽

지는 「단지 있다는 것("Of Mere Being")」[03]으로 귀결된다고 할 수 있다. 그러나 바로 이 시에서도 이러한 단일한 구도를 또다시 허용하지 않는 측면을 언급하지 않을 수 없는데, 그것은 이 시가 '단지 존재하는' 새와 야자수와 바람을 노래하고 있지는 않다는 것이다. "야자수에 황금 깃털 새 한 마리 / 인간적 의미 없이, 인간적 감정 없이 / 낯선 노래 부른다"라는 서술은 단지 세계의 존재를 있는 그대로 수용한다고 할지라도, 그것은 최소한 인간의 인식 자체가 갖는 의미와 의의를 완전히 배제하고 있지는 않다.

스티븐스 시에서 인식론과 존재론은 끝까지 끊임없는 순환을 통해 서로의 정당성을 높이고 있다고 해야 할 것이다. 「아이스크림의 황제」 역시 이에 해당한다. 빈한한 살림살이 속에 생을 마감한 여인의 초라한 장례식이지만, 이를 위해 전혀 다른 일을 하고 있는 근육질 남자를 부르고, 아이들이 오가게 내버려 두는 가운데, 비록 날짜가 지난 신문에 감쌌지만 소년들이 꽃을 바치도록 한다. 그렇지만 현실을 장식하고 위로하는 서사는 이 죽음이라는 엄연한 사태를 감추거나 왜곡해서는 안 되고 또 그렇게 할 수도 없다. 여인이 평소에 아끼고 사용했을 모든 것들도 그녀의 죽음을 감추지 못한다. 이에 덧붙여 여인의 죽음을 애도하는 여러 조치들이 동원되지만, 이들 모두는 죽음 그 자체를 조금도 거역하지 못하는 수사에 불과하다는 허망함이 여기에 함께한다. 이러한 상황에서 우리가 할 수 있는 것은 등잔불을 켜고 이 죽음을 직시하는 것, "있는 것이 보이는 것을 끝장내게 하라"(Let be be finale of seem)는 것이다.

　　이 시의 결론은 어떻든 **"유일한 황제는 아이스크림의 황제"**라는 명제이다. 겨울처럼 모든 장식을 걷어 낸 싸늘한 시신에게 물질적 법칙을 통해 연계된 것이 아이스크림이다. 그러나 아이스크림은 물리적 법칙 속에서 가장 문화적인 차원으로 격상된 존재로서, 겨울의 원리를 담은 여름의 품목으로 사랑받는다. 아이스크림 자체는 감각적 헤도니스트가 즐기는 은유가 되기에 충분하다. '아이스크림의 황제'는 사물 세계로 귀의하는 우리의 삶을 직시하도록 하고, 그 냉혹함은 우리의 삶에 대한 조언으로 작동한다. 앞의 프로스트의 경우에도 그렇듯, 시적 장치로서의 후렴은 일반적으로 우리 내면의 안정감을 회복시키는 장치로도 알려져 있다. 그것은 거친 리듬 속에 반복되는 조언 또한 최고의 허구일지 모르지만 이러한 사물화 과정과 시적 과정의 교직과 반복이 바로 인간 삶의 과정이라고 설득한다.

　　스티븐즈의 시는 자연 세계를 넘어 물질 세계의 원리로 향한다. 그렇지만 그에 대한 우리의 상상과 허구는 지속된다. 비록 그것이 **상상적 허구일지라도 우리의 삶은 잠정적으로 이에 기초할 수밖에 없다.** 그것은 미국적 실용주의의 시적 표현이기도 하다. 그리고 그것은 실용주의 의의이자 한계를 보여 주면서, 세계와 인간 삶의 기쁨과 우울을 담고 있다. 스티븐즈의 시가 이루어 낸 최상의 허구는 치밀한 사상적 논리와는 결이 다른 느낌과 경험으로 우리를 이끈다.

이 두 시인보다 앞선 19세기 후반의 시인 디킨슨(Emily Dickinson)의 시를 권한다. 더불어 프로스트와 스티븐즈의 동시대인으로 영국의 시인이 된 엘리엇(T. S. Eliot)의 시 가운데 「J. 알프레드 프루프록의 연가("The Love Song of J. Alfred Prufrock")」(1915)와 「황무지("The Waste Land")」(1922) [어떤 학생이 '쓰레기 장'이라 번역했다는 이야기를 들은 바 있다]는 모더니즘의 전형이다. 미국의 삶은 자연과 사물과의 관계 속에서만이 아니라 한층 사회적 현실계 속에 있다. 이는 이 번역본에 실린 휴즈(Langston Hughes)와 송(Cathy Song)의 시에서도 확인된다.

6. F. 스콧 피츠제럴드(F. Scott Fitzgerald)(1896-1940)

『위대한 개츠비(The Great Gatsby)』(1925)
—미국의 꿈, 좌절 속에 지속되는 신화

인간의 행위는 단단한 바위 같은 것이나 물이 가득한 습지 같은 데 그 기반이 있지만, 어느 단계가 지나면 그 행위의 기반이 어디 있느냐는 세상 사람들의 관심 밖에 있게 마련이다. 지난 가을 동부에서 고향으로 돌아온 후 나는 이 세상이 군인처럼 제복을 갖춰 입고, 영원히 도덕적인 '차렷' 자세를 취했으면 좋겠다고 생각했다. 사람들의 마음속을 들여다보는 특별하지만 번잡한 일탈은 더는 하고 싶지 않았던 것이다. 단, 이 책의 제목이 된 개츠비란 인물만은 예외다. 개츠비는 내가 대놓고 경멸하는 모든 것을 대변하는 존재였다. 그러나 인간의 성격이란 것이 성공적인 제스처의 연속이라면, 그에게는 뭔가 멋진 게 있었다. 마치 1만 5천 킬로미터 밖에서 발생한 지진을 계측하는 저 정교한 지진계에 연결된 것처럼, 그의 내면에는 인생의 가능성을 감지하는 고도의 감수성이 내재되어 있었다. 그의 이런 감수성은 '창조적인 기질'이라는 이름으로 미화되는 저 구태의연한 감수성과는 전혀 다른 것이었다. 희망을 포기하지 않는 비상한 재능, 일찍이 어느 누구에게서도 본 적이 없었던, 앞으로도 영원히 보지 못할 낭만적인 감수성이었다. 그래, 결국 개츠비가 옳았다. 내가 사람들의 쓰라린 슬픔과 숨 가쁜 환희에 잠시나마 흥미를 잃어버린 이유는 바로 개츠비를 삼켜 버린 것들, 그의 꿈이 지나간 자리를 떠도는 더러운 먼지 때문이었다.[01]

줄거리

이야기를 전하는 닉 캐러웨이는 중서부의 부유한 명문가 출신으로 자신의 고향이 변두리에 지나지 않다는 생각에 세계의 중심에서 증권업을 해 보고자 1922년 뉴욕에 도착한다. 그가 거처를 마련한 곳은 뉴욕에서 동쪽으로 좀 떨어진 작은 만을 접한 웨스트에그 지역이었다. 이곳은 상대적으로 신흥부자들의 거주지라면, 만 건너편의 이스트에그는 전통적 상류층의 거주지였다. 그는 이스트에그에 거주하는 사촌인 데이지와 톰 뷰캐넌의 집을 방문한다. 이들 부부는 물려받은 재산으로 전 세계를 돌아다니며 여유롭게 살지만, 데이지는 삶의 안정감을 잃어 가고, 톰은 내연녀 머틀과 수시로 연락을 하며, 이들의 지인인 프로 골퍼 조던은 경기에서 부정직한 행위를 했다는 소문이 있었다.

01 한애경 역, 열린책들, 2011년, 12-3쪽

이후 닉은 톰과 기차로 뉴욕으로 향하던 중 머틀을 만나게 된다. 그녀는
재와 쓰레기로 가득한 지역에서 자동차 정비업을 하는 윌슨의 부인으로, 이
들 셋은 뉴욕의 아파트에 도착하여 이런저런 사람들을 불러 술파티를 벌인
다. 그해 여름 내내 주말마다 닉의 이웃 개츠비의 저택에서는 엄청난 규모의
파티가 벌어지지만, 정식으로 초대받기보다는 오히려 우연히 들른 사람들이
대부분이었다. 손님들은 개츠비가 유럽 귀족의 자손이라거나 스파이라거나
살인자라는 등등의 소문을 나눈다. 재즈가 연주되는 가운데 닉은 개츠비를
마주한 뒤 그의 미소에 특히 끌리게 되고, 그후에도 그는 개츠비와 몇 번 만
나게 된다. 개츠비는 자신이 중서부의 부유한 자손으로 전쟁에서 공을 세워
훈장을 받았다고 자랑하지만, 그가 도박이나 사기를 일삼는 부정한 무리들과
어울리는 것 또한 분명했다.

개츠비는 닉에게 데이지가 자신의 집을 방문할 수 있도록 해 줄 수 있는
지를 타진해 온다. 이 과정에서 그는 개츠비가 장교이던 5년 전 켄터키의 루
이빌에서 데이지와 사랑에 빠졌지만 헤어지고, 그녀는 부유한 남자인 톰과
결혼하게 되었다는 것을 알게 된다. 마침내 자신을 찾은 데이지에게 개츠비
는 저택을 자랑하고, 데이지는 이 모든 것에 감탄해 마지않는다. 닉이 점차
개츠비의 또 다른 실체에 대해 알아 가게 되는 가운데, 개츠비는 과거를 되
돌려 이번에는 데이지와 결혼할 수 있길 바라는 마음을 닉에게 내비친다. 무
더운 여름 날씨를 피해 닉과 개츠비 그리고 데이지 부부는 뉴욕의 한 호텔을
찾는다. 여기에서 개츠비는 데이지가 자신을 떠난 이유가 단지 가난 때문이
었고 지금도 서로 사랑한다고 공언한다. 하지만 정작 데이지는 개츠비와 톰
모두를 사랑한다고 말한다.

이들이 돌아오는 길에 머틀은 톰이 운전하고 있다고 착각한 노란 차에

뛰어들어 죽음을 맞는다. 정작 이 차를 운전한 것은 데이지였지만, 윌슨은 개츠비가 운전했다고 오해하여 그를 살해한다. 닉은 개츠비의 장례식을 치르는 가운데 여러 사람에게 연락을 한다. 하지만 어느 누구도 참석을 원치 않았고, 데이지와 톰 또한 아무 소식도 없이 사라져 버린다. 신문에서 소식을 듣고 찾아온 단 한 사람은 개츠비의 아버지였다. 초라한 행색의 아버지는 아들의 근면과 성공을 자랑스러워한다. 이후 닉은 동부에서의 생활을 접고 다시 서부로 돌아온다.

개츠비는 소위 '**미국의 꿈**'(American Dream)과 거의 동의어로 통용되어 왔다. 미국에서는 모두가 스스로의 능력에 따라 한층 나은 삶과 부를 이룰 수 있다는 것이 미국의 꿈이다. 여기에는 개인의 성실하고 정직한 노력이 왜곡되지 않고 그 결과에 반영될 수 있는 기회가 많고 공정성이 확보된 곳이 미국이라는 굳은 믿음이 함께한다. '미국의 꿈'이라는 표현 자체는 1931년에 애덤즈(James Truslow Adams)가 대중화시킨 것이지만, 이미 그 이전에 이러한 내용은 널리 신봉되고 진작되었다. 개츠비의 이전 세대 그리고 서부의 사람들은 특히 이러한 '건전한' 믿음에 대한 신뢰가 더욱 강했던 것으로 보인다.

개츠비의 죽음에도 불구하고 그의 아버지는 "자기 아들과 아들이 소유한 재산에 대한 자신의 자부심"에 어떤 손상도 받지 않는다. 그는 개츠비의 '멋진 장래'와 '성공'을 확신했던 이유로 아들이 책 뒷장에 적어 놓은 하루 일정표를 든다. 그것은 "기상 오전 6:00, 아령 들기, 벽타기 6:15-6:30, 전기학, 기타 공부 7:15-8:15" 등을 비롯해 야구와 운동, 웅변과 자세 연습, 발명을 위한 공부 등의 스케줄로 이어졌다. 덧붙여 '포괄적인 결심'으로 "시간 낭비하지 않기, 담배를 피우거나 씹지 않기, 이틀에 한 번 목욕하기, 매주 교양 서적이나 잡지 한 권 읽기, 매주 5달러(줄을 그어 지움) 3달러씩 저금하기, 부모님께 더 잘하기"[02]를 적어 둔 것이었다. 미국의 꿈을 개인의 현실적 차원에서 실현하려는 '자기 계발'의 계보는 프랭클린(Benjamin Franklin)의 『자서전(The Autobiography of Benjamin Franklin)』(1791, 1793)으로 시작하여, 우리에게 더 잘 알려진 데일 카네기(Dale Carnegie)의 『인간 관계론(How to Win Friends and Influence People)』(1936) [소위 강철왕 앤드류 카네기(Andrew Carnegie)의 저술로 자주 오해되어 신뢰가 더해진 경우이다.] 등으로 이어졌다. 개츠비의 성공을 위한 자기 관리는 이러한 계보의 어딘가에 위치하고 있다.

　　개츠비의 성공에 있어 가장 결정적 한계는 그것이 매우 부정직하고 범죄에 가까운 거래와 조작에 연루되어 있다는 것에서 찾아진다. 미국의 꿈은 유럽인들이 구시대적인 계급구조를 벗어나 소위 신대륙에서 모두가 평등한 가운데 개인의 노력이 정확히 보상받을 수 있다는 믿음에 기반하고 있다. 개츠비의 20세기 초에는 이러한 믿음이 한층 작동하지 않는 사회로 진입하고 있었다. 이는 서부 등의 농공업에 의한 보상보다는 동부의 자본에 의한 생산력이 더욱더 손쉽고 막대해지며, 이에 따라 욕망의 증폭 또한 뒤따른 시대였다. 서부에서 출발하여 성공을 위해 점차 동부에 정착한 개츠비는 증권업을 염두에 두고 뉴욕으로 옮아온 닉의 선행자이다. 닉은 이러한 선행자의 경험

02　228쪽

과 그 결과를 접한 후 스스로 다시 서부로 귀향하는 인물이다.

닉은 개츠비의 몰락에서 미국의 꿈의 실체를 확인한다. 이 소설에 대해 가장 일반적으로 언급되는 평가 또한 그것이 미국의 꿈이 갖는 한계와 그 허위를 그리고 있다는 것이다. 그 다음으로 자주 언급되는 것으로는 삶의 의미에 대한 확신이 없는 세대를 그리는 대표작이기도 하다는 것이다. '**잃어버린 세대**'(Lost Generation)라 불리는 이 세대는 '길 잃은 세대'가 더 정확한 번역일 것이다. 이는 1차 세계대전 (1914-18) 이후 특히 문화 예술계의 주조를 이룬 허무의식 속에서 물질적으로 그리고 정신적으로도 모든 것이 거창하고 과도하며 느슨하고 무관심하기까지 했던 시대를 표현한다. 개츠비가 자랑하는 대저택과 좋은 자동차 그리고 거창한 파티와 재즈 음악 등, 이 흥청망청한 파티와 물질적 풍요 속에서도 자질구레한 험담이나 다툼은 그 이면의 정신적 빈곤을 드러낸다. 여기서 이 시대가 '**재즈 시대**'(Jazz Age)로 불리기도 하는 이유 또한 짐작할 수 있다. 그럼에도 이 모든 표현들은 한 시대를 적절히 반영하기에는 자못 일방적이고 일면적인 측면을 갖는다는 점을 지적하지 않을 수 없다.

이에 더해 『위대한 개츠비』가 전하는 주된 분위기는 **무료함**이다. 주인공들은 무료함 속에 좀 더 자극적인 일을 추구한다. 경제적으로는 모든 것이 가능한 톰은 확실한 직업도 없고, 폴로에 관심이 있지만 몰두하고 있지는 않으며, 결코 깊은 감정도 동반하지 않는 외도에서나 잠시나마 위로를 얻는다. 데이지와 머틀 그리고 조던 또한 경제적 상황이나 사회적 지위에 있어 차이를 보이지만, 이들 모두 무료함 속에 개츠비와 닉의 등장에 망설임 없이 반응한다. 개츠비가 주말

마다 큰 파티를 열고, 톰이 머틀과 뉴욕 나들이를 하고, 닉과 개츠비 그리고 톰과 데이지가 함께 이스트에그를 떠나 뉴욕으로 향한 것은 찌는 듯한 무더위로 인해서였다. 더위를 피해 찾은 호텔 또한 썩 그 렇게 더위를 피할 수 없어 짜증이 높아지는 가운데 위스키를 마신 두 남자와 한 여자는 애정 문제를 둘러싸고 적나라한 언쟁을 벌인다. 이 들의 언쟁 가운데 더욱 도드라지는 것은 톰과 데이지가 삶에 대해 느 끼는 무료함이다.

닉이 겪은 다른 이들과 개츠비가 달리하는 점은 바로 이 삶에 대한 무료함에 관한 것이다. 개츠비는 무료함과는 거리가 먼 인물로 서 삶의 목표를 너무나 뚜렷이 설정하고 이에 도달하고자 모든 수단 과 방법을 동원해 왔다. 많은 이에게 미국의 꿈이라는 기회가 급격히 감소하고 삶의 뚜렷한 목표 또한 더욱 불분명해지는 가운데, 어떻든 개츠비는 오로지 데이지의 사랑을 되찾겠다는 일념으로 달려왔다. 만 건너 **"부두 끝에서 늘 밤새 빛나는 초록 불빛"**[03]은 등대처럼 그의 일 념을 인도한다.

무기력한 불만과 무료함의 시대에 개츠비가 자신만의 목적을 설정하였다는 것만이 그를 제목에서처럼 '위대한'(Great) 인물로 만들 고 있는 것은 아니다. 그 역시 시대의 전반적 기조로부터 자유롭지 못하고, 그 한계도 명백하기 때문이다. 비록 그의 목표는 데이지와의 사랑을 회복하는 것이지만, 그 또한 경제적 차원에 매우 침윤된 존재 임을 부정할 수 없다. 그로서는 데이지에 대한 자신의 애정에 좌절을

03 127쪽

안긴 장애물이 바로 경제적 차이였다고 볼 수밖에 없었다. 가난한 남자와 부잣집 여자가 서로 사랑하지만 경제적 차이로 헤어지는 이야기가 이들에게 재현되고 있을 뿐이다. "가난 때문에 나를 기다리다 지쳐 당신과 결혼한 것뿐이라고. 엄청난 실수였지. 하지만 마음으로는 나 말고 아무도 사랑한 적이 없어!"[04] 개츠비는 톰에게 자신과 데이지의 관계를 이렇게 외친다. 그가 가난을 극복하고 끝내 부를 축적한 그 자체는 미국의 꿈의 실현이다. 그러나 그것이 일반적으로는 이해되거나 인정되는 방식이 아닌 매우 부정직한 방법에 의한 것이었고, 그의 종말은 미국의 꿈이 이제는 퇴색하거나 불가능하다는 좌절감을 담고 있다.

이 작품은 거짓과 정직, 가식과 진정성, 외면과 내면, 과거와 현재 등의 구분으로 가득하다. 어떻든 닉이 경험하고 그 실체를 전하는 여기의 모든 인물들은 진실이나 진정성과는 거리가 먼 사람들이다. 조던은 골프에서 치기 어려운 위치에 놓여 있던 공을 옮겨 놓았다는 혐의가 있고, 톰과 머틀의 불륜 행각은 공공연하기까지 하지만, 데이지의 삶 또한 이들에 못지않게 가식과 거짓에 대해 무감각하다. 닉이 데이지를 만나는 첫 장면에서 그녀의 웃음은 자신을 과시하려는 듯 과장되고 가식적인 위선 그리고 이와 함께하는 전반적 좌절감에서 비롯된 것이다.[05] 그녀에게는 스스로의 마음과 행동들이 서로 모순되는 경우와 그 결과에 관해 더 이상 어떠한 부담이나 책임의식을 찾을 수 없다. 개츠비에게는 "지금 당신을 사랑해요. 그걸로 충분

04 176쪽
05 33쪽

IV
미국 문학 10선 :: 6. F. 스콧 피츠제럴드 『위대한 개츠비』

하지 않나요?"라고 말하고, 톰에게는 "한때는 그 사람을 사랑했어요. 하지만 당신도 사랑했어요"[06]라고 호소한다. 애당초 개츠비는 닉에게도 자신의 과거에 대해 거짓말을 한 바 있다. "난 중서부의 부잣집 아들이에요. 지금은 가족이 다 세상을 떠났어요. 미국에서 자랐지만 옥스퍼드에서 교육을 받았어요. 조상 대대로 거기서 교육받았으니까요. 가문의 전통이죠."[07]

이 이야기를 전해 주는 화자인 닉 또한 거짓과 진실을 판단해야 하는 구도에서 자유롭지 못하다. 소설은 그 발생 초기부터 스스로를 '허구'(fiction)라고 선언하는 장르였기 때문에, 그 내용의 진실성 여부는 항상 문제시되었다. 이러한 구도는 이후 현대 소설에 다가오면서부터 이야기를 끌어가는 화자 자신의 진실성 역시 의문시되는 설정 또한 의도적으로 도입되고 있다. 이 소위 '신뢰성이 담보되지 않은 화자'의 한 유형이 닉의 경우이다. 그는 자신이 경험한 모든 인물들의 허위와 거짓을 거론한 다음, 스스로에 대한 판단에는 매우 관대하다. "누구나 기본적인 미덕 가운데 적어도 하나쯤은 지니고 있다고 믿는데, 내게도 그런 미덕이 있다. 내가 알고 있는 몇 안 되는 정직한 사람 중에 나도 포함된다는 것이다."[08] 정작 닉의 이러한 자기 판단은 독자로 하여금 그의 진실성에 의구심을 갖도록 한다.

그럼에도, 앞서 살핀 콘래드의 『로드 짐』에서 말로우의 경우처럼, 일반적 읽기에 있어서는 일단 닉이 전하는 이야기를 신뢰할 수밖

06 178-9쪽
07 91쪽
08 85쪽

에 없다. 독자는 어쩔 수 없이 그의 개츠비에 대한 호의적 관심 그리고 이에 이어지는 상호 신뢰를 인정하면서, 전반적 판단으로 나아가야 하기 때문일 것이다. 두 사람의 상호 신뢰는 어떻게 이루어진 것일까? 닉은 개츠비의 '낭만적 감수성'을 높이 평가하고, 개츠비는 서부에서 이제 막 도착한 닉의 진실성을 믿은 것일 수 있다. 이후 개츠비는 닉에게 "부모는 무능하고 실패한 농부"에 불과했고, 자신의 "상상력으로는 그들을 도저히 받아들일 수 없었다"고 토로한다. 닉은 그가 "열일곱 살짜리 소년이 만들어 낼 수 있는 제이 개츠비 같은 인물을 꾸며 내어, 그 이미지에 끝까지 충실했던 것"이라고 이해한다.[09]

자동차 사고 이후 데이지만을 염려하면서 모든 것에 대해 데이지 대신 책임을 져 나가는 개츠비에게 닉은 "당신 한 사람이 그 빌어먹을 족속을 다 합친 것보다 나아요"[10]라고 위로한다. 서두의 발췌 부분에서 닉은 개츠비에 대해 "희망을 포기하지 않는 비상한 재능. 일찍이 어느 누구에게서도 본 적이 없었던, 앞으로도 영원히 보지 못할 낭만적인 감수성"을 갖는 인물이었다고 평가한다. 이는 모든 일이 끝난 뒤 그가 개츠비에 대해 내리는 최종 평가이다. 이 **'낭만적 감수성'**이라는 표현은 마치 중세의 기사가 이상적 여인에게 모든 공훈을 바치고자 하는 기사도적 열정을 떠올리게 한다. 데이지에 대한 개츠비의 열정은 두 사람이 잠시나마 현실적 고려를 떠나 서로 사랑을 확인할 수 있었던 순간을 회복하고 재연하고자 하는 열망이다. 상대의 경제적 상황에 눈을 뜬 다음, 데이지의 마음은 흔들리고 말지만, 이와

09 134–5쪽
10 205쪽

무관하게 개츠비의 마음은 시위를 떠난 화살처럼 오직 그녀만을 향한다. 닉에 따르면, 비록 그 대상이 허상에 지나지 않을지라도 이러한 그의 열정은 작품의 다른 인물들에게서는 찾을 수 없는 어떤 진정성을 갖는 것이었다. 바로 이 점이 닉이 개츠비에게 이끌린 여러 이유 가운데 중요한 하나이고, 달리 표현하자면 그것은 **'낭만적 진정성'**이라 할 수 있겠다.

'낭만'과 '진정성'은, 비록 그 대상이 허상에 불과할지라도, 결과보다는 그러한 마음가짐이 행동을 수행하는 과정 또한 높이 평가하고자 한다. 좌표를 잃고 부유하는 시대 속에서 개츠비는 뚜렷한 목표를 설정하였지만, 그것이 이루어질 수 없는 허상이었다는 점에서 안타까운 비극이다. 닉에게 개츠비는 비극적 '영웅'으로 남는다. 개츠비에게서만이 아니라 역사적으로 애초부터 미국의 꿈은 일정 정도 실제 현실이기도 하지만 신화처럼 설정되고 강화된 믿음이었다는 것을 간과할 수 없다. 그럼에도 이렇듯 **정서적으로 공유된 믿음이 일정한 행동을 유발하고 오늘의 현실을 창출해 온 것, 바로 그것이 미국의 역사의 중요한 동력 가운데 하나였다는 것** 또한 인정하지 않을 수 없다.

덧붙여 개츠비의 이 낭만적 진정성은 그가 물질적이고도 경제적인 풍요에 비해 정신적인 힘이 결핍되어 있다는 일방적 평가를 재고하도록 한다. 한편으로 경제적인 것 그리고 다른 한편으로 감정적 측면을 포함하는 정신적인 것, 과연 현실적으로 이 양자가 서로 확연히 구별되거나 상충하는가? 개츠비의 미국의 꿈은 경제적인 것만이 아니었고 오히려 자신의 순수한 사랑을 회복하고자 하는 정신적인 것이었다. 그러한 정신적 사랑의 회복을 위해 그는 경제적 성공을 이루고자 하였다. 이는 정신적인 것을 위해 경제적인 것을 수단으로 삼는 것인 까닭에, 정신적 측면의 결핍만을 거론할 수는 없을 것이다. **경제적 차원과 정신적 차원이 뫼비우스의 띠를 이루는 개츠비의 욕망**은 부작용과 부도덕이 점증하는 자본주의 공간에서 그가 오히려 신화적 존재로 회자될 여지를 산출한다. 『위대한 개츠비』가 자본주의 특히 미국적 자본주의 문학을 대표하면서도, 단지 미국만이 아니라 오늘의 다른 세계에도 여전히 호소력을 갖는 이유는 이러한 신화에 대한 일반의 희원이 지속되기 때문일 것이다.

이 시대의 사회상에 대한 가장 흥미로운 접근으로는 닥터로(E. L. Doctorow)의 『래그타임(*Ragtime*)』(1975)이 있다. '재즈 시대'의 또 다른 실상을 전하는 작품으로는 1920년대 뉴욕 할렘 흑인들의 삶을 재즈 연주처럼 담아내는 모리슨(Toni Morrison)의 『재즈(*Jazz*)』(1992)가 있다. 밀러(Arthur Miller)의 『세일즈맨의 죽음(*Death of a Salesman*)』(1949) 또한 권한다.

7. 윌리엄 포크너(William Faulkner)(1897–1962)

『소리와 분노(*The Sound and the Fury*)』(1929)
—사유 너머의 현실과 삶

커튼에 창틀 그림자가 보이니 일곱시에서 여덟시 사이일 것
이며 시계 소리를 듣고 있는 나는 또다시 시간 안에 있는 것
이다. 시계는 할아버지 것이었으며 아버지가 그것을 내게 주
며 말하기를 내 너에게 모든 희망과 욕망의 큰 무덤을 주니
네가 이것을 사용해 인간의 모든 경험이 결국은 부조리함을
알 것이며, 이는 네 개인적인 필요에 맞되 네 할아버지나 할
아버지의 아버지에게 그랬던 것보다 나을 바 없을 것 같은 생
각이 드니 마음이 아프구나. 내 너에게 이것을 주는 건 시간
을 기억함이 아니라, 이따금 잠시라도 시간을 잊으라는 것이
요, 시간을 정복하려고 인생 전부를 들이지 않도록 하기 위
함이다. 그것은 시간과의 싸움에서 이긴 사람은 없기 때문이
다. 싸움이 성립조차 안 된다. 그 전쟁터는 인간의 우매와 절

망을 드러낼 뿐, 승리는 철학자들과 바보들의 망상이다.[01]

줄거리

1928년 4월 7일. 벤지는 33살이 되었지만 지능은 3살 정도에 불과하고 집안의 흑인 러스터와 골프장 울타리 주변을 서성거린다. 벤지는 골퍼들이 캐디를 부르는 소리에 어린 시절 항상 자신을 따뜻하게 대해 주던 누나 캐디(캔디스)를 떠올린다. 그에게 누나는 항상 나무 냄새가 났다. 그 시절 캐디는 퀜틴, 제이슨, 벤지를 제치고 나무 위로 올라가 할머니의 장례식이 시작되는 집안을 내려다보았다. 이제 가장이 된 제이슨은 아량과는 거리가 먼 인물이다. 캐디의 딸로 형 이름을 딴 조카 퀜틴, 공립 보호 시설로 보내 버리고 싶은 벤지, 무기력한 어머니, 그리고 흑인 하녀 딜지와 그 가족, 이 모두를 그는 자기의 박봉으로 부양해야 한다고 불평한다. 하지만 정작 집안일을 모두 챙기는 사람은 하녀 딜지이다.

1910년 6월 2일 하버드대학에 진학한 퀜틴은 북부의 기숙사 친구들과 괴리감을 느낀다. 동생 캐디가 돌턴 에임즈의 아이를 갖게 되자 그는 아버지에게 자신이 캐디와 근친상간을 저질렀다고 거짓 고백했던 일을 떠올린다. 그는 고장 난 시계를 고치고자 시계방을 잠시 들렀다 나온다. 캐디는 돌턴이 아닌 허버트와 결혼한다. 퀜틴의 학비를 위해 벤지 몫이었던 목초지는 팔아넘겨졌다. 허버트는 제이슨에게 일자리를 마련해 주겠다고 약속한다. 아버지는 술에서 빠져나오지 못하고 죽음을 재촉하기만 한다. 어머니는 벤지의 출생과 캐디의 결혼이 본인에게 내린 벌이라고 생각하고, 외가를 더 닮았다고 생

01 공진호 역, 문학동네, 2013년, 101-2쪽

각되는 제이슨에게 희망을 건다. 벤지가 꽃을 좋아하고 캐디에게서 나무 냄새를 맡는 것처럼, 퀜틴은 어린 시절의 인동넝쿨 냄새를 자꾸 떠올린다. 강을 찾아 나선 퀜틴은 이탈리아 이민 소녀에게 동정심을 보이다 오해를 받아 경찰에 체포되지만, 친구들의 도움으로 벌금을 내고 풀려난다. 기숙사로 돌아온 퀜틴은 수습할 수 없이 흐트러져 버린 집안과 인동넝쿨 냄새의 기억이 얽히는 가운데 몸을 단정히 하고 밖으로 나선다.

1928년 4월 6일. 제이슨은 자신의 처지에 마냥 불만을 토로한다. 그는 형과 달리 대학에도 진학하지 못하고, 누나 캐디의 딸인 열일곱 살 퀜틴은 마을 뜨내기 남자들과 나돌고, 게다가 '깜둥이'를 여섯이나 먹여 살려야 한다고 불평을 늘어놓는다. 그러면서도 정작 주어진 일에 충실하기보다는 면화 주식 투자에 더 관심을 두지만 돈을 벌지는 못한다. 캐디의 남편 허버트는 그에게 은행에 직장을 마련해 주기로 하였지만 약속은 지켜지지 않고, 캐디는 두 번째 결혼도 실패하고 딸을 친정에 맡긴다. 어머니는 캐디가 딸을 위해 정기적으로 보내는 수표를 매번 태워 버리면서 캐디라는 이름의 언급조차 금한다. 하지만 제이슨은 이 과정에서 교묘히 돈을 빼돌려 번듯한 차를 사고 집안에 몰래 현금을 모아 간다. 아버지의 장례식 날 묘소를 찾은 캐디는 그에게 돈을 주면서 퀜틴을 한번 볼 수 있도록 해 달라고 간청하지만, 스쳐 가는 마차를 통해 잠시 볼 수 있을 뿐이었다. 그가 집안을 다스리는 방법은 벤지를 거세하고, 퀜틴에게 오는 돈을 빼돌리고, 집안의 흑인들을 철저히 무시하는 것이다.

1928년 4월 8일. 앞의 장이 벤지와 퀜틴 그리고 제이슨의 목소리가 스스로의 삶을 이야기한 반면, 이 장은 작가의 목소리가 이야기를 전한다. 퀜틴은 제이슨이 빼돌려 왔던 모든 돈을 훔쳐 달아나고, 제이슨은 보안관에게 이를 알린다. 하지만 마을 사람 모두가 그렇듯 보안관 역시 그의 악행을 익히 알고 있어 아무런 도움을 주려고 하지 않자, 자신이 직접 차를 몰아 퀜틴을 찾아 나선다. 그 사이 딜지와 러스터는 벤지를 데리고 부활절 예배에 참석하여 외모가 초라한 초청 목사의 인상적인 설교에 눈물짓는다. 제이슨은 퀜틴을 찾지 못하고 집으로 되돌아온다. 러스터에 이끌린 벤지는 골프장 근처를 서성이며 신음소리를 내고, 수선화 한 송이를 받자 안정을 되찾는다. 이후 러스터가 모는 마차를 탄 벤지는 마차가 평소와 달리 방향을 틀자 울부짖기 시작하고, 집으로 돌아오는 길에 이를 본 제이슨이 마차에 올라타 평소대로 방향을 바꾸자 벤지는 울음을 멈춘다.

『소리와 분노』는 무척이나 어려운 작품이다. 이 작품을 선택하면서 특히 고심을 하지 않을 수 없었던 이유가 여기에 있다. 그러나 미국 문학에서 포크너를 건너뛸 수는 없고, 그의 작품이 모두 난해하기는 하지만 이 가운데 유난히 쉽사리 이해를 허락하지 않을지라도 『소리와 분노』를 택하게 되었다. 달리 말하자면 이 소설은 의외로 쉬운 작품이다. 참으로 모순되는 설명이다. 이러한 설명 자체가 말이 되지 않는 소리로 일반 독자의 분노를 유발할 것이다. 하지만 세세한 이해보다는 읽어 가는 과정에서 그 의미와 느낌을 포착할 수 있는 지점들을 징검다리 건너듯 따라가는 것으로도 일단은 충분하다.

첫 장의 화자인 **벤지**가 어떤 인물인지를 알려 주는 것은 훨씬 어린 흑인 러스터가 그에게 건네는 이런 저런 주문과 불평들이다. 하지만 벤지 본인의 인지가 전하는 여러 가지 사태와 주변 인물들의 대화 또한 아무런 왜곡이 없다. 그가 전하는 사태를 우리가 이해하기 쉽지 않다는 것은 단지 그의 인지가 이들의 연관관계를 설정하고 있지 못하기 때문일 뿐이다. 벤지의 인지적 한계는 우리의 상황 이해를 쉽지 않게 하지만 전혀 불가능하게 하는 것은 아니다. 그는 자신의 주변에서 일어나는 대화를 있는 그대로 인지하고 전달한다. 러스터는 10대 소년 수준의 요구와 표현으로 벤지를 대하고 있고, 그에게 벤지의 앞날은 뻔할 뿐이다. "너 마님이 죽으면 사람들이 너를 어떻게 할지 알아? 잭슨으로 보낼 거야. 거긴 너한테 딱 맞는 데지. 제이슨 나리가 그랬어. 거기서는 다른 미치광이들이나 침 흘리는 사람들이랑 온종일 철창을 붙들고 있을 수 있어. 어때, 좋지?"[02] 이렇듯 이 둘의 인지와 말은 사태를 가감 없이 전달한다.

우리의 이해는 벤지의 단편적 인지로 인해 체계적 도움을 받지는 못하지만, 그가 처한 집안 상황과 느낌은 오히려 더 절실히 다가온다. 벤지의 사물과 사태에 관한 인식과 그 느낌 자체는 어떤 정연한 논리에 미치고 있지 못하다. 그가 바깥을 좋아하고, 꽃을 좋아하며, 그 냄새들에 비교적 민감하다는 것은 분명하다. 이들 경험은 그 자체로 있기보다는 부단히 캐디와 퀜틴 등 가족들과 함께 토닥거리며 놀던 어린 시절과 연계되면서 항상 병존하고 있다. 그가 거의 끊임없이 발하는 끙끙대며 울부짖는 소리는 당장의 절박한 상황에 대한 은유가 되기에 충분하다.

두 번째 장인 **퀜틴**의 이야기는 벤지의 이야기 못지않게 또는 그보다 더욱 혼란스럽다. 하버드에 진학할 정도의 지적 능력이 매우 추상적 차원의 사유를 오가는 가운데, 과거와 현재는 물론 하버드의 친구들과 그의 가족들의 이야기 또한 부단히 교차한다. 후반으로 갈수록 가속도가 붙는 혼란스러움은 마침내 그의 죽음으로 이어진다. 그의 주된 고민은 집안의 몰락이고, 그것은 어린 시절의 추억과 특히 기대에 어긋난 캐디, 손을 쓸 수 없는 상태의 벤지, 좌절과 무기력이 더해 가는 부모, 이에 대처하기에는 미흡한 제이슨 등등으로 줄을 잇는다. 퀜틴의 사유와 행동은 분명 그가 처한 객관적 상황으로 인해서라고 할 수 있지만, 그에 대한 과민한 인지와 대처 방식과 더불어 그 자신의 또 다른 결함을 드러낸다. 그리고 이 모두는 단지 사유 과잉으로 인한 것만은 아니었다.

　　그의 독백에서 드러나는 가장 강렬하고 거듭 반복되는 사안은 캐디의 순결하지 못한 결혼과 한여름 고향에서 귀찮을 정도로 풍겨 오던 인동덩굴 냄새에 대한 기억이다. 이는 그가 하버드에서 느끼는 소외감을 가중시킨다. 일차적으로 그러한 소외감은 그가 외지 출신, 특히 저 한참 아래 지방인 데다가 쉽사리 이해되지 않는 역사를 겪어 온 남부 출신이라는 것으로 인해서다. 이렇듯 외지인에 대한 경계심으로 만들어지는 폐쇄성은 단지 북부에만 있는 것은 아니었다. 그의 남부는 이들보다 더 심한 폐쇄적 전통의 장본인이기도 하다. 그는 이탈리아 이민 소녀를 돕고자 했지만 이로 인해 예기치 못한 사건에 휘말리게 되는데, 이러한 배려심의 근원은 외지인이라는 자신의 처지에서 나온 연민에 있을 것이다. 덧붙여 이 모든 것에는 순수했던 어린 시절의 캐디에 대한 추억과, 그녀의 현상황에 대한 자책감이 오히려 더 작용하고 있다. 벤지와 전혀 차원이 다른 지성을 갖춘 그 또한 캐디와 인동덩굴 냄새로 대변되는 어린 시절의 감성과 감각으로부터 벗어나지는 못한 존재이다. 그는 "인동덩굴 냄새는 세상에서 가장 슬픈 냄새였던 것 같아"[03]라고 술회한다. 그를 괴롭히는 것은 단지 외적 차원만이 아니라 내적 차원의 폐쇄성과 이에 이어지는 소외감이다.

　　세 번째 장에 등장하는 **제이슨**의 화법은 거침없고 단정적이어서 표면적으로는 너무나 명확하다. 그것은 지극히 저속할 뿐만 아니라 거칠고 폭력적이다. 게다가 그 내용은 앞뒤가 맞지 않고 자기 모순적이다. "한번 잡년은 영원한 잡년이다. 이게 나의 지론이다"("Once a bitch always a bitch, what I say.")[04]라는 그의 첫마디는 이 소설의 언사 가운데 가장 압권이라고 한다면 잔인한 것일까? 골프장을 맴돌며 울부짖는 벤지를 다그치면서 그는 이런 걱정을 늘어놓는다.

> 집 안에서 서커스 같은 일이 벌어지지도 않고, 깜둥이를 여섯이나 먹여 살릴 필요도 없는, 커다란 좀약같이 생긴 염병할 공이나 치고 돌아다니는 인간들로 저 풀밭이 득실거리는 바람에 일요일이 되어도 괴롭다. 벤지는 저 울타리를 따라 왔다 갔다 하다가 저들이 눈에 보이면 매번 울부짖으니, 저러다가는 어느 날 갑자기 저들이 나한테 골프 요금을 물어내라고 할지도 모른다.[05]

03　225쪽
04　241쪽
05　250쪽

IV 미국 문학 10선 : 7. 윌리엄 포크너 「소리와 분노」

벤지가 왜 골프장 울타리에 매달리는지 헤아릴 마음가짐을 그에게 기대하는 것은 무리다. 벤지가 이렇듯 골프를 '관람'한다면, 그에게 불쑥 골프 요금이 날아들지 모른다는 불평은 기괴한 걱정의 수준을 넘어 참으로 희·비극적 웃음마저 유발하는 비정함을 동반한다. 어머니가 벤지를 잭슨에 있는 공공시설에 보내지 않는 것에 대해서도 그의 불만은 끝없이 이어진다. 그의 논리는 다음과 같고, 그 내면에는 단연 금전적 관심이 자리 잡고 있다.

> 거기에 가면 자신과 비슷한 사람들이 있으니 쟤도 더 행복할 텐데. 맹세코 이 집안에는 자부심이 있을 틈이 없지만 서른 살 먹은 어른이 깜둥이 어린애와 놀면서 울타리 옆을 왔다갔다 하다가 건너편에서 골프 치는 사람들이 보이기만 하면 소처럼 울어 대는 걸 보고 싶어 하지 않는 데 그리 큰 자부심이 필요한 것은 아니다. 내가 말하기를 애초에 벤을 잭슨으로 보냈다면 지금쯤 우리 모두 좋았을 거예요. 엄마는 벤에게 할 만큼 했어요. 누구든 엄마한테 기대할 수 있는 만큼은 다 하셨어요. 대부분의 사람이 할 수 있는 것 이상을 하셨어요. 그러니 잭슨에 보내 우리가 내는 세금의 혜택을 받는 게 어때요.[06]

집안 상황에 대한 제이슨의 진단은 적절하고 가끔 그 표현은 논리적이기에 오히려 더 비정하다. 그는 계산적이기는 하지만 그것은 진실성이 결여된 계산이다. 자신의 직업에 충실하지도 않고, 본인 역시 발을 들여놓고 있는 면화 주식 시장은 동부 사람들이 남부 사람들을 착취하기 위한 것이라고 불평을 하고, 캐디가 딸 퀜틴을 위해 매달 보내 주는 수표를 태워 버리는 어머니에게 항상 가짜 수표를 내밀어 돈을 빼돌리지만, 끝내는 그 돈 모두를 퀜틴에게 털리고 만다. 그야말로 그의 하루하루는 자가당착과 자업자득의 연속이다. 우리가 벤지와 퀜틴의 이야기에서 단편적으로 파악한 내용들은 이제 참으로 '이성적인' 제이슨의 이야기에 의해 거의 완벽히 이해할 수 있는 수준에 달한다. 이 적나라한 사실 진술을 접하면서 오히려 우리의 연민은 퀜틴을 거쳐 벤지를 향한다.

이제 마지막으로 **전지적 목소리**가 등장한다. 포크너는 인터뷰 등에서 이러한 형식을 취하게 된 이유를 설명한 바 있다. 집안에서 진행되는 할머니의 장례식을 보기 위해 흙 묻은 속옷을 드러내며 나무에 오른 대범한 소녀와 용기를 내지 못하고 그녀를 올려다보고만 있는 남자 아이들. 포크너는 자신의 심상에 떠오른 이 이미지의 의미를 그려 내고자 한편의 단편을 구상하였는데, 특히 가장 순진한 백치인 벤지의 눈을 통해 사태를 그려 보았다는 것이다. 하지만 그것이 만족스럽지 않아 퀜틴을, 그리고 또다시 제이슨을 등장시켜 보았지만 이 역시 만족스럽지 않아, 마지막으로 자신의 직접적 목소리로 이를 그려 보고자 했다는 것이다. 이 장은 제이슨이 퀜틴을 추격하지만 찾지 못하고 집으로 되돌아오는 과정과 함께, 딜지가 벤지와 러스터를 데리고 부활절 예배에 참석하여 특별히 초대된 목사의 설교를 들고 집으로 돌아오는 장면을 보여 준다. 이 과정에서 제이슨의 경우에서는 사필귀정을, 딜지의 경우에서는 어떤 구원의 가능성을 탐문하려는 작가의 의지를 읽을 수 있다.

캐디가 가족과 퀜틴을 위해 보낸 돈을 제이슨이 빼돌리고, 다시 퀜틴이 그 돈을 훔쳐 달아나자, 이를 찾으러 나서지만 실패하고 마는 결론은 누가 진짜 도둑이고 누가 주인인지를 알려 준다. 모두가 눈치를 주고 귀찮아 하는 벤지를 데리고 예배에 참여한 딜지는 "나는 시작과 마지막을 보았어"[07]라고 술회하며, 그녀가 겪은 아픈 세월을 드러낸다. 이 집안에 부여하고자 한 제이슨의 비정한 질서는 결국 실패하고, 종교적 의미까지 부여받은 딜지의 희생적 인내와 배려는 현실의 삶을 지탱하는 한 힘이었다.

작가 자신의 이러한 시도는 성공한 것일까? 이에 대한 대답에는 미치지 못하지만 최소한 그 느낌에 있어서는 어떤 만족감보다는 여전히 모든 사태가 정리되지 않았다는 부족감을 금할 수 없다. 한 가족의 무질서와 와해가 더해 가는 앞의 세 장에 비해, 마지막 장에서 일정한 질서 회복의 가능성을 읽을 수 있는 것은 사실이다. 물론 그것은 단지 가능성일 뿐, 진전이나 완성과는 거리가 멀다. 그럼에도 마지막 장이 마무리되자, 앞서 무질서의 깊이를 더해 가기만 했던 벤지와 퀜틴 그리고 제이슨의 자기 이야기가 오히려 더 깊은 인상으로 되돌아온다. 무질서 속에 좌절감이 깊이를 더할수록 질서에의 소망 또한 더불어 더 강해지고, 이것이 하나의 위로가 되고 또다시 새로운

07 391쪽

삶에의 의지를 창출하기 때문일까?

　　서두에 선택한 부분은 퀜틴의 목소리가 이야기하는 첫마디이다. 퀜틴의 하루는 시계 소리와 시간을 알리는 종소리 속에서 시작한다. 아버지는 그에게 할아버지의 시계를 물려주면서 자신의 비관적 시간관 또한 전하는데, 그것은 솔로몬의 잠언처럼 무겁다. "내 너에게 이것을 주는 건 시간을 기억함이 아니라, 이따금 잠시라도 시간을 잊으라는 것이요, 시간을 정복하려고 인생 전부를 들이지 않도록 하기 위함이다. 그것은 시간과의 싸움에서 이긴 사람은 없기 때문이다." 모든 존재는 결국 시간의 흐름 속에 깎이고 무너진다. 이것은 비관적 결정론이라는 측면보다는 극도로 정제된 순수한 논리라는 점이 더욱 치명적이다. 이러한 시간관은 인간의 모든 노력은 물론 삶 자체를 추상화하고 무력화한다. 그러나 **삶은 순수한 논리 자체이기보다는 시간을 채워 가는 기억과 냄새 그리고 소음과 분노 등으로 이어진다.** 퀜틴의 비극은 순진했던 어린 시절의 기준으로는 모든 것이 혼란스러운 현재의 삶을 순수한 시간의 논리 속에서 이해하고자 한 시도가 낳은 비극이다.

　　포크너에 대한 평가는 미국에서보다는 프랑스에서 먼저 시작하였다. 특히 실존주의 철학의 대부격인 사르트르는 1939년 이 작품의 시간 개념을 분석하여 포크너에 대한 일반의 관심을 이끌었다. 사르트르는 포크너가 미래의 가능성이 배제된 시간을 그리고 있으며, 이는 현대 사회가 안고 있는 좌절감을 대변한다고 평한다. 특히 이 실존 철학자는 포크너가 이러한 현실을 절박하게 제시하고 있는 예술가라는 점에서는 높이 평가하면서도, 이렇게 미래가 닫힌 시간 개념이 암시하는 세계관은 극복의 대상이라고 지적한다. 사르트르가 지적하고 있는 바와 같이 이러한 경우는 특히 퀜틴에게 해당한다. 퀜틴의 지적인 프레임의 반대편에는 벤지와 캐디는 물론 딜지와 러스터, 그리고 제이슨의 삶이 있다. 이들의 삶은 어떻든 순수한 논리에 의해 정리되지 않는 소리와 분노로 대변되는 모순의 연속이다. 게다가 퀜틴의 삶 역시 자신의 논리적 사유의 범주를 이탈하거나 최소한 그 변경에서 주저하고 방황한다. 그는 삶을 마감하고자 걷는 가운데서도 말이 통하지 않는 어린 소녀에게 연민을 금치 못한 나머지, 어린 아이를 유인했다는 의심마저 감내해야 했다. 퀜틴을 포함한 **모든 인물들이 실제로 자신의 삶을 살아가는 방식은 정연한 틀보다는 항상 이에서 벗어나는 사건을 수용하고 인내하는 것**이라고 하지 않을 수 없다.

　　다른 문학 장르에 비해 소설이 특히 차별되는 것은 그것이 주로 삶과 세계의 참으로 다양하고 깊은 **갈등**을 다루고 있다는 점이다. 소설은 매우 근대적인 형식으로 근대의 내용을 담아낸다. 포크너의 작품은 소설의 이러한 성격을 첨예하고 드러내고 있다. 그의 문학은 미국의 남부 문학을 대표한다. 미국 북부나 중서부의 역사와 사뭇 달리 전개된 남부의 역사는 그 문학에서도 상응하는 부담으로 작동하였다. 농업을 기반으로 한 남부의 전통적 부는 그 기초가 노예제도에 있었고, 남북전쟁 이후 이러한 경제적 기반의 와해는 즉각 정신적 기준의 해체와 재구성을 요구하였다.

　　『소리와 분노』에서 어떤 구원에의 암시가 있다면, 그것은 우선 혼란과 갈등의 삶을 견뎌 내는 것으로 모아진다. 하지만 인내는 단지 피동적인 제자리걸음을 의미하지는 않는다. 포크너 문학이 시도하고 있는 이러한 갈등의 주제에 대한 부단한 다시 쓰기 작업은 주어진 사태에 관한 지속적 재해석으로서, 이는 **삶의 기준을 항상 현재의 시점에서 다시 설정해야 한다는 의지와 욕망**의 은유이자 동력으로 작동한다. 이런 점에서 그의 문학은 그 독특성을 간직하면서도 궁극에는 미국적 실용주의의 스펙트럼에 합류하고 있다.

남부 그리고 포크너의 일부 소설에서 등장하는 고딕 소설적 분위기
는 19세기 전반기의 작가 포(Edgar Allen Poe)의 단편들에서 가장 잘 접
할 수 있다. 19세기 중반기를 미국 문학의 제1황금기라 한다면, 20세
기 전반기는 제2황금기라 할 수 있다. 피츠제럴드나 포크너만이 아니
라, 이 시대의 작가로 헤밍웨이(Ernest Hemingway), 특히 그의『무기여 잘
있거라(*A Farewell to Arms*)』(1929)를 언급하지 않을 수 없다. 이 시대 이후
작품으로는 스타인벡(John Steinbeck)의『분노의 포도(*The Grapes of Wrath*)』
(1939)와 오닐(Eugene O'Neill)의『밤으로의 긴 여로(*Long Day's Journey into
Night*)』(1956)를 권한다.

8. J. D. 샐린저(J. D. Salinger)(1919–2010)

『호밀밭의 파수꾼(*The Catcher in the Rye*)』(1951)
―또다시 삶으로의 탈주

그러다가 택시 기사와 대화를 나누게 되었다. 기사의 이름은 호이트로, 이전에 탔던 기사보다 훨씬 좋은 사람이었다. 난 그가 어쩌면 오리들에 대해서 알고 있을지도 모른다는 생각이 들었다.

"호이트 씨. 센트럴 파크에 있는 연못을 지나가 본 적이 있으세요? 센트럴 파크 남쪽으로 가면 있는 연못이요."

"뭐라고 했죠?"

"연못이요. 아주 작은 연못이 있어요. 오리들이 살고 있는 곳 말이에요."

"알겠어요. 그런데요?"

"오리들이 그곳에서 헤엄을 치고 있잖아요? 봄에 말이에요. 그럼 겨울이 되면 그 오리들은 어디로 가는지 혹시 알고 계세요?"

"거기에 뭐가 있다고요?"

"오리 말이에요. 혹시 알고 계시면 말씀해 주세요. 누군가 트럭을 몰고 와서 오리들을 싣고 가 버리는 건지, 아니면 남쪽이나 어디 따뜻한 곳으로 날아가 버리는 건지 말이에요."

호이트는 몸을 돌리고는 나를 쳐다보았다. 그는 성질이 아주 급한 사람인 것처럼 보였다. 그렇지만 나쁜 사람은 아니었다.

"그걸 내가 어떻게 알겠소? 어째서 그런 멍청한 일까지 내가 알 거라고 생각하는 거요?"

"알았어요. 화내지는 마세요." 그는 화가 난 것처럼 보였다.

"누가 화를 냈다고 그러는 거요. 화나지 않았어요."[01]

줄거리

홀든 콜필드는 뉴욕에서 태어나 펜실베니아의 펜시 고등학교로 전학 온 지 얼마 되지 않았지만 성적 불량으로 거듭해서 퇴학을 당할 처지에 있다. 좋은 사립학교로 인정되는 이곳에서 그는 친구들이나 선생님들 모두가 지극히 가식적이고 위선적이어서 아무런 소속감이나 애착을 느끼지 못한다. 그는 다섯 과목 가운데 네 과목에서 낙제점을 받지만, 영어 과목에는 관심을 갖고 고전소설들을 즐긴다. 여자에만 관심을 쏟는 기숙사 친구가 영어작문 과제를 대신 해 달라고 하자 그는 죽은 동생의 야구 미트에 관한 일화를 소재로 삼

01 공경희 역, 민음사, 2001년, 112–3쪽

아 글을 써 준다. 하지만 둘은 그 내용으로 인해 다투게 되고, 홀든이 관심을 갖고 있는 제인을 두고 난투극을 벌인다. 마침내 그는 퇴학되기 직전에 스스로 학교를 떠나기로 결심하고 뉴욕행 기차를 탄다. 뉴욕의 가족으로는 회사의 고문 변호사인 아버지, 동생의 죽음으로 건강이 상한 어머니, 그리고 꼬마 여동생 피비가 있고, 형인 D. B.는 나름 글을 잘 써 할리우드에 진출해 있다. 예정보다 앞서 집에 들어가면 가족들에게 또다시 학업과 관련하여 실망을 주게 될 것으로 생각한 그는 일단 호텔에서 하룻밤을 묵게 되고 어른들의 다양한 성적 추태와 실망스런 모습을 보게 된다. 그날밤 그는 호텔 방에 매춘부를 불러 단지 얘기만 나누었지만 더 많은 돈을 뜯기게 되고, 친구인 샐리 헤이즈에게 전화를 걸어 다음날 공연을 함께 보기로 약속한다.

이튿날 아침 피비에게 줄 음반을 사러 가는 길에 홀든은 꼬마 아이가 〈호밀밭에 들어오는 사람을 붙잡는다면〉이라는 노래를 흥얼거리며 걷는 것에 기분이 좋아졌다. 예쁘게 차려입은 샐리를 만나 극장으로 가는 택시 안에서 그는 그녀에게 불쑥 사랑한다고 말하는데, 그것은 어떻든 그 순간만큼은 진실이었다. 연극의 내용은 시시했고, 함께 뉴욕에서 도망가자는 그의 말에 샐리는 이 모든 것이 유치한 생각이라며 떠나 버린다. 이어서 바에서 만난 선배는 여전히 오직 섹스에만 관심을 보이면서 홀든이 아직도 정신적으로 어린아이에 불과하다면서 정신과 상담을 권한다.

홀든은 마침내 가족의 아파트로 몰래 들어와 동생 피비를 만난다. 열 살밖에 되지 않았지만 피비는 그의 생각을 이해할 만큼 똑똑하다. 피비에게 그는 호밀밭에서 어린이들을 돌보는 파수꾼이 되고 싶다고 말한다. 이후 그는 이제까지 만난 선생님들 가운데 가장 좋았던 앤톨리니 선생님을 만나 이야기를 나누고 하룻밤을 지내려고 하였지만, 그가 한밤중에 한 미심쩍은 행동에 너무나 당황스러워 집을 나오고 만다. 그는 서부로 떠나기로 결심하고 마지막으로 피비를 만나 자신의 결심을 전하자 동생도 따라나서겠다고 말한다. 당황한 그는 동생을 동물원으로 데려가고 회전목마를 타고 빙글빙글 도는 동생의 예쁜 모습을 바라본다. 이후 한동안 정신과 전문의의 상담을 받았으며 곧 학교로 돌아갈 생각도 가지고 있는 그는 그간 밉기만 했던 학교 친구들이 그리워진다.

　　이 작품을 택한 이유는 앞의 포크너의 『소리와 분노』는 아무래도 읽기가 녹록지 않아 어떤 좌절감을 안길 수도 있다는 불안감 때문이다. 『호밀밭의 파수꾼』은 읽기에 매우 쉽고 우리에게도 더 잘 알려진 소설이다. 이 작품은 대학의 영문과에서는 잘 읽히지가 않는데 아마도 이것이 지나치게 대중적으로 과대평가되고 있다거나, 읽기 쉬운 작품으로 생각되고 있다거나 등으로 그 이유를 추측해 볼 수 있다. 또한 번역본에서는 잘 드러나지 않지만 반복되는 비속어와 성적인 암시 그리고 기성 도덕에 대한 비난 등은 10대 소년을 주인공으로 하는 이 소설을 빈번히 청소년 금서 목록에 오르내리게 하였다.

　　2차 세계대전 이후 1960년대는 미국 문화와 문학의 또 다른 정점을 이룬다. 경제적 풍요, 소련과의 가속되는 냉전, 베트남전쟁 참전과 반전 운동이 뒤섞인 가운데 문학 또한 풍요와 갈등 그리고 반항으로 채워졌다. 1차 세계대전 후가 '잃어버린 세대'(Lost Generation)였다면, 이 시대는 '**비트 세대**'(Beat Generation)로 불린다. 그 이름이 '길 잃은'(lost) 세대를 지나 이제는 '길을 찾은'(found) 세대를 말하고자 한다는 설이 있지만, 오히려 세대 개념 자체를 '거부하는'(beat) 세대가 더 적절한 설명으로 여겨진다. 자주 그 특성으로 '피곤한'(beaten) 상황과 그럼에도 '재생'(on the beat)에의 의지 또한 거론된다. 세계대전 이후 등장한 사회문화적 반응으로서의 이들 경향에서는 서로 차이점 못지않게 유사점 또한 발견된다. 이런 까닭에 '잃어버린 세대'를 일정 부분 이어가면서도 이와 차이점 또한 갖는다는 점에서 '비트 세대'는 일종의 '제2의 잃어버린 세대'로 지칭될 수도 있다.

더불어 이 시대에 등장한 또 다른 경향으로는 **'포스트모더니즘'**(Postmodernism)이 있다. 한편으로 사상사 측면에서 포스트모더니즘은 중세를 넘어 인간 중심의 '근대'(Modern)가 지나치게 이성과 이를 기반으로 한 질서만을 중시하여 유발한 한계를 반성적으로 고찰하고자 한다. 이는 20세기 중반에 문화의 객관적 법칙을 강조했던 '구조주의'(Structuralism)로부터 벗어나고자 한 '탈구조주의'(Poststructuralism)의 사유방식과 함께한다. 다른 한편으로 문예 사조 측면에서 포스트모더니즘은 20세기 초부터 시작한 모더니즘 예술의 논리를 극단적으로 심화하거나 더 나아가 그와 차별성을 갖고자 하는 의지를 담아내고 있다. 모더니즘이 현대 사회와 문화의 파편화를 반영하고 이를 넘어 새로운 질서를 탐문하고자 했다면, 포스트모더니즘은 질서보다는 다양성 자체의 에너지에 우선적으로 주목하고 이를 삶과 사회의 원리로 실험하고자 한다. 1960년대 이후 탈구조주의와 포스트모더니즘은 고정된 체계적 진리와 권위가 순수하기보다는 정치적 권력과 긴밀히 연계되어 있다고 의심하면서 그에 대해 유보적 자세를 취한다. 여기에서 우리는 미국의 실용주의가 포스트모던의 사상에 적극적으로 반응하면서 **신실용주의**(Neopragmatism)의 이름으로 재부각할 수 있었던 이유를 어느 정도 짐작할 수 있다.

비트 세대와 포스트모더니즘을 가늠해 볼 수 있는 대표작으로는 긴즈버그(Allen Ginsberg)의 「울부짖음("Howl")」(1956), 케루악(Jack Kerouac)의 『길 위에서(*On the Road*)』(1957), 그리고 핀천(Thomas Pyncheon)의 『49호 품목의 경매(*The Crying of Lot 49*)』(1966) 등을 들 수 있겠다. 그 형식과 내용에 있어 이들 작품에 대한 접근과 이해는 쉽지 않은 게 사실이다. 이러한 상황에서 『호밀밭의 파수꾼』은 이 시대와 문학의 모습을 엿볼 수 있는 하나의 투명한 창문 역할은 할 수 있는 것으로 생각된다. 이 작품은 분명 당대의 문학을 대표하거나 대변하는 것은 아닐지라도, 그 시대의 초입에서 이들 경향을 예견하는 작품이다.

이 소설이 우리에게 쉽게 다가올 수 있는 것은 그것이 홀든이라는 16세의 소년이 스스로 겪고 느끼는 바를 전하고 있는 형식을 취하기 때문이다. 전통적인 성장소설 또는 교양소설에 속하는 이 소설과 가장 근접한 작품으로는 앞서 소개한 디킨즈의 『위대한 유산』과 트웨인의 『허클베리 핀의 모험』을 들 수 있다. 특히 헉과 홀든이 보여주는 일상으로부터의 탈출은 무모하지만 용기 있는 모험이자, 기존 도덕 체계에 대한 도전이기도 하면서 그 의미를 더한다. 『호밀밭의 파수꾼』은 청소년 문학 또는 교양소설의 틀을 벗어나 1950년대 소설의 특성 또한 드러낸다. 그것은 헉의 언행과는 비교가 되지 않을 정도로 욕설에 가까운 단어들과 무엇보다도 섹스에 대한 언급과 암시가 거리낌 없이 계속된다. 교양소설은 그 주제가 청소년의 성장과 관련되고, 핍은 물론 헉 또한 이야기 과정에서 최소한 일정한 개인적 깨달음에 이르고 있다면, 홀든의 경우 이러한 깨달음이나 그 구현은 잘 드러나지 않는다. 오히려 홀든의 경우에는 어른들의 세계에 대한 저항감이 지속적으로 강렬해지고 있다. 그는 마지막으로 앤톨리니 선생님을 만나 위로를 받지만, 그러한 위로 또한 곧 용납할 수 없는 위선으로 판단된다.

결국 모든 성장을 거부하는 홀든은 일종의 '피터팬 증후군'을 앓고 있다고 할 수도 있겠다. 그러나 이미 성인이 되었음에도 어린이로 되돌아가고자 하는 심리 상태가 이러한 증후군이라면, 아직은 미성년자인 홀든이 동심을 잃지 않으려는 것과 차이를 갖는다. 또한 엄밀히 말하자면 홀든은 다만 현재의 순수한 상태로 남아 있기를 원하기보다는, 나이 든 세대 그리고 어른들의 옳지 않은 세태에 섣불리 젖어 드는 친구들의 태도에 대해 불만과 불안을 느끼고 있다. 이러한 자세와 고민 자체는 매우 정당한 설득력을 갖고 있어, 단지 어떤 정신적 증후로 진단할 수는 없을 것이다. 홀든의 노력이 서글프지만 부질없어 보이는 것만은 아닌 것은 작품의 제목에서도 알 수 있다.

차들이 요란한 소리를 내는 길 위에서 꼬마가 흥얼거리는 노래 소리를 들은 홀든은 우울함을 떨구고 잠시 기분이 좋아진다. 그는 이 노래의 제목을 〈호밀밭을 건너오는 사람을 붙잡는다면〉으로 알고 있지만, 스코틀랜드의 시인 로버트 번스(Robert Burns)의 시(1782)에서 온 그 제목은 "호밀밭 사이로 온다네"(Comin' thro' the Rye)이다. 여러 가지 음률에 실려 불리는 이 시는 호밀밭과 마을 그리고 기차 안에서 젊은 남녀가 서로 마주치고 호감을 나누는 내용을 담고 있다. 홀든은 젊은 남녀가 "호밀밭 사이로 오는 사람을 만난다면"(If a body meet a body comin' through the rye)이라는 내용을 "호밀밭을 건너오는 사람을 붙잡는다면"(If a body catch a body comin' through the rye)으로, 어쩌면 의도적으로, 오해하고 있는 것이다.

이후 여동생 피비가 이를 정정해 주지만, 그는 자신의 소망을 이렇게 그려낸다.

> "그건 그렇다치고, 나는 늘 넓은 호밀밭에서 꼬마들이 재미있게 놀고 있는 모습을 상상하곤 했어. 어린애들만 수천 명이 있을 뿐 주위에 어른이라고는 나밖에 없는 거야. 그리고 난 아득한 절벽 앞에 서 있어. 내가 할 일은 아이들이 절벽으로 떨어질 것 같으면, 재빨리 붙잡아 주는 거야. 애들이란 앞뒤 생각 없이 마구 달리는 법이니까 말이야. 그럴 때 어딘가에서 나타나서는 꼬마가 떨어지지 않도록 붙잡아 주는 거지. 온종일 그 일만 하는 거야. 말하자면 호밀밭의 파수꾼이 되고 싶다고나 할까. 바보 같은 얘기라는 건 알고 있어. 하지만 정말 내가 되고 싶은 건 그거야. 바보 같겠지만 말이야."02

홀든이 어린 아이의 순수성을 지키는 은유로 동원하고 있는 '호밀밭 파수꾼'의 내면에는 젊은 남녀의 은근한 만남이 담겨 있다는 점은 그의 세계 이해가 한계를 갖는다는 것을 말해 주지는 않는다. 어쩌면 그러한 오해 자체가 어린 마음의 특권일 수 있다. 이 장면은 홀든의

02 229-30쪽

이러한 자의적 이해가 한편으로는 오해이지만 오히려 다른 한편으로는 개개인의 순수한 권리임을 확인하고 있다.

　　서두에 발췌한 부분은 홀든의 엉뚱함을 보여 주는 대표적 예이다. 이 작품은 유머 또한 가득하지만 사실 그것은 냉소적 유머에 가깝고, 이런 까닭에 전체를 통해 의외로 웃을 기회가 많지 않다. 하지만 이 부분에 와서는 왠지 웃음이 날 수밖에 없다. 뉴욕에서 택시를 탄 홀든이 뜬금없이 기사에게 겨울철 센트럴파크 연못의 오리에 대해 물은 것이다. 그는 겨울이 되면 "누군가 트럭을 몰고 와서 오리들을 싣고 가 버리는 건지, 아니면 남쪽이나 어디 따뜻한 곳으로 날아가 버리는 건지" 묻는다. 당연히 기사는 "그걸 내가 어떻게 알겠소? 어째서 그런 멍청한 일까지 내가 알 거라고 생각하는 거요?"라고 화를 낸다. 홀든이 기사에게 화를 내지 말라고 하자, 기사는 자신이 화가 난 게 아니라고 대답한다. 사실, 이 질문은 그가 뉴욕에 와서 탄 첫택시 기사에게도 한 바 있다.

> '저기요, … 아저씨, 센트럴파크 남쪽에 오리가 있는 연못 아시죠? 왜 조그만 연못 있잖아요. 그 연못이 얼면 오리들은 어디로 가는지 혹시 알고 계세요? 좀 엉뚱하기는 하지만 아시면 말씀해 주시겠어요?' 그 사람이 알고 있을 가능성은 백만 분의 일의 확률이었다. 기사는 고개를 돌리더니 날 미친 사람 보듯 쳐다보았다. '지금 뭐하는 거요? 날 놀리는 건가?' '그런게 아니라 … 그저 좀 그런 일에 흥미가 있어서요.' 그는 더 이상 아무 말도 하지 않았다. 나도 입을 다물었다.[03]

홀든은 자신도 이제껏 실제로 센트럴파크 호수의 오리를 본 적은 없다고 고백한다. 그곳에 호수가 있는 것이 분명하고 그렇다면 오리가 있는 것 또한 분명할 거라고 생각했기 때문에 이러한 질문이 가능했던 것이다. 기사들 또한 이러한 짐작 속에서 당황하거나 화를 내며 대답한 것이다. 두 번째 기사의 경우 그렇게 따지자면 겨울엔 오리보다 물고기가 더 살아남기 힘들 것이지만, 그래도 그들 나름의 생존방식이 있어 괜한 걱정에 지나지 않는다고 불평한다. 어떻든 오리에 대한 홀든의 생각에 일단은 수긍을 하며 발을 들여놓으면서도, 정작 오리들이 이 추운 겨울철에 어떻게 되었는지는 하등 관심을 둘 여유나 여지를 갖지 못하는 것이 우리들의 삶이다. **힘없는 순수한 개체들**에 대한 생뚱맞은 생각은 불교의 선문답에서 제시하는 화두와 같이 우리를 삶과 세계에 대한 근본적 질문으로 이끈다. 이런 까닭에 겨울철 오리는 아직은 미성년인 홀든이라는 존재의 은유로 읽히고, 오리에 대한 질문은 정작 우리가 **주변의 무수한 생명은 물론 인간의 삶 자체에 대한 근본적 질문 역시 간과해 왔다는 것**을 환기시킨다.

개츠비가 1차 세계대전 이후의 '잃어버린 세대'를 대변한다면 홀든은 2차 세계대전 이후의 '비트 세대'를 예견하는 위치에 있다. 개츠비는 물질에 기운 세태 속에서 낭만적 정신을 견지하고자 한 노력과 그 실패를 보여 준다면, 홀든은 훨씬 더 마음의 평화, 삶의 깊은 의미를 화두로 제시한다. 물론 이러한 화두는 홀든의 경우에서와 같이 백인 상류층의 경제적 부와 함께하고 있다는 것 또한 감안할 필요가

282

있다. 개츠비는 서부에서 동부로 옮아오는 오랜 삶의 여정을 밟아 왔다면, 홀든은 단 이틀 정도의 궤적을 통해서도 이제까지와 지금의 삶이 요약된다. 둘의 삶이 일종의 여행이었다면, 개츠비의 여행에는 도착지가 설정되어 있었지만 홀든의 여행은 방황의 연속일 뿐이다. 홀든의 정신적 방황은 그 원인이 개인보다는 주변 사람들과 제도에 기인하고 있다는 것 또한 더욱 강조된다. 홀든이 겪고 있는 학교생활은 학생들을 자율적 시민보다는 사회를 위한 순치와 훈육의 대상으로 삼는 사회 체제의 전형이고, 특히 청소년의 심성과 기존 도덕 체계가 만나는 곳이다. 탈구조주의를 대표하는 푸코는 근대의 정신병동을 예로 들어 이성과 진리가 객관적이기보다는 권력에 의해 생성되고 유지되는 논리임을 주장한 바 있다. 이와 유사하게, 홀든이 겪어야 할 학교 체제 또한 권력의 억압적 진리를 적용하는 기관과 멀지 않아 보인다. 이러한 지적은 미국 또는 인류가 완성해 온 문명 체계의 전반적 한계에 대한 지적으로 연결된다. 이는 포스트모더니즘 문학과 탈구조주의 사상이 함께 지적하는 **'체제'(시스템)의 문제**를 대변하는 듯하다. 『호밀밭의 파수꾼』이 당대에, 그리고 지금도 여전한 함의와 울림을 갖는 이유는 이러한 체제가 한층 더 심화되고 굳건해져 가는 길목에서 그 한계를 전하고 있기 때문일 것이다.

　　『호밀밭의 파수꾼』의 특징은 이러한 시대 정신의 단초를 미국적 방식으로 보여 주고 있다는 점이다. 홀든은 이야기를 마무리하면서 자신의 앞날에 있을 일에 대해 이렇게 언급한다.

　　많은 사람들, 특히 이 병원에 있는 정신과 전문의가, 이번 9월부터 학교에 가게 되면 공부를 열심히 할 것인지를 연신 물어대고 있다. 정말 이보다 더 어리석은 질문이 있을까? 실제로 **해** 보기 전에 무엇을 어떻게 하게 될지 어떻게 알 수 있단 말인가? 물론 열심히 공부할 생각이지만, 실제로 어떻게 될지야 알 수 없는 일이다. 그렇기 때문에 바보 같은 질문이라는 것이다. [04]

풍요로운 환경에도 불구하고 학교에 적응하지 못하고 겨울철 오리를 걱정한다면, 그는 정신과적 진료의 대상이 된다. 오늘날 이것은 사회 부적응에 해당하고, 그것은 치료의 대상이며, 그 진료 과목은 정신과밖에 없다는 '적절한' 결론의 세계 속에 우리 또한 살아간다.

홀든은 "실제로 **해** 보기 전에 무엇을 어떻게 하게 될지 어떻게 알 수 있단 말인가?"("I mean how do you know what you're going to do till you *do it*?")[05]라고 묻는다. 그것은 현실을 개인 스스로 헤치고 살아나가는 것이 삶이 아니냐는 제안을 담고 있다. 이성적 구조보다는 개체의 특수성에 주목하고자 하는 포스트모더니즘, 특히 탈구조주의의 논제를 예시하고 있는 듯하면서도 그가 이들의 이론 지향적 사유와 달리하는 측면은 개인적 움직임과 행위들이다. 그는 자신이 행동하고 생각하는 단 이틀 동안의 여정을 통해 경험한 불합리한 공간 내에서 **삶의 깊은 논리와 그 실천을 희망**한다. 우리는 헉의 일탈과 개츠비의 꿈, 그리고 퀸틴의 사변에 이어 마침내 홀든의 깊은 **의문과 탈주**에 닿는다.

04 278쪽
05 278쪽

이러한 부단한 **움직임과 행위**의 실용주의는 다른 차원과 다른 경로로 분기하고 이주한다. 이와 더불어, 나이키 광고("Just Do It!")에서와 같이 개인의 실천적 자유는 현실적으로가 아니라 신화적으로 견지되는 경향 또한 부정할 수 없다. 특히 이러한 과정을 통해 이 작품 자체가 대중문화 일반으로 전유되면서 역설적이게도 미국 문화의 자기 비판적 역량과 그 건전성을 변호하는 차원에서 동원되고 있다는 점 역시 지적해야 한다.

　　대중의 관심에 노출되는 것을 지독히도 꺼린 샐린저 본인에 대한 단편적 소식들에서도 어느 정도 감지할 수 있듯이, 그는 『호밀밭의 파수꾼』이 쉽지만 대중의 마음을 편안하게 하지는 않는 작품으로 남길 원했던 것이 분명하다. 『소리와 분노』와 본격적인 포스트모던 작품 사이에 위치한 이 작품은 평이한 형식 속에 단순화된 내용을 담고 있지만, 이에 대한 논의는 매우 복합적이고 논쟁적일 수 있다. 그럼에도 그 느낌과 반향만은 분명한 것 같다. 이 글을 마친 다음 유난히 추운 겨울 어느 날 버스를 타고 한강변을 지나고 있었다. 해가 지는 오후 추위는 한강마저 얼려 버렸다. 홀든의 질문을 기억해 내고서야 정말 한강의 오리들은 다 어디로 가서 잘 살고는 있을까 하는 생각이 들고 잠시 걱정을 하였다.

『호밀밭의 파수꾼』의 주제는 영화 〈죽은 시인의 사회(Dead Poets Society)〉(1989) 등에서 한층 이해하기 쉽게 거듭된다. 이 시대의 작품으로는 업다이크(John Updike)의 『달려라 토끼(Rabbit, Run)』(1960), 키지(Ken Kesey)의 『뻐꾸기 둥지 위로 날아간 새(One Flew Over the Cuckoo's Nest)』(1962), 그리고 메일러(Norman Mailer)의 『밤의 군대들(Armies of the Night)』(1968) 등을 권한다.

9. 토니 모리슨(Toni Morrison)(1931-)

『빌러비드(*Beloved*)』(1987)
―흑인, 그 배회하고 반항하는 억울함

백인들은 겉으로 보이는 태도가 어떻든, 새까만 피부 밑에는 예외 없이 정글이 도사리고 있다고 믿었다. 항해할 수 없는 급류, 줄타기를 하며 끽끽 대는 개코원숭이, 잠자는 뱀, 백인들의 달콤하고 하얀 피를 언제나 노리는 붉은 잇몸. 어떤 점에서는 백인들이 옳다고 그는 생각했다. 그들에게 흑인들이 사실은 얼마나 점잖고 영리하고 다정하고 인간적인지를 입증하려고 기를 쓰면 쓸수록, 흑인들이 당연하다고 생각하는 일들을 백인들에게 납득시키느라 자신을 소진하면 할수록, 흑인들의 마음속에는 점점 더 깊고 빽빽한 정글이 자라났으니까. 하지만 그 정글은 흑인들이 어디 살 만한 다른 곳에서 가져온 것이 아니었다. 백인들이 흑인들의 마음속에 심어 놓은 것이었다. 그리고 정글은 자라났다. 퍼져 나갔다. 삶 속에,

삶을 통해, 삶 이후에도, 정글은 자라났고 그걸 만든 백인들을 침범하기에 이르렀다. 한 사람도 빼놓지 않고 건드렸다. 변화시키고 바꿔 놓았다. 심지어 그들이 원한 것보다 훨씬 더 잔인하고 어리석고 악하게. 백인들은 자신들이 만든 정글을 무척 두려워했다. 낄낄 대는 개코원숭이는 바로 그들의 새하얀 피부 밑에서 살고 있었다. 붉은 잇몸은 바로 그들의 것이었다.[01]

줄거리

남북전쟁이 끝나고 명목상으로는 노예제가 폐지된 1873년 오하이오주 신시내티. 세서와 딸 덴버가 사는 블루스톤가 124번지에 폴 디가 찾아온다. 폴 디의 출현은 세서를 전쟁 전인 1850년대의 기억으로 이끈다. 세서와 폴 디의 인연은 켄터키의 스위트 홈에서 노예 신분으로 시작된다. 어린 시절 그곳으로 팔려온 세서는 핼리 석스와 결혼한다. 폴 디 등 다수의 후보자 가운데 그녀가 핼리를 택한 것에는 그가 주말 추가 노동의 대가로 어머니인 베이비 석스의 자유를 사서 이곳 124번지에 살 수 있도록 한 건실함이 한몫을 했다. 농장의 주인인 남편과 사별한 후 가너 부인이 친척인 '학교 선생'과 그 조카들을 불러들이고, 이들은 무자비한 비인간적 폭력을 행사한다. 자식마저 자신이 사랑할 수 없는 상황을 벗어나기 위해, 세서는 아들 둘과 이제 막 걸을 정도의 딸을 먼저 베이비 석스에게 보낸다.

세서는 만삭의 몸으로 스위트 홈을 탈출하여 우연히 길을 지나던 백인

01 최인자 역, 문학동네, 2014년, 327쪽

처녀의 도움으로 출산을 하고 124번지에 도착하게 되는데, 이후 그녀의 이름을 따 아이의 이름을 덴버라 지었다. 이곳에 머문 지 며칠 후 '학교 선생' 일당이 집을 덮치자 세서는 자식들을 노예가 되게 하느니 차라리 죽이는 것이 오히려 더 어머니의 책임을 다하는 것이라 생각한다. 그녀는 아들 둘과 딸의 목을 톱으로 긋고자 했지만, 두 아들은 이에서 벗어나고 딸은 죽음을 맞는다. 세서는 자신의 몸을 팔아 죽은 딸의 묘비명을 빌러비드라 새겨 준다. 이렇게 해서 쓸모없는 존재가 되었다고 판단된 그녀와 아들들은 자유인이 되었다. 마을 사람들에게 사랑과 인내를 전하고 실천하던 베이비 석스는 자신의 앞마당까지 침범한 백인들에 분노하며 세상을 등지고, 아기 혼령이 항상 집안을 흔들어 놓자 아들들은 집이 무섭다며 어딘가로 떠나 버렸다. 세서 앞에 나타난 폴 디는 완력과 큰 목소리로 집안에서 혼령을 쫓아 버린다. 하지만 이후 이들 앞에 도무지 아무것도 알 수 없는 낯선 흑인 처녀가 등장하여 자신이 빌러비드라고 주장한다. 세서는 홀연히 나타난 자칭 빌러비드를 자신의 딸이라고 인정하고자 한다.

폴 디는 끔찍한 고난의 세월을 거쳐 124번지에 도착할 수 있었다. 스위트 홈을 탈출하려다 핼리와 다른 동료들은 죽고, 그는 다른 곳으로 팔려 갔다. 이후 그는 새 주인을 죽이려다 혹독한 감옥 생활을 겪게 되고, 인디언들의 도움으로 탈출하여 18년 만에 여기에 나타난 것이었다. 이렇게 세서의 연인이 된 폴 디는 빌러비드가 자신을 유혹하자 집을 떠난다. 이후 빌러비드는 자신이 세서에게 모든 것을 요구할 자격이 있고 세서는 져야 할 책임이 있다며 심술을 부리지만, 세서는 이 모든 것을 감내한다. 세서의 탈출을 도모한 스탬프 페이드는 베이비 석스에 대한 존경심에서 세서를 염려하고 폴 디의 거처를 배려한다. 일단의 마을 여자들이 세서를 구출하고자 124번지로 몰려들어 노래를 부르자 세서는 이들과 함께 온 볼드윈 씨를 예전의 '학교 선생'으로 오인하여 그에게 덤벼들고 빌러비드는 도망한다. 자신의 아이를 또다시 잃었다는 좌절감에 빠진 세서를 위로하기 위해 폴 디는 124번지로 돌아온다. 시간이 흐르고 빌러비드와 그의 행적은 잊힌다.

　　미국 문학에서 흑인 문학이 차지하는 비중은 매우 크다. 인종을 기준으로 작가를 분류하고, 이를 문학의 분류에 적용하는 것은 부적절하고 부당할 수 있다. 실제로 한국의 경우에도 필자의 학과에서 이 분야 문학의 중요성을 반영하여 학부생들을 위해 '흑인 문학'이라는 과목을 별도로 개설하고자 했을 때, 교무 당국에서 이런 명칭이 인종차별적일 수 있어 재고를 요한다는 반응을 보이기도 하였다. 이와 비슷하게 '영미 여성 작가론' 등 성별을 기준으로 일군의 작가를 분류하고 이를 집중해서 살피고자 하는 경우도 있다. 이러한 분류와 명칭의 적절성에 대한 의문에도 불구하고, 이들이 지칭하는 집단이 일정한 특성과 문제의식 그리고 지향점을 공유하고 있는 까닭에, '흑인 문학'이나 '여성 작가론'이라는 분류와 명명은 분명 잠정적 유효성을 갖는다.

　　모리슨의 소설은 남북전쟁 이전부터 시작하여 당대 사회의 인종적 편견을 반영하고 이에 항의해 온 긴 전통이 오늘날에도 이어지는 모습을 보여 주며, 특히 흑인 여성 문학으로서의 의의 또한 크다. 그녀의 문학은 한편으로 오늘날 문학의 일반적 양상에 합류한다고 할 수 있지만, 다른 한편으로 이에 대한 상당한 이의 또한 제기하고 있다. 예를 들어 범박하게 오늘의 문학적 대세를 포스트모더니즘이라고 한다면,『빌러비드』역시 이러한 경향 속에 있지만 더불어 이에 대한 반론 또한 제기하고 있다.

　　앞서 『호밀밭의 파수꾼』을 읽는 가운데 살핀 포스트모더니즘은 현실 세계의 물리적 조건 못지않게 문화적 구성에 더 주목해야 한다고 강조한다. 인간의 위상이 문화적 차원에서 결정되어 온 측면에 더욱 집중하고자 하는 포스트모더니즘은 역사적 사실이 우리에게 다가오는 방식의 강조점 또한 재조정하고자 한다. 이러한 시각은 새로운 역사주의로 불리는 방법론에서 더욱 분명해지는데, 구체적으로 이는 역사적 사실이 역사적 기록과 그에 대한 해석에 의해 존재한다는 점을 강조한다. 우리가 역사책을 통해 역사를 알 수밖에 없다는 것은 역사적 담론의 결정적 중요성을 강조하면서도, 역사적 실제에 대한 불가지론을 넘어 그에 대한 겸허한 태도를 주문한다. 이에 따라 우리의 역사 담론이 지배자와 승자의 입장에서 형성된 것일 수 있다는 우려가 제기되며, 피지배자와 패자의 목소리를 복원하는 작업이 필수적이 된다. 미국의 경우 아메리카 원주민과 흑인의 역사는 단연 억압과 배제의 주요 대상이었다.

　　역사에서 흑인을 비롯한 **피억압자의 목소리를 복원**하는 적절한 방식에 대한 논의는 다양한 양상으로 전개되고 있다. 그 가운데 하나는 역사가가 이들의 목소리를 대변하는 경우 역시 일정한 왜곡이 있을 수밖에 없어, 최대한 이들의 직접적 목소리가 스스로의 역사를 진술하도록 해야 한다는 것이다. 그런데 이제는 더 이상 존재하지 않는 이전 흑인 세대의 목소리를 어떻게 복원할 수 있을까? 문학적 방식 가운데 하나는 그간 주목받지 못한 기록들을 기초로 흑인들의 삶을 상상적으로 재구성해 내는 것으로, 『빌러비드』가 이에 해당한다. 모리슨은 1856년 오하이오주에서 마가렛 가너가 자신의 어린 네 자식들을 '보호'하기 위해 죽이려 했고, 그 가운데 하나가 끝내 죽은 사건을 접한 것이 이 작품의 단초가 되었다고 말한다. 물론 이렇게 문학적으로 재현된 역사적 상황의 진위 여부는 분명 문제시될 수 있다. 하지만 앞서 언급한 바와 같이 역사적 기록 역시 이에 버금가는 진위의 차원에서 문제시될 수 있는 바, 설득과 호소에 있어 문학과 역사가 상호 보완적 관계 속에 파악될 필요가 있다.

남북전쟁 이후 흑인은 노예 신분에서 해방되었지만 그것은 단지 공식적 신언이었을 뿐, 흑인들의 실제 삶은 이와는 거리가 멀었다. 남북전쟁 전 흑인 노예들의 탈출을 도왔던 스탬프 페이드는 전쟁 후의 상황을 다음과 같이 전한다.

> 1874년이지만 백인들은 제멋대로 날뛰었다. 온 마을 흑인들이 몰살당하기도 했고, 켄터키주에서만 한 해에 여든일곱 건의 흑인 린치가 일어났으며, 유색인 학교 네 곳이 완전히 불에 타 버렸다. 다 큰 어른들이 아이처럼 채찍으로 얻어맞는가 하면 어린아이들은 어른처럼 채찍질을 당했고, 흑인 여자들은 집단 강간을 당했다. 재산을 빼앗기고 목이 부러졌다. 그는 살냄새를, 살냄새와 뜨거운 피 냄새를 맡았다. 살냄새도 살냄새지만, 화형 린치의 불길 속에서 끓어오르는 인간의 피 냄새는 완전히 달랐다. 악취가 코를 찔렀다.[02]

그의 이름 스탬프 페이드는 전쟁 전 위험을 무릅쓰고 탈출을 도운 흑인들의 집을 언제든 방문할 수 있는 '자격이 부여된'(stamp paid) 것을 나타내고 있고, 단적으로 이 시대의 상황을 증거한다. 그가 전하는 이 전쟁 후의 상황은 노예해방이라는 공식적 역사와 달리 지속된 참담한 실제 삶을 말해 준다. 이러한 진술이 역사적 기록에 기초하고 있으면서도, 어떻든 그것이 허구라는 틀 속에서 구체화하고 있다는 점은 부연 설명이 필요하다.

『빌러비드』의 서술 방식은 **마술적 사실주의**(Magic Realism)의 범주에서 설명할 수 있다. '마술적'인 것과 '사실적'인 것이라는 지극히 대조되는 양식이 결합된 마술적 사실주의는 20세기 초반에 유럽 미술의 한 유형을 지칭하기 위해 등장하였다. 하지만 마술적 사실주의의 실질적 근원은 매우 다양하며, 그 가운데 일부는 영국의 18세기 후반이나 미국의 독립 이후 유행한 고딕 소설, 그리고 포크너 등 미국 남부 작가들에서 찾아진다. 그후 이는 특히 1960년대부터 북남미 문학이 채택한 한 양식을 더 잘 설명하는 용어가 되었다. 이를 대표하는 보르헤스와 마르케스의 소설은 지극히 비현실적인 사태가 아무런 거리낌 없이 현실 세계에서 받아들여지는 상황을 그려 낸다. 이러한 과장을 통해 우리는 현실 세계가 상상 이상으로 모순과 부조리로 가득한 것이라는 인식에 닿을 수 있다. 특히 정치적 억압이 존재하는 사회에서 단지 상상과 허구에 불과하다는 논리 속에 자기변호가 가능했던 이러한 양식의 문학은 사회 현실을 우회적으로 비판하는 자유를 확보할 수 있었다.

『빌러비드』의 첫머리에 등장하는 인물들은 세서와 덴버 그리고 베이비 석스 등이지만, 이에 못지않게 이들의 집 자체도 하나의 인물인 양 살아 있는 존재이다. 그리고 그 존재는 심술과 만행—"자꾸만 엎어지는 요강, 엉덩이를 철썩 내리치는 손길, 오싹하게 스쳐 지나가는 한기 등"03—을 이어 가는 영혼을 가지고 있다. 이후 자신을 빌러비드라고 주장하는 인물이 등장하여 끊임없이 무엇인가를 요구하고 이해할 수 없는 심술을 부린다. 이러한 사태의 근원은 세서가 빌러비드를 "안전한 곳으로 보낸"04 것에 있다고 여겨진다. '안전한 곳으로 보내기 위해 아이를 죽였'라는 것은 참으로 모순된 마술과 같은 논리이다. 하지만 이는 현실적으로는 단지 '영아 살해'에 지나지 않을 세서의 행동이 갖는 내면의 고통을 대변하는 문학적 은유이다.

『빌러비드』는 단지 남미나 이전 시대의 고딕 소설에서 보이는 마술적 사실주의의 잣대로만 해석될 수 없는 여지를 남긴다. 그것은 모리슨이 전하고 있는 이 인류사에 있어 가장 비참하고 비인간적인 경험 가운데 하나인 사태에 기인한다고 할 수 있다. 이러한 상황을 증언하고자 하는 모리슨의 문학적 방안은 20세기에 와서 나치에 의해 자행된 유대인 대학살에 대한 고발을 예로 들어 설명할 수 있을 것이다. 나치를 옹호하는 인사들의 궤변 가운데 하나는 유대인 대학살은 증명할 수 없고 따라서 불확실하다는 논리였다. 대학살에 의해 수용소에 수감되었던 유대인이 살해되는 것을 증언할 유대인은 더 이

03 15쪽
04 271쪽

상 생존하지 않는다. 그곳에서 살해된 유대인은 자신의 상황을 증언할 수 없고, 살아남은 유대인 또한 진정한 의미에서 유대인 학살을 증언할 자격이 불충분하다는 것이다. 이에 대한 반론은 비록 그 희생자 본인들의 말이 아닐지라도 살아남은 자와 목격자들의 증언은 일정한 유효성을 갖는다는 것이다. 궤변이 난무하는 사태 속에서 이 당연한 상식은 한층 논리적으로 설명될 필요가 있었다. 그것은 인간의 모든 언어가 물질과 사건 자체를 보여 주기보다는 그에 대한 상징과 은유의 차원에서 작동하고, 인간은 이를 헤아려 왔다는 것이다. 달을 가리키는 손가락의 의미는 그 자체보다는 그것이 지칭하는 달에 있다는 것이다. 소설로서 더구나 마술적 사실주의에 가까운 『빌러비드』의 진술이 역사적 실제 세계를 지칭하는 방식 역시 이와 동일한 차원에서 이해될 수 있다.

일반적 방식이나 언어로는 표현할 수 없는 고통의 경험은 간직되어야 하는가, 극복되어야 하는가? 폴 디가 세서를 찾아 스위트홈으로 도착하는 과정 또한 인간으로서는 참으로 극복하기 힘든 경험으로 점철되어 있다. 이제 그가 삶을 지탱하는 방식은 그녀에게 당부하는 충고에서 엿볼 수 있다. 그것은 "당신과 나, 우리에겐 어느 누구보다 많은 어제가 있어. 이젠 무엇이 됐든 내일이 필요해"라는 것과 "당신이 당신의 보배, 세서. 바로 당신이"[05]라는 것이다. 참담한 과거가 있고 그것이 오늘을 괴롭힐 때 우리에게 필요한 것은 내일이라는 것이다. 지극히 '실용적'인 이 충고는 세서가 삶을 지탱하는 위로는 되겠지만, 진정한 치유에는 미치지 못하는 것으로 머문다.

폴 디와 다른 차원에서 이 참담한 경험을 정리하고 있는 것은 서두에 발췌한 스탬프 페이드의 절규에 가까운 분석이다. 흑인들이 자신들도 인간임을 증명하고 주장하면 할수록 백인들은 더욱 더 이를 받아들이지 않고 흑인들을 부정하고자 하였다. 정글의 야만적 흑인은 백인들이 만들어 낸 대상에 지나지 않았고, 그러한 분류를 폭력적으로 유지하고자 하는 과정에서 정작 정글의 야만인이 된 것은 백인들이었다는 것이다. 백인들의 인식 체계 자체에 대한 이러한 분석은 사회 과학과 정신분석학이 인종 차별을 접근하는 방식과 유사하며, 이는 오늘의 우리가 어떻게 어제와 다른 오늘과 내일을 구축해 나갈 것인지에 대한 제안을 담고 있다.

『빌러비드』의 세서가 이야기하고 있는 방식은 이와는 결을 달리한다. 우리는 이를 '**문학적 방식**'이라고 부를 수 있다. 이는 작품의 마지막에서 세 번이나 반복되는 "**그것은 전할 만한 이야기가 아니었다**"("It was not a story to pass on")[06]의 의미를 되새기면서 짐작할 수 있을 것 같다. 여러 다른 의미로 해석될 여지가 큰 이 말은 어떻든 그 자체로 자기 전복적이다. 전할 만한 이야기가 아님에도 전하고 있고, 또 전해지고 있는 것이다. 그렇지만 이 이야기의 고통스런 내용은 전할 만한 이야기가 아니라고 반복적으로 부정하고, 그런 가운데 복원하고, 스스로 위로하며 다짐하는 이러한 표현과 행동을 통해서만, 그 깊이를 가늠할 수 있을 뿐이다. 문학은 사태와 경험을 정·반·합으로 지

06　447-9쪽

양해 나가는 철학적 변증법과는 다른 방식을 지향한다. 개인적 경험과 집단적 역사 모두에서 과거의 기억은 어떠한 현실과 미래에 의해서도 변증법적으로 완전히 통합되고 소멸되지는 않는다. 변증법적 소멸과 해결은 어느 정신분석학자의 말대로 "철학의 달콤한 꿈"일 뿐이다. 우리의 과거는 여하한 현재와 미래에 의해서도 침전물로 남고, 우리의 오늘과 내일의 일부로 작동한다. 빌러비드의 환생과 사라짐, 그리고 남겨진 이야기는 이에 대한 은유이기에 충분하다.

다양한 인종이 갈등하는 역사 속에서 이루어진 미국의 다문화주의 체제가 과연 미국이 사회적 이념과 이상으로 상정하고 있는 수준에 도달하고 있는지에 대한 의문은 지속되고 있다. 『빌러비드』는 **지금의 사회문화적 구조가 비록 잠정적이고 실용적인 차원에서나마 합의된 정서와 기준에도 아직 도달하고 있지 못하다는 것**을 보여 준다. 이 소설은 미국이 상정해 온 이상 자체를 빌러비드와 같이 지속적으로 소환하고, 이를 통해 스스로를 부단히 재점검해 나가야 한다는 요구를 담아내고 있다.

모리슨의 초기작 『술라(*Sula*)』(1973)는 한층 직선적으로 여성 주인공의 욕망과 삶을 이야기 한다. 하퍼 리(Harper Lee)의 『앵무새 죽이기(*To Kill a Mockingbird*)』(1960)는 흑백 문제와 관련하여 가장 자주 읽히는 작품 가운데 하나이다. 『빌러비드』와 앨리스 워커(Alice Walker)의 『그래인지 코플랜드의 세 번째 인생(*The Third Life of Grange Copeland*)』(1970)과의 비교 또한 권한다. 남미의 마술적 사실주의 작품으로는 마르케스의 『콜레라 시대의 사랑』(1985)과 보르헤스의 단편들을 추천한다.

10. 돈 드릴로(Don DeLillo)(1936–)

『마오 II(*Mao II*)』(1991)
—포스트모던 세계와 문학 행위의 미래

"내가 왜 소설의 가치를 믿는지 아시오? 그건 소설이 민주적 함성이기 때문이지. 누구나 위대한 소설, 하나 정도의 위대한 소설은 쓸 수 있소. 길거리의 아마추어라도 말이오. 난 이걸 믿소, 조지. 이름 없는 막노동꾼이나 꿈도 하나 키우지 못한 무법자라도 앉아서 자기 목소리를 찾을 수가 있고 운이 좋으면 소설을 쓸 수도 있는 거지. 천사 같은 그 뭔가가 우리 입을 벌어지게 한단 말이오. 재능의 물보라, 생각의 물보라. 모호함, 모순, 속삭임, 암시. 이게 바로 당신들이 파괴하려는 것들이란 말이오."[01]

---

01 유정완 역, 창비, 2011년, 243쪽

뉴욕 양키 스타디움에서 통일교의 집단 결혼식이 거행된다. 교주가 배우자를 결정해 준 6천 5백 쌍 가운데는 캐런과 김조박이 있고, 결혼을 지켜보는 관중석에는 망원경으로 자신의 딸 캐런을 찾고자 하는 그녀의 부모가 있다. 무리와 군중, 행렬과 숭배는 미래가 대중의 것인가라는 의구심과 실망감을 낳는다.

소설가인 빌 그레이의 숭배자이자 그의 모든 생활을 챙기는 스콧은 뉴욕의 번화가에서 브리타를 만난다. 그녀는 주로 작가들의 얼굴 사진을 찍고 기록에 남기는 일을 전문으로 하는 사진 작가이다. 빌 그레이는 두 권의 소설을 쓴 후 뉴욕 외곽으로 잠적하여 28년의 기간 동안 세 번째 소설을 완성하고 수정을 거듭하고 있다. 그의 이러한 운둔 생활은 오히려 대중들의 호기심을 이끌어 낸다. 이러던 그가 브리타의 사진 작업에 응하기로 하고 스콧은 그녀를 뉴욕 근교의 어딘지 알 수 없는 거처로 데리고 온다. 여기에는 이제 통일교를 벗어난 캐런 또한 함께 생활하고 있다. 빌이 이미 완성한 소설을 계속적으로 수정하기만을 거듭하고 출판을 꺼리는 이유는 이 시대에 소설이 사회적 의미를 잃어버렸다고 생각하기 때문이다. 소설가는 수많은 자극적인 뉴스와 이미지를 소비하는 오늘의 대중을 상대하기에는 역부족이라고 느끼고 있는 것이다.

작가는 사회의 변방에서 불온한 생각을 하는 사람이라고 여기는 빌을 본격적으로 사회로 끌어낸 것은 출판사 편집자이자 표현의 자유에 관한 위원회의 위원장인 찰스 에버슨이다. 빌은 뉴욕으로 와 찰스의 생각에 동참한다. 스위스 출신의 유엔 직원이 레바논의 베이루트에서 인질로 납치되었는데 자신을 시인이라 밝히자, 아테네에 본부를 둔 납치범들은 작가를 대표하는 단체가 런던에서 이 사건을 공표하면 생중계로 그를 석방하겠다는 거래를 제안해 온 것이다. 찰스는 그동안 사라졌던 빌이 인질이 된 시인의 시 가운데 한 편을 읽고 그의 석방을 이끌어 내는 극적인 이벤트를 제시한다.

이후 빌은 런던의 기자회견장에 도착하였지만 인근에서 폭탄이 터져 행사가 연기된다. 그리고 베이루트에 있는 마오주의자 조직의 대변인으로 추측되는 자가 빌에게 접근하여 그가 직접 아테네로 가서 조직의 지도자인 아부 라시드를 만나 인질 문제를 직접 해결하는 방안을 제시한다. 빌이 집을 비운 사이, 스콧은 서류와 편지들을 뒤지고 정리하면서 빌의 본명과 기타 개인사를 인지하게 되고, 캐런은 마음을 다잡지 못하고 다시 뉴욕으로 와 이민자들과 노숙인 집단 속을 배회한다.

런던을 떠나기 전에 빌은 자동차 사고를 당해 복부를 크게 다치지만 치료를 받지 않고 아테네에 도착한다. 여기에서 라시드와의 약속은 불발되지만 그는 인질이 된 시인에 대한 연민의 고리를 놓지 않는다. 그는 혼자서 키프로스에 도착해 레바논 내전의 참상과 혼란을 체감하면서도, 연락선을 타고 레바논의 주니에 항구로 이동하여 택시를 타고 베이루트로 갈 계획을 세운다. 그러나 교통사고로 입은 상처에도 불구하고 무리를 거듭한 그는 결국 주니에에 도착하는 선상에서 생을 마감한다.

빌의 행방이 묘연한 가운데 스콧은 캐런과 함께 빌의 내밀한 정보를 활용하여 생활해 나가겠다고 마음먹는다. 일 년 후 작가 사진에 더 이상 의미를 부여하지 못하는 브리타는 라시드의 사진을 찍기 위해 베이루트에 도착한다. 그녀는 전쟁의 참상이 만연한 가운데 새벽 창 밖에서 탱크 뒤로 결혼식 행렬이 따르는 모습을 지켜본다.

마지막으로『마오 II』(마오 투)를 택한 것은 대략 세 가지 이유에서이다. 첫째로 이 작품은 **문학의 미래**에 대한 고심을 이야기하고 있다. 필자의 지금 이 책 역시 이러한 상황에 대한 생각에서 출발하였다. 오늘날 문학은 그 문화적 영향력이 예전과 현저히 다르다. 자본주의적 면모가 가장 첨예한 미국에서 문학의 위치와 그 방향을 살피는 것은 문학이 앞으로 당면할 상황을 가늠하게 한다. 둘째는 이 작품에서 **세계화에 관한 문학적 상상력**을 접할 수 있기 때문이다. 오늘날 세계는 다양한 측면에서 매우 촘촘하게 엮이는 네트워크로 급속히 재구성되고 있다. 드릴로는 이렇게 세계화하는 상황에 관한 진단과 처방을 고심하는 오늘의 대표적 작가이다. 셋째로 이 작품은 미국 이외의 국가와 문화들에 대한 의견, 더 나아가 편견을 포함하고 있으며, 특히 **한국에 관련된 내용들**이 담겨 있기 때문이었다.

마지막 작품 선택에 있어 끝까지 경합을 벌인 작품은 한국계 미국작가인 이창래(Chang-rae Lee)의『영원한 이방인(*Native Speaker*)』(1995)이었다. 이창래의 이 소설은 우리의 입장에서 미국 문학이 무엇인지를 이해할 수 있는 지렛대이기에 충분하다. 그럼에도 결국『마오 II』를 선택한 이유는 이 작품이 미국 문학에 대한 전체적 이해와 함께 문학과 세계화 등의 전망을 생각하게 하는 계기를 제공할 수 있기 때문이었다. 더불어 2001년 9·11 테러에 10년 앞선 1991년에 발표된 이 작품이 소설가와 테러리스트를 경쟁 관계에 놓으면서, 마치 사태를 예견하는 듯해 그 문학적 상상력에 섬뜩한 느낌 또한 금할 수 없어서이기도 하다.

작품의 프롤로그가 제시하는 장면은 우리의 관심을 끌지 않을 수 없다. 그것은 통일교 문선명 총재가 주재하는 집단 결혼식이 뉴욕 양키 스타디움에서 열리는 장면이다. 이는 우리보다 미국, 특히 이 결혼식의 일원인 캐런의 아버지에게 더 충격적이다. "미군 비상식량 깡통으로 지은 집에서 살던 이 사람이 그들을 인류 역사의 최후로 인도하기 위해 지금 여기 미국의 빛 속에 와 있다."[02] 미국의 국가 스포츠인 야구, 그것도 뉴욕 양키스의 경기가 열리는 스타디움에서, 주된 언어는 한국어이고 기껏해야 "우스꽝스럽고 부정확한 형태의 초보적인 영어"만으로, 개인의 삶에 가장 중요한 순간 가운데 하나인 신성한 결혼식이 진행되고 있다는 것은 그에게 쉽게 납득이 되지 않는다. 이러한 소재와 평가에 대해 우리가 느낄 수밖에 없는 거부감을 잠시 접어 두고, 이를 통해 드릴로가 전하는 메시지로 다가가 보자.

　　드릴로는 이 작품을 쓰게 된 단초가 두 개의 사진에 있었다고 언급한 바 있다. 하나는 한국에서 열린 통일교 집단 결혼식 사진이고, 다른 하나는 앞서 읽은 『호밀밭의 파수꾼』의 작가 샐린저가 카메라를 피하기 위해 팔을 드는 장면을 찍은 사진이다. 샐린저 그리고 몇몇 미국 작가들의 은둔의 삶은 그래서 더욱 회자되기도 한다. 그는 이들 사진의 의미를 이해하기 위해 이 소설을 쓰게 되었다는 것이다. 『마오 II』라는 작품의 제목 또한 이들 사진과 연관성을 갖는다. 마오 쩌둥 자신, 그리고 앤디 워홀이 복사하듯 제작해 낸 마오 쩌둥의 이미지 모두 다수와 군중을 떠올리게 한다. 군중 또는 대중과 사진 이미지들은 오늘의 사회 현실을 채우는 존재들이다. 캐런의 부모는 결혼하는 그녀의 모습을 저 멀리 군중 속에서 망원렌즈를 계속 조정하며 찾아야 한다. 이 유서 깊은 야구장을 가득 채우던 '민주적 함성'03은 군중의 행렬로 대체되고, 이로써 모든 참여자들은 '자아로부터 해방'04되기를 원하는 것으로 보인다. 프롤로그는 "미래는 군중들의 것이다"라는 결론에 도달한다.

우리가 캐런을 다시 만나게 되는 것은 그녀가 텔레비전을 보고 있는 빌 그레이의 집에서이다. 소리보다는 영상을 즐기는 그녀가 보고 있는 것은 수천의 남성들이 짓눌린 상태로 화면을 가득 채운 채 서로 뒤엉켜 바둥대면서 "죽음을 향해 질주하는 혼잡하고 뒤틀린 장면"05이다. 영어본에서 확인할 수 있는 바와 같이, 실제로 이 장면은 1989년 4월 영국의 셰필드에 있는 힐즈버러 스타디움에서 정원이 1천 6백 명인 입석 관중석에 3천 명 가까운 사람을 수용하여 수많은 관중이 펜스로 떠밀리는 바람에 1백 명 가까운 사망자가 발생한 사건을 보여 주는 것이었다. 캐런이 심취하는 군중의 이미지는 이 작품이 문제시하는 오늘의 문화 상황을 집약하고 있다.

현대사회에서 개인이 군중의 일원으로 자발적으로 합류하여 자아를 증폭시키거나 망각하고자 하는 성향에 대한 분석은 지속되어 왔다. 또한 이미지에 의한 사유 역시 그 '실체와 친밀감의 상실'06 등의 관점에서 분석되어 왔다. 우리가 이들 이미지가 주는 즉물적 의미를 넘어 더 이상 그 외연과 심연을 사유하기는 쉽지 않다. 스콧 또한

03 18쪽
04 16쪽
05 54쪽
06 15쪽

뉴욕에서 앤디 워홀의 전시회에 들러서 보게 된 수많은 마오 쩌둥의 이미지들에 휩싸이게 된다. 무수히 복제된 이미지 자체가 예술이 되는 상황은 오늘날 이미지 자체가 행사하는 권위를 대변한다. "복사한 마오 쩌둥, 실크스크린 마오 쩌둥, 벽지 마오 쩌둥, 합성수지 마오 쩌둥 …."[07] 스콧에게 그랬듯, 우리에게 이러한 마오 쩌둥은 심각한 역사적 상황으로부터 해방감을 주고, 이미지 그 자체에 매혹될 수 있도록 한다. 그가 캐런에게 사다 주는 〈마오 II〉는 이들 가운데 하나인 연필 데생 복제품이지만, 오히려 그렇기에 그녀는 이 그림이 싫지 않고, 더 나아가 '마오 쩌둥'이라는 이름 자체를 좋아한다고 말한다. 이미지의 대상과 그 내용과는 무관하게 "끝없이 쇄도하는 이미지의 물결"[08]은 드릴로의 또 다른 소설의 제목이기도 한 '백색소음'(white noise) 마냥 우리의 공간을 채우고 있다. 이미지들은 우리의 생활세계에 침윤하고 부유하면서 네트워크를 형성하고, 우리는 기꺼이 이러한 공간으로 이주해 들어왔다.

포스트모던 상황에 대한 한 진단은 이렇듯 **의미로부터 일탈한 이미지의 소비**가 우리에게 세계의 중력으로부터 해방감을 줄 수 있다고 말한다. 이러한 상황 속에서 구태의연하게 항상 의미를 담지하고자 하는 언어 예술인 문학은 과연 생존가능성이 있는 것일까? 소설가 빌 그레이의 은둔은 이 의문에 대한 반응이자 반항이다. 일차적으로 그의 은둔은 이미지와 대중이 점하는 문화로부터의 도피인 것이 분명하다. 그는 이미 세 번째 소설을 완성했음에도, 구두점을 어디에

IV 미국 문학 10선 : 10. 돈 드릴로 「마오 II」

07 35쪽
08 241쪽

찍을 것인가 수준의 수정을 거듭하며 두 해를 넘기고 있다. 역설적이게도 그러한 은둔은 대중들에게 오히려 그의 신비감과 존재감을 더 높이는 결과를 초래한다. 이는 그 역시 대중들의 문화 소비구조에서 완전히 자유로울 수 없는 상황임을 보여 주는 것이기도 하다. 스콧은 이러한 구조를 잘 알고 있고, 이를 활용하는 면모를 보여 준다. 마오는 권좌에 있을 때 여러 번 사망설이 나돌았다. 하지만 궁금증이 한층 고조된 시점에서 그는 홀연히 등장하여 황하를 건너는 모습을 보임으로써 번번이 자신의 건재를 과시하였다.[09] 마치 신과 같이, 세속의 눈에서 자신을 감추는 부재로써 자신의 존재감을 높이는 전략이었던 것이다.

빌이 스콧 몰래 집을 빠져나와 뉴욕으로 향하여, 테러리스트로부터 인질을 구출하고자 하는 일에 관여하고, 마침내 몸소 이 일에 뛰어든 것은 현실에 적극 개입하여 무엇인가를 구체적으로 이루기 위한 시도이다. 그것은 소설가가 현실에 대해 갖는 관계를 복원하고 재확인하고자 한 결정이다. 하지만 그의 결정은 이런 측면보다 훨씬 더 근본적 차원의 이유를 갖는다. 이제껏 그는 오늘의 상황에서 "소설가들과 테러리스트들이 일종의 제로섬 게임을 하고 있다고 생각해왔었다."[10] 이보다 앞서 그는 오늘날 소설가와 테러리스트가 형성하는 경쟁 구도를 설명한 바 있다.

"수년 전 나는 소설가가 문화의 내적 삶을 바꿀 수 있다고 생

09 83 & 215쪽
10 239쪽

각했습니다. 이젠 폭탄 제조자들과 총잡이들이 그 영토를 빼앗아 가 버렸지요. 그들이 인간의 의식을 공략하고 있는 겁니다. 우리 모두가 포섭되어 버리기 전에 작가들이 하던 바로 그 일을 말이오. […] 재난 뉴스가 사람들이 필요로 하는 유일한 서사가 되었지요. 뉴스가 암울하면 암울할수록 서사는 더 웅대해지고. 뉴스는 마지막 중독, 그 뭐랄까, 그다음에 오는 건 알 수가 없소."[11]

빌의 분석에 따르면, 테러나 그에 대한 뉴스가 소설을 대중의 관심으로부터 밀어낸 것은 그것이 단지 한층 자극적이기 때문만은 아니다. 또한 빌이 테러리스트와 직접 대면하고 인질 문제를 해결하겠다는 결심에는 오직 대중의 관심을 다시 찾아오겠다는 의지만이 작용한 것도 아니다. 캐런이 대중과 그 이미지에 대해 심취하는 것은 그것이 세계의 모습을 잘 반영하고 이에 따라 삶에 대한 의미 부여 또한 가능하기 때문일 것이다. 여러 가지 뉴스 가운데 테러리즘과 그 뉴스가 우리의 삶과 세계에 대해 주는 충격은 이들이 세계를 어떻게든 변화시키고자 행하는 열정과 이성 그리고 이를 통한 삶에 대한 의미 추구와 상상력의 강도에 기인하는 것일 수 있다.

빌이 테러리스트와 직접 대면하고 이들과 '대결'하고자 하는 것은 근본적으로 소설과 소설가가 아직도 세계와 인간의 삶에 관계된다는 것을 무엇보다 스스로에게 증명하고자 하는 고심의 행동이

11 65–6쪽

다. 그것은 소설과 문학이 구시대의 유물이거나 단지 수사학적 고심에 머물지 않고 실질적으로 세계와 삶에 관여하는 행동일 수 있길 바라는 마음에서 출발한 것이다. 테러리즘과 현실 세계 자체가 더 소설 같고, 이런 상황에서 소설에게 타격을 준 대표적 경우가 바로 9·11 테러이다. 이후 미국 정부가 앞으로서의 테러는 어떤 기상천외한 방식으로 전개될 것인가를 예상하고 대비하고자, 실제로 소설가들을 동원해 위원회를 구성하고 그들의 상상력을 빌렸다는 소문은 소설가와 테러리스트의 경쟁구도를 대변하기에 충분하다. 근대에 와서 문학은 사회에 대한 일정한 대항 담론이자 개인과 집단의 의미와 가치 창출의 한 도구였다. 이제 그 자리는 테러리즘에게 모두 내놓은 상황이 된 것이다. 빌은 결국 인질이나 인질범을 만나지도 못하고 교통사고 후유증으로 숨을 거두고 만다. 이러한 결론은 현실 세계에서 테러리스트에 비해 소설가가 갖는 그 허망한 무력감을 표현하고 있다.

그렇다면 소설, 더 나아가 문학은 이제 세계와 인간의 삶에 아무런 의미와 가치가 없는 존재일까? 첫머리의 발췌는 빌이 소설 형식의 가치를 요약한 부분이다. 소설은 민주적 함성이고, 누구나 자신만의 위대한 소설을 쓸 수 있다는 것이다. 더불어 소설의 특징은 "재능의 물보라, 생각의 물보라. 모호함, 모순, 속삭임, 암시"라는 것이다. **일목요연함보다는 모호성과 모순 그리고 은근한 암시로 인해 소설은 테러리즘과 반대항을 이룬다.** 둘은 동일한 기준과 자질에서 대척관계에 있기보다는 전혀 다른 성격과 차원 속에서 차별성을 갖는다는 것이다. 시인을 인질로 잡음으로써 자신들의 주장을 알리려는 시도에서 볼 수 있듯이, 테러리즘은 확신에 찬 만큼 다른 표현의 자유를 이용하는 측면을 갖는다는 것을 부정할 수 없다. 하지만 테러리즘은 비록 적나라하게 폭력적이지만 견고한 세계 구조 속에서 어쩔 수 없이 채택된 표현 수단이라는 주장 또한 감안할 수밖에 없다. 앞서 우리는 모리슨의 소설이 담아내는 인종차별과 이에 이어지는 다문화주의의 문제를 살핀 바 있다. 드릴로의 소설에 도달하여 그것은 현 상태 세계 구조와 그에 따른 문화의 문제로 이어진다.

소설은 확고한 것에 의문을 제기하고 거기에 내재하는 모순과 불완전성을 내비치면서 오히려 **문제 의식과 전반적인 불확실성을 높이고자 하는 담론**이다. 소설은 허구인 까닭에 이러한 기능을 더욱 잘 수행한다. 허구는 소설과 문학의 근거와 논리를 와해시키기보다는, 오히려 표현과 사유의 폭을 확대하면서 현실에 대한 비판과 대항 담론으로서 위치할 수 있다. 소설가 빌 그레이가 현실 세계로 직접 뛰어든 것은 소설의 위치에 대한 이해가 없어서는 아닐 것이다. 그의 현실 개입은 소설은 물론 소설가와 현실 세계 사이의 관련성을 증명하고 보전하고자 하는 절박한 **행동이자 실험**이다.

『마오 II』는 소설과 문학이 우리의 삶과 세계에 대해 제공했던 의미가 감각적인 이미지와 극단적 사건들이 연속되는 뉴스의 물결 속에서 소진되고 있음을 보여 준다. 하지만 그것이 소설과 문학에 대한 애도를 말하고 있는 것은 아니다. 그것은 문학이 여전히 이미지 너머의 실제 세계를 탐문하고 대중 너머의 **개인적 내면성과 자유의 여지를 확보위한 행위**가 되길 원한다. 여기에는 이러한 행위에 의해 개인의 건실한 개별성이 확보되고, 이에 기초하여 미국의 공동체 또한 재구축되어야 한다는 제안 또한 담겨 있다. 우리는 개인적 느낌과 판단 그리고 행동의 지속, 더 나아가 이에 기반하여 사회적 원칙의 부단한 재점검과 재편을 촉구하는 드릴로 문학에서 미국적 실용주의가 작동하는 한 모습을 관찰할 수 있다. 드릴로 이후의 미국 문학이 자기 비판과 새로운 시도 속에 미국 사회와 문화를 지속적으로 재정의해 나가는 작업 또한 기대되는 사안이다.

오늘의 사회문화에 대한 드릴로의 한층 명백한 문제 제기인 『화이트 노이즈(*White Noise*)』(1985)를 권한다. 앞의 『빌러비드』에서 언급한 것처럼, 다문화 상황은 미국의 사회문화적 원동력이기도 하지만 부담이자 과제이기도 하고, 이는 세계적 차원에서도 동일하게 진행되고 있다. 다양한 문화적 배경은 오늘날 미국 문학의 폭과 깊이에 크게 기여하고 있다. 이창래(Chang-rae Lee)의 『영원한 이방인(*Native Speaker*)』(1995)과 라히리(Jhumpa Lahiri)의 『이름 뒤에 숨은 사랑(*The Namesake*)』(2003) 등을 권한다.

집필이 시작되던 시점에서 이 책의 제목은 단지 "영미 문학의 이해"였다. 하지만 여기에서 시도된 새로운 접근 방식도 반영하고 좀 더 '산뜻한' 모양을 내기 위해 제목은 마지막까지 고심거리였다. 오죽했으면 주변에 농담 반 진담 반으로 "어서 와, 영미 문학은 처음이지"라고 하겠다고도 했다. 변명하자면 이는 영미 문학 전공자로서 이 분야에 대한 일반의 관심을 끌고자 한 고육책이기도 하였다. 모색 끝에 제목은 "영미 문학, 어떻게 읽는가"로, 부제는 "감성과 실천"으로 귀착하였다. 특히 영미 문학을 읽는 이유와 방법을 영미의 경험주의와 실용주의라는 지적 전통에 대한 참조에서 찾은 까닭에 이 두 전통을 대변할 수 있는 개념으로 "감성과 실천"을 부제로 선택하였다. 경험주의와 실용주의의 넓은 스펙트럼을 단지 이렇게 요약한 정황에 대한 이해를 구한다.

모든 것을 마친 후에도 본문의 읽기들이 해당 작품에 대한 학문적 연구보다 다분히 개인적 느낌과 감상이 지배적이지 않는가 염려가 되었다. 하지만 재차 점검하면서 이러한 염려와 달리 여전히 문학 전공자로서 전반적 연구 상황을 반영하는 부분이 개인적 느낌과 감상보다는 단연 많은 부분을 차지하고 있다는 것을 알게 되었다. 오히려 이것이 더 큰 아쉬움으로 남는다. 문학을 연구하고 가르치는 전공자 역시 문학에 대한 독자의 일부일 수밖에 없다. 이런 까닭에 서언에서 언급하였듯이 문학 읽기에서 개인의 느낌은 매우 근본적 의의와 가치를 갖는다. 현재의 문학 연구와 이론 분야에서도 이 조심스런 일부 개인적 읽기에 대해 상당한 변호가 힘을 얻어 가고 있고, 이는 최근 문학 읽기에 대한 강조점의 조정으로 이어지고 있다.

　　지난 20여 년 동안 영미 문학의 연구방법 가운데 주도권을 행사하고 있는 것은 역사주의이다. 그것은 문학 작품의 정확한 의미와 의의는 시대적 상황 속에서 가장 정확히 포착될 수 있다고 주장한다. 하지만 역사주의 자체가 전제하듯이 이러한 명제 역시 역사적 흐름으로부터 자유로울 수 없고, 그에 대한 반론은 지속적으로 제기되어 왔다. 이 가운데 하나는 '문학의 소외감'이라 할 수 있을 정도로 문학 자체가 역사적 상황에 의해 '완전히 해석되고 대체되는' 흐름에 대한 반론을 들 수 있겠다. 그것은 문학 읽기에 관한 무게 추가 지나친 탐문, 그리고 비판적 평가로 경도된 것에 대한 반성에 기인한다.

　　이는 문학 읽기에 있어 '연구' 못지않게 '감상'의 여지 또한 확보하고자 하는 소박한 초심으로의 귀향이기도 하다. 문학 읽기는 독자의 자아 확인과 확대 못지않게 겸허히 작품이 제시하는 세계에 대한 열린 자세와 함께하는 자아 수정의 과정이기도 하다. 문학의 세계는 비판에 앞서 충분한 이해와 동의가 먼저 필요하고, 또한 독자의 지극히 개인적이고도 자유분방한 느낌과 의견을 허용하는 공간이다. 이제 이러한 명제는 새삼스러운 호소력을 회복하고 있다. 물론 본문의 읽기가 반드시 이러한 흐름을 염두에 둔 작업은 아니었다. 방법론의 변화와 부침 속에서도 문학 읽기는 여전히 독자의 동감을 이끌어내면서도 독자 스스로의 해석적 여지를 존중해 왔고, 이는 학생과 전공자의 읽기에서도 계속 유지되고 강조되어 왔다.

이런 점에서 이 책은 문학 작품 읽기의 한 예에 불과하고, 이를 통해 각자의 읽기를 권하는 역할로서 그 임무를 다한다. 특히 여기서 택한 장편들이 펼치는 긴 내러티브는 숨 막히는 마라톤 코스이기보다는 긴 징검다리로 독자의 호흡에 따라 간혹 쉬어가거나 듬성듬성 건너뛴다 하여 누가 뭐라 할 수 없는 여정이다. 이 책이 크루소나 댈러웨이, 이슈메일이나 세서의 내러티브와 우리 삶의 내러티브가 서로에게 열리면서 교차하는 경험 세계로의 초대장이길 바랄 뿐이다.

학문의 이해
1